明室

Lucida

照 亮 阅 读 的 人

拉纳克

LANARK

Alasdair Gray

IV

四卷书里的一生

A Life in Four Books

[英] 阿拉斯代尔 · 格雷 著 唐江 译

北京联合出版公司
Beijing United Publishing Co.,Ltd.

目 录

第四卷

By Arts is formed that great Mechanical Man called a State,
foremost of the Beasts of the Earth
for Pride
FORCE
第四卷
BOOK FOUR
THE MATTER, FORM AND POWER of a COMMONWEALTH

第 31 章　娜恩

拉纳克睁开眼睛，心事重重地环顾着病房。窗户又被软百叶帘遮住了，角落里的一张床隐没在屏风后面。丽玛坐在他身旁，吃着一个棕色纸袋里的无花果。他说:“这可真是令人不满。我可以尊重一个杀了人之后又自杀的人（显然这样做才是对的），但没法尊重一个因为胡思乱想而把自己淹死的人。为什么先知不说清楚，究竟发生了什么？”

丽玛说:“你在说什么呢？”

“先知讲述了我到昂桑克之前的人生。他刚讲完。”

丽玛很肯定地说:“首先，先知是女的，不是男的。其次,她讲的是我的故事。当时你觉得无聊,就睡着了,显然梦到了别的什么东西。”

他张口欲辩，但她往他嘴里塞了一枚无花果，说:“很遗憾你没能保持清醒,因为她给我讲了你的好多事。你是个滑稽、教人尴尬、不算性感的男孩，在我十九岁的时候一直追我。我嫁给别人是对的。”

“而你！”拉纳克喊道，他生气地咽下无花果，“是个性冷淡又爱勾引人的处女，总是一只手把我推开，又用另一只手把我拽回来。我因为得不到你还杀了人。”

“我们听到的肯定是不同的先知讲的。我能肯定，那些都是你想象出来的。还有别的东西吃吗？”

“没了。我们全吃完了。”

随着一阵吧嗒吧嗒的坚定脚步声，一只担架被人推进病房，周围簇拥着一群医生护士。芒罗一马当先，技师们拽着气瓶和仪器跟在后面。他们去了角落里的屏风后面，除了低沉的嘶嘶声，以及像是从走廊飘来的只言片语，什么都听不到。

“……在构思中途构思出来的构思……”

“……不光彩的弥尔顿，无罪的克伦威尔……”

“为何不光彩？为何无罪？”

“她是赤着身子过来的。这有所帮助。”

芒罗走了过来，站在床脚那儿严肃地注视着他们。他说：“我已经预约在三小时后会见蒙博多大人，由他批准你们离开研究所。我本打算让你们在这儿等到那时为止，但有人意外传送到了我们这里。他们状态不错，只是虚弱无力，如果给他们供应食物不及时，他们就会死。一名护士会把你们的衣服送过来。你们可以穿好衣服，到员工俱乐部等候。”

“用不着，”拉纳克说，“在这样的情况下，我们不会散播我们的观点。”

芒罗问丽玛："你同意吗？"

"当然，不过我愿意去看看员工俱乐部。"

"如果我能信得过你们，我希望你们还是留在这里。这间病房冷冷清清的，有人陪伴有助于让这个女人觉得，自己就像在家一样。"

丽玛快活地说："我很乐意帮助你，芒罗医生，不过你能不能为我们做件事？让诺克斯蒙席把他那些可爱的食物多送一些过来吧。我们有食物的时候，就更容易不提起食物的事了。"

芒罗离开时冷酷地说："我什么都不能保证，但我尽力而为。"

拉纳克盯着她说："你可真是肆无忌惮！"

她用受伤的口吻问："我不像你，你不高兴吗？"

"我很高兴。"

"那拜托你表现出来。"

他们听到技师们带着仪器离开病房。只有几名医生在屏风后面忙碌，这时一名护士揽着一胳膊衣服，拎着两只鼓鼓囊囊的帆布背包，来找丽玛和拉纳克，她说："芒罗医生想让你们现在就穿好衣服。他说帆布背包里装满了你们路上吃的食物，你们可以随时开始吃。"

丽玛抓过女装，用指尖触摸着。它们是亚麻色、天鹅绒质地的。兴奋的微笑令她翘起了嘴角。她赤着身子跳下床，说："我去卫生间穿。"她往病房尽头那扇门跑去，拉纳克检查了帆布背包。每只背包里都装着一件卷起来的皮大衣，还有硬邦邦的小块压缩水果和肉，用米纸包着。一只背包里装着一个红色保温瓶，里面是咖啡，还有一只钢质扁酒壶，里面是白兰地，另一只背包里装着一个急救药箱，还有一支手电筒。眼看就要离开这个这么温暖、这么与世隔绝的地方，未免令人不安。拉纳克站起身，拎着自己的衣服去了卫生间。

丽玛站在镜子前，动作平稳而徐缓地往下梳着披肩的头发。她穿着略短的琥珀色长袖连衣裙和黄色皮凉鞋，拉纳克站在一旁，有些被她又酷又优雅、泛着金色的身影迷住了。她低声问："怎么样？"

"还不错。"他说，便在洗手盆旁边洗漱起来。

"你为什么不说我很美？"

"我要是说了，你会看轻我。"

"对，但你不说，我会觉得孤独。"

"好吧。你很美。"

他把自己擦干，开始穿上灰色的粗花呢西装和套头衫。她用一根暗黄色缎带小心地系好头发，显得难过而又心事重重。他吻了她，说："开心点！你是光，我是影。我们有所不同，你不高兴吗？"

她拉长了脸，走了出去，说："没人鼓励，很难发光。"

等拉纳克重新走进病房，医生、护士和屏风都不见了，丽玛正在跟屋角那张病床上的女人交谈。他加入她们当中，注意到床单下面伸出一个没有头发、皱皱巴巴的小脑袋。那位母亲躺在那儿，一半身子陷在一堆枕头里。她身形苗条，棕色的头发里有灰色的闪光，青春和衰老同等程度地交织在她那张憔悴的小脸上。她满面倦容地微笑着说："能和你再次相见，还真是奇妙，神秘人。"

他一脸茫然地看着。丽玛说："这是南希。你不记得娜恩[1]了？"

他在床边坐下，近乎惊喜地笑了起来。他说："我很高兴你从精英咖啡馆逃出来了。"

他笑得合不拢嘴。自从进入研究所，他就已经忘记了斯拉登和他的后宫女眷，此时那些纠缠不清的爱情生活显得十分滑稽。他指了指小床。"你的宝宝蛮好看的。"

"是啊！她不是很像她父亲吗？"

"别傻了，"丽玛温柔地说，"宝宝可不像大人。不过，她父亲是谁？托尔？"

"当然不是。"

"那是谁？"

"斯拉登。"

丽玛仔细查看着显露在宝宝脸上的迹象。

---

1 南希的简称。

“你确定？”

娜恩露出悲伤的笑容。“哦，是的。我不像盖伊那样，是他的未婚妻，也不像弗朗姬那样，是他粗俗的情妇，或者像你那样，是他精明的情妇。我是他善待过的可怜小女孩，但他最爱我，不过这一点我得保密。每当我受够了忽视，试图逃走时，他都会来到我租住的住处，爬上排水管道，破窗而入。斯拉登身材非常健硕。他会紧紧搂住我，告诉我尽管我们经常一起睡，但我们的欢爱依然新鲜而大胆，就因为还有别的姑娘就放弃这种欢爱，是愚蠢的。他说他需要你们所有人，这样他才能生气勃勃地同我相处。他是我爱过的第一个人，我从未真正想要过别的男人，尽管在我的病情恶化之前，我总打算离开他。”

“什么病？”

“我身上开始长出嘴来，但不只是长在脸上，还有别的地方，在我孤身独处的时候，它们彼此争论，冲我大呼小叫。斯拉登跟它们相处得很融洽。他总能让它们按调子唱歌，我们一起睡觉时，他甚至能让我为它们感到高兴。他说他从不认识有这么多部位可以插入的姑娘。”

娜恩近乎慈母般地笑了笑，拉纳克心中涌起一股妒意，他看到丽玛脸上露出同样温柔、怀旧的神情。娜恩叹息着说：“不过到了最后，它们（那些嘴巴）把斯拉登也赶走了，因为随着我的病情不断恶化，我越来越需要他，他不喜欢这样。他打算从政，他有好多事要做。”

拉纳克和丽玛齐声喊道:“从政？”丽玛接着说:“他总是取笑那些从政的人。”

“我知道，但你消失以后，他让一个抗议女孩取代了你，一个大块头、厚脸皮的金发女郎，她会弹吉他，总跟我们说她父亲是陆军准将。我一点也不喜欢她。她说我们应该准备好，抓住经济的缰绳，关心民众非常重要,但她总是讲得太多,顾不上听取任何人的意见。她说话的时候,斯拉登会在她背后冲我们挤眼睛。后来，‘精英’的很多人加入了抗议者。新冒出几百个圈子，它们都有自己的名字和徽章，我都记不住。就连罪犯都佩戴徽章。突然，斯拉登戴着徽章进了屋，放声大笑。他跟金发女郎去参加抗议集会,入选了某个委员会。他说我们都应该成为抗议者，因为如今没有人对多德市长抱有信心，我们真的有机会掌握这座城市。这些话在我听来都是胡言乱语。你瞧，我怀孕了，斯拉登根本不给我机会告诉他。最后我还是讲给他听了，他变得非常严肃。他说，在通过革命挽救这个世界之前，把孩子带到这个世界上不啻犯罪。他想在宝宝出生之前把它打掉，但我不让。请把她递给我。”丽玛抱起宝宝,放在娜恩怀里。宝宝睁开眼睛,发出细微的抱怨声，又靠在母亲胸前睡了过去。娜恩说:“他说我自私，我想他是对的。我在遇到斯拉登之前，不认识任何一个想要我的人，现在他也一点都不想要我了，我需要另一个人，尽管一想到即将出生的宝宝，总会把我变得非常疯狂和恶心。我感觉我就像被一大堆女人压在底下，斯拉登在最顶端上蹿下跳，他头戴王冠，哈哈大笑。然后宝宝就会在我肚子里活动起来，我会突然感到冷静而完满。然后，我为斯拉登感到遗憾。他就像个癫狂、贪心的孩子，东奔西跑，寻找可以抓住的乳房、可以喂他的母亲，他总是不知餍足。你有这样的感觉吗，丽玛？”

丽玛简短地说：“没有。”

“你为什么这么喜欢他？”

“他聪明、有趣、善良。他是我们当中唯一没有生病的人。”

拉纳克说：“他没生病，是因为他就**是**疾病。他是一种癌症，能感染每一个认识他的人。”

丽玛嗤之以鼻。“哼，你根本不了解你说的人。斯拉登喜欢你。他试图帮助你，但你不让他帮。”

娜恩微微一笑。“你让拉纳克嫉妒了。”

“哦，是的，她让我嫉妒了。但我可以既嫉妒，又正确。”

丽玛说：“你是怎么过来的，南希？”

“我当时正在出租屋里，阵痛开始了，我知道孩子就要出生了。我请房东帮忙，但他害怕，还命令我离开那座房子，于是我关上房门，设法（现在我想不起我是怎么做到的了）把沉甸甸的衣橱拖到门口。那简直要了我的命。痛得太厉害，我摔倒在地，动弹不得。我能肯定，宝宝终归还是死了。然后我失去了知觉，感觉自己什么都不是，不是任何东西或任何人，我是一个除了恐惧感觉不到任何东西的无名者，一块像世界一样邪恶的泥土。我想，我大概尖叫着说要出去来着，因为我身边的地板上冒出一个开口。”

拉纳克打了个寒噤，说：“穿过**那东西**，险些要了我的命。我知道有个当兵的带着左轮手枪跳了进去，结果被左轮手枪给戳死了。我看不出，孕妇怎么可能幸免于难。”

“可是很简单啊。感觉就像在黑暗、可以呼吸的温水中下沉。我身上的每一寸都得到了支撑。这时，我还能感觉到分娩的阵痛，但并不觉得难受，它更像是阵阵迸发的音乐。我感觉到我的小女儿脱离了母体，浮升到我的胸口，紧贴在那儿。不，她肯定是往下漂移，因为我是头先出来的。我感觉到各种各样的秽物漂出我的身体，消失在黑暗之中。那股黑暗对我爱护有加。只有在光亮回归之后，音乐才重新变成痛楚，我晕了过去。那是很久之前的事了，现在我在这儿，在一间可爱、干净的病房里，跟你们交谈。”

拉纳克有些突兀地说：“你在这儿会得到精心照料的。”

他站起身，走出距离最近的拱门。娜恩讲的故事让他回想起自己当初在挤压中沉降至此的那段经历，这让他对阳光普照、有山有水的自然风光倍感渴望。他满怀希望地拉起大大的软百叶帘，但他一度当作窗户的那个屏幕已经不在这儿了。墙中间是一扇顶天立地的对开门,门板用深色木料制成,嵌有装饰性的铜板。他按了按,但门是封死的,没有门把手,也没有钥匙孔。他返回了病房。

娜恩给孩子喂奶,跟丽玛小声闲聊。拉纳克坐在自己床上,试图读完《圣战》,却发现它令人懊恼。作者想象不出一名真实的敌人,他对美德唯一的看法完全服从于他最极端的性格。一名护士送来了南希的午餐。她只吃了一部分,过了一会儿,拉纳克惊讶地看到,丽玛吃掉了剩下的,还在挥动叉子的间歇挑衅地看了他一眼。他装作没有发现,小口啃着帆布背包里的一块硬实的黑巧克力。那股酸味让人难受,于是他躺了下来,尝试入睡,但他的想象力在眼睑内侧投映出各种城市风光:一幅幅运动场、工厂、监狱、宫殿、广场、林荫大道和桥梁的幻灯片。南希和丽玛的谈话声好像远方人群的低语声,伴着响彻其间的喇叭声。他睁开了眼睛。那阵噪声并不是他想象出来的。一阵越来越响的喇叭声激荡着屋里的空气。拉纳克站了起来,丽玛也是一样。喇叭声变得震耳欲聋,然后归于岑寂,这时一个黑银两色的人影走了进来,站在中间的拱门下面。是个男人,穿着带有银色纽扣的黑色外套、黑色及膝短裤和白色长筒袜。他在喉咙和手腕部位佩戴着白色蕾丝花边,脚上穿着银色搭扣的鞋子,雪白的假发上戴着黑色的三角帽。他左手拎着一个公文包,右手握着一根乌木手杖,手杖顶端是一个银色的圆形把手。他的面容是他身上最令人惊讶的东西，因为那是芒罗的面容。拉纳克说：“芒罗医生！”

“此时此刻，我不是医生，我是内侍。带上你的帆布背包。”

拉纳克把一只帆布背包甩到肩上，把另一只拿在手里。丽玛向娜恩道别，娜恩正在安抚哭泣的宝宝。芒罗转过身，用手杖叩了叩大门，大门“哐当”一声向内旋开。芒罗领着他们走了进去，丽玛紧贴在拉纳克的身侧。门关上了。

第32章　议事走廊

他们身处一个镶有木镶板、天花板低矮的圆形房间，地上铺着厚地毯，闻起来就像老旧的火车车厢。配有坐垫的环形长椅靠在墙边，房间中央是一根红木柱子，柱子顶端是一个青铜的秃头头像，头像戴着桂冠。芒罗大声说："北大厅。"

头像点了点头，随即响起微弱的隆隆声。拉纳克意识到，他们是在一节横向移动的车厢里面。芒罗说："连接研究所和议事厅的机关太陈旧了。坐吧，我们还要在这儿待好些分钟呢。"

他们坐了下来，丽玛喃喃地说："令人兴奋，不是吗？"

拉纳克点了点头。他感到自己强大、自信，心想，换作以前，一位所长兼理事长大人还有可能吓唬住他，但现在已经不可能了。自己已经太老了。芒罗绕着柱子踱来踱去，拉纳克喊道："等我们会见完蒙博多大人，再去哪儿？"

“我们先看他怎么说。”

“可这些帆布背包已经打包好了，它们是赶路用的！”

“你们是自己要求离开的，所以你们只能一路步行。现在讨论这个，已经太晚了。”

门开了，有个装扮跟芒罗相仿的人领进来两个身穿夜礼服、胖乎乎的男人。很快，电梯再次停下，另一名内侍带进来一伙忧心忡忡、穿着皱巴巴西装的男人。三名内侍在柱子旁边低声交谈，其他人三五成群，聚在长凳旁边叽叽喳喳。

“……不是尊重我们，他尊重的是造物……”

“他的秘书是性虐狂集团的人。”

“……但他会维持差别……”

“如果他不这么做，他就会打开自由放任的闸门。”

芒罗凑到拉纳克身边，表情严肃地说：“真不走运！我原本希望理事长只接见我们，结果他要接见一个代表团，授予几项头衔。他只有十分钟的时间可以安排，我只能把我们的事安排在三分钟以内，所以我们离开电梯的时候，跟紧我，尽量少说话。”

“可这次会见会决定我们的整个未来！”

“别担心，我不会让你们失望的。”

门开了，内侍们带领他们走了出去，来到一片明亮的场地，拉纳克为之心旌摇荡，还以为自己来到了户外的阳光里。

地面是用彩色大理石铺就，镶嵌成各种几何图案。它有近四分之一英里宽，不过随着天花板的高度映入眼帘，宽度似乎变得无关紧要。这是一个八角形大厅，八条巨大的走廊汇聚在穹顶之下，俯瞰着它们，就像俯瞰着文艺复兴时期宫殿的街道。起初，这里显得空空荡荡，不过随着他的眼睛适应了这里的规模，拉纳克注意到，许多人像昆虫似的往来于走廊的地面上。空气凉爽，除了远处的足音传来的杳渺而响亮的回声，这里的静谧让人感到神清气爽。拉纳克张着嘴巴环顾四周。丽玛叹了口气，把手指从他的手指中抽出来，优雅地踏上大理石地面。随着她渐渐走远，她似乎变得更高、更优雅了。她的身影和色彩与周围的环境完美融合在一起。拉纳克跟在后面，说："这地方很适合你。"

"我知道。"

她转过身，从他身边走过，将臀部的琥珀色天鹅绒抚平，抬起下巴，脸上带着梦幻般的表情。感到自己遭到排斥，他再次打量着周围。一些长凳包裹着红色皮革，散放在地面上，芒罗在距离最近的一张长凳上坐下，专注地望着一条走廊，把手杖和公文包横放在膝头。再往后一段距离，在三级大理石石阶上面，摆着一张中世纪风格的木制王座。另两位内侍将他们那些人带了过去，那两个身穿夜礼服的胖男人并肩跪在最低的台阶上，一副祷告的姿态。近处，代表团的人叉着胳膊紧挨着站在一起。带领他们的内侍在给他们拍照。丽玛还在用梦游般漫无目的的姿态，从拉纳克身边走过，直到他用尖刻的口吻说：“当然，这的确令人印象深刻，但是并不美。瞧那些枝形吊灯！用数百吨的黄铜和玻璃伪装成黄金和钻石，它们甚至都没照亮这片地方。真正的光线来自墙壁周围的圆柱后面。我敢打赌，是霓虹灯。”

“你嫉妒了，因为你不属于这里。”

这句话里的真实刺痛了他，他低声说：“说得很对。”

她把一只手放在他的胸前，兴奋地盯着他的双眼。“可是拉纳克，只要你愿意，我们就能在这里生活！我能肯定，他们会给你一份工作，你努力的时候，可以非常聪明！告诉芒罗，你愿意留下。我能肯定，现在还不算太迟！”

“你忘了这里没有阳光，我们不喜欢这里的食物了。”

丽玛失望地说：“是啊，我把这个给忘了。”

她又从他身旁走开了。

他坐在芒罗身旁，试着通过仰望深蓝色穹顶，让自己保持镇定。穹顶上绘有围绕着云上的身影吹喇叭和撒花的天使们。他特别注意到云团上的四名身形笨重的骑马者。他们身穿罗马盔甲，头戴卷曲的假发和桂冠，用膝盖驾驭着马匹，因为他们每个人都左手持剑，右手持着石匠的泥刀。在他们对面，类似的云团上站着四名神圣庄严的男子，他们身穿托加袍，手拿卷轴和奇形怪状的手杖。两帮人都凝望着穹顶顶端，一名身形魁伟的男子坐在那里的王座上。他那引人瞩目的面庞显得亲切和善，但其中隐约有些什么，暗示着他有近视或耳聋。作画者试图给他装备上各种令人印象深刻的器物，将人们的注意力从这一点上引开。一只地球仪搁在他的大腿上，一柄剑横放在他的膝头。他一只手拿着天平，另一只手拿着泥刀。一只嘴衔霹雳的鹰在他头顶盘旋，一只猫头鹰从他的袍子下摆底下向外窥探。一个包着头巾的印度人、一个印第安人、一个黑人和一个中国人跪伏在他的面前，献上各种礼物：香料、烟草、象牙和绸缎。拉纳克听到芒罗问："你喜欢吗？"

"不太喜欢。这些骑手是谁？"

"宁录[1]、伊姆霍特普[2]、秦始皇和奥古斯都[3]，以前的理事长。当然，以前的头衔有所不同。"

"他们为什么头戴假发，身穿盔甲？"

"这是十八世纪的传统手法——这幅壁画是那时画的。他们对面的是前任研究所所长：普罗米修斯、毕达哥拉斯、阿奎那和笛卡尔。王座上的是第一任蒙博多大人。他是一名无关紧要的立法者，一名无足轻重的哲学家，不过理事会和研究所合并时，他是同属这两个组织的成员，这让他有了象征性的作用。他认识

1 宁录（Nimrod），《圣经》中著名的猎手，示拿古国的国王。

2 伊姆霍特普（Imhotep），古埃及圣贤，建筑师、占星家和医师。

3 奥古斯都（Augustus，公元前63—公元14），罗马帝国首任皇帝。

亚当·斯密。”

“到底什么是研究所？什么是理事会？

“理事会是一个政治机构，旨在提升人们，让人们更接近天堂。研究所是思想家组建的同盟，旨在将天堂之光带下人间。有时，它们是截然不同的组织，甚至起过争执，不过持续的时间总是不长。最后一次大和解发生在理性时代，两次世界大战只是让我们团结得更加紧密。”

“可这天堂之光究竟是什么？如果你们指的是阳光，那它为什么照不到这里？”

“哦，近些年来，天堂之光再也没有跟真正的**太阳**混为一谈。它是一种隐喻，一种我们再也不需要的象征之物。随着封建制度的垮台，我们已经把长远目标留给了我们的敌人。它们太误导人了。抛开它们，社会发展得更快。只要仔细看一看穹顶，你就会发现，尽管画家在中央画了一轮太阳，但它几乎隐没在第一位蒙博多的王冠后面。起立，第二十九位过来了。”

一名身穿浅灰色西装的高个男子正在穿过光滑的大理石地面，三名身穿黑西装的男子陪同在侧。一名身穿中世纪传令官制服的传令官走在前面，擎着搁在天鹅绒衬垫上的一把剑；另一名传令官走在后面，抱着一件彩色绸缎长袍。一行人脚步轻捷地走向王座，这时芒罗步入他们的行进路线，鞠了一躬，说：“赫克托·芒罗，大人。”

蒙博多脸盘又长又窄，鼻子细长，鼻梁高挺。淡黄色的头发，灰色的眼睛，还戴着金边眼镜，但他的声音雄浑有力。他说：“嗯，我知道。我从不忘记任何人的长相。有什么事？”

“这个男人和这个女人申请重新安置。”

芒罗把他的公文包交给蒙博多身边的某人，后者抽出一份文件，读了起来。蒙博多看了看拉纳克，又看了看丽玛。

“重新安置？真是不同寻常。谁会接收他们？”

“昂桑克很热心。”

“好吧，只要他们了解个中危险，就让他们去吧。让他们去吧。那份文件合适吗，威尔金斯？”

“很合适，阁下。”

威尔金斯递过文件，用公文包把文件斜支着。蒙博多瞥了一眼，用右手做出抓取的动作，芒罗把钢笔塞进他的指缝。他正要签署时，拉纳克喊道：“停下！”蒙博多扬起眉毛，望着他。拉纳克有些恼火地转向芒罗，喊道：“你知道我们不想回昂桑克！昂桑克没有阳光！我申请去有阳光的城镇！”

“以你这样的名声，不允许挑挑拣拣。”

蒙博多说：“他的主管给他出具的履历不好吗？”

“很糟。”

一阵沉默，拉纳克感到，仿佛有什么至关重要的东西，正在被人从他身上偷走。他语气激烈地说：“如果那份履历是奥藏方写的，那它不应该作数。我们彼此厌恶。”

芒罗喃喃地说：“是奥藏方写的。”

蒙博多用指尖摸了摸眉毛。威尔金斯喃喃地说：“那位龙主。有着强大能量的人。”

“我知道，我知道。我从不忘记人名。他是个差劲的乐师，不过他是个出色的行政主管。这是你的钢笔，芒罗。阿克斯布里奇，把那件斗篷给我，好吗？”

一名传令官把一件沉甸甸、内衬是深红绸缎的绿斗篷围在蒙博多肩上，帮他整理着皱褶。蒙博多说：“不，我们不跟奥藏方对着干。听着，威尔金斯，你解决这件事，我招呼其他伙计。你要知道，我们没有多少时间。”

蒙博多大步向前，走向王座，斗篷在他身后如巨浪般翻滚着。他的多数随从跟了过去。

威尔金斯是个肤色微黑、矮个、结实的男人。他说：“问题在哪儿？”

芒罗干脆地说：“拉纳克先生不知道重新安置涉及哪些方面。他申请离开。我找到了一座城市，那里的政府愿意接收他，尽管他履历不佳。他不肯去，因为气候原因。”

拉纳克固执地说：“我想要阳光。”

“普罗文适合你吗？”威尔金斯问。

“我对普罗文一无所知。”

“它是一个工业中心，周围是务农的乡村，不远处有高地和大海。气候温和湿润，全年平均下来，每天的日照时间在十二小时。居民说某种英语。”

“行，我们愿意去那儿。”

芒罗说：“普罗文不愿意接收他。普罗文是我询问过的头一个地方。”

威尔金斯说：“如果他先去昂桑克，普罗文就不得不接收他了。”

芒罗摩挲着下巴，开始露出笑容。“当然。我给忘了。”

威尔金斯转头对拉纳克流利地说：“从产业的角度讲，你瞧，昂桑克已经不再盈利了，所以它会被废弃和吞噬。我们已经一小口一小口地进行了好些年，不过如今我们可以把它一口吃掉，我不介意告诉你，我们非常振奋。我们已经习惯了吃掉乡镇，但这次是继迦太基之后的第一座大城市，我们会获得巨大的能量。当然，像你们这样已经加入我们的人，不必再经历那些乱七八糟的事。你们会搬到普罗文，那里的经济正在蓬勃发展。所以去昂桑克的时候，头脑要清醒。就把它当成获得阳光的踏脚石好了。”

“我们不得不在那儿生活多久？”

威尔金斯瞥了一眼他的腕表。

“再过八天，理事会代表就会举行全体会议，审批通过。之后再过两天，我们就开工。”

“这么说我和丽玛要在昂桑克待十二天？”

“不会更久。如今只有革命才能改变我们的计划。”

“但我听说，昂桑克现在变成了更政治化的地方。

你确定不会发生革命？”

威尔金斯露出了笑容。

“我是说，只有**这里**发生革命，才能改变我们的计划。”

“我没有别的选择吗？”

“要是你喜欢，就留在我们这儿吧。我们可以给你找份工作。或者离开，四处游荡。对漫无目的的人来说，空间无限广阔。”

拉纳克呻吟着说：“丽玛，我们应该怎么办？”

她不耐烦地耸了耸肩。

“哦，别问我！你知道，我喜欢这儿，这一点到目前为止，并没对你产生什么影响。但我拒绝在空间里四处游荡。要是你想那么做，你就自己去吧。”

拉纳克用顺从的口吻说：“好吧。我们回昂桑克。”

威尔金斯和芒罗挺直了腰杆，说起话来也更响亮了。威尔金斯把文件塞进公文包，说：“把这个交给我好了，赫克托。蒙博多会签署的。”

芒罗说：“他们要走，得有签证。”

“给我墨水，我来给签证盖章。”

芒罗拧掉手杖银色的圆形把手（它的形状宛如一对展开的翅膀），把手杖倒转过来。威尔金斯把拇指伸进凹窝，抽出来时指尖闪着蓝光。丽玛俯身观看，威尔金斯用拇指往她额头上一按，在她的眉毛中间做了个标记，像是一小块蓝色的瘀青。她因为受惊，轻轻叫了一声。

威尔金斯说:“这并不疼，不是吗？现在到你了，拉纳克。”

拉纳克因为太过沮丧，也没问这是怎么回事，就接受了类似的标记。威尔金斯再次把拇指插进圆形把手，抽出来时，手指变干净了。他说:“这个记号并不显眼，不过它能向受过教育的人表明，你们为研究所工作过，受理事会保护。他们不会为此喜欢你们，但他们会对你们尊敬有加，等昂桑克沦陷之后，你们会被顺利地送往普罗文。”

丽玛说:“它能洗掉吗？”

“不能，只有强烈的阳光才能把它抹掉，那要等你们去普罗文之后才能找到。再见。”

他朝另一个方向走远了，他的身形不断变小，向着远处小小的王座走去，王座那儿的蒙博多就像一只红绿两色的玩偶，正从矮人代表团团长手中亲切地接过一份文书。芒罗把圆形把手拧回手杖上，招呼丽玛和拉纳克往另一侧走。

过了北大厅，走廊被一道十英尺高的锻铁屏风封锁住了。中间开了一扇门，由一名警察把守，芒罗领他们进门时，警察敬了个礼。走廊上变忙碌了。黑色和银色装束的内侍们带领着一小拨人员从旁边走过，有些是黑人，有些是东方人。头顶的窗户传来远处与会者们的欢呼声、微弱的管弦乐和喇叭声、机器的隆隆声和嗡嗡声。两边都有富有活力、衣冠楚楚的男男女女从各个门户进进出出，夹在这么多拎着公文包和手提箱的人中间，拉纳克觉得自己带着帆布背包，很不自然。如果丽玛提出，她自己背她的包，他会觉得自己有一名盟友，但她就像顺流而下的天鹅一样，沿着走廊向前走去。就连芒罗也像仆人似的为她开路，拉纳克觉得，如果他不像搬运工一样步伐沉重地走在一旁，就会显得不够和善。二十分钟之后，他们来到另一处很高的八角形大厅，各条走廊汇聚于此。这里的蓝色穹顶有星星的图案，最高处的一盏灯投下白色的光柱，照在地面中央的一座花岗岩纪念碑上，这块粗糙的石料上雕刻着巨大的人像，水从纪念碑上潺潺流下，流进观赏水池。男孩女孩在水池周围的台阶上漫步，抽着烟，聊着天，在铺有瓷砖的光洁地面上，年长一些的人在桌旁吃吃喝喝，周围是栽种在桶里的橘子树。轻柔的笑声和音乐声从头顶上方的窗户传了进来，跟话语声、刀叉的叮当声、喷泉的水声和小树上鸟笼里金丝雀的鸣啭融合在一起。

芒罗停住脚步，说："你们觉得怎么样？"

拉纳克不再信任芒罗了。他说："这里比员工俱乐部好。"但这里悠闲的气氛让他的心为之膨胀，让他泪眼汪汪。他心想："每个人都应该获准享受这一切。如果是在阳光下，那就完美无缺了。"

芒罗说："既然我们已经在出口旁边了，不妨休息一下，我用这段时间给你们一些路上的忠告。"

他把手杖插进一桶土里，在一张桌子旁边坐下，招呼侍者过来。丽玛和拉纳克也坐了下来。芒罗说："我想你们不会拒绝来点便餐吧？"

丽玛说："我喜欢。"

拉纳克环顾四周，寻找出口。芒罗说："拉纳克好像在生我的气。"

丽玛笑了："这不奇怪！我喜欢听他跟你和蒙博多还有那个秘书争论。我心想：'真不错！一个强大的男人正在保护我！'不过对他来说，你太聪明了，不是吗？"

"他不会因此吃亏的。"

芒罗向侍者点单时，拉纳克有种被人观察的感觉。邻桌坐着一位母亲、她十二岁的孩子，还有一对下棋的夫妇。看起来他们全都不甚在意，于是他望向侍者们跑进跑出的那些门上面的一排排窗户。它们挂着白色薄纱帘，看起来后面没人，但头顶上方离穹顶不远的位置，探出一个阳台，一伙身穿夜礼服的男男女女伏在栏杆上。因为离得太远，那些人的面孔无从分辨，但中间有个矮胖的男人用手势和胳膊指挥着整伙人，似乎在指拉纳克的方向。有人拿出一个像是望远镜的东西，扣在矮胖男人身边的一个女人脸上。拉纳克感到怒火攻心，一把抓起旁边椅子上的报纸，展开读了起来，只给上面的观察者留了个后脑勺。报纸名为《西大厅》，印刷朴素，栏目排列整齐，没有拉长的头条标题或巨幅照片。拉纳克读道：

亚拉巴马州加入理事会

通过接受造物的帮助，建造这片大陆规模最大的神经元能量库，新亚拉巴马州将成为第五个在理事会拥有全权代表的黑人州。这一举措必然会强化理事会的黑人团体领袖——津巴布韦的穆尔坦的权力。昨晚被问及，这样做会不会给理事会已然难以进行的会议增添新的摩擦，理事长蒙博多大人表示："所有的运动，只要不是发生在真空中，都会产生摩擦。"

在这个版面再往下看，一个熟悉的名字吸引了他的目光。

奥藏方放言无忌

昨天，在介绍能源部的五年期审计报告时，奥藏方教授严厉谴责了理事会采纳十进制计时的做法。（暴怒的教授宣称：）古老的十二进制计时，不只是对无规律且不稳定的太阳日所做的随意细分。十二进制的秒要比十进制的秒，更能准确地读取人的心跳数据。采用十进制计算的损耗预测，出错的可能性高达 1.063 倍，它要对近期能量盈余的减少负责。异常因素在通风口处造成的破坏也有一定的责任，但罪魁祸首还是新的时间进制。奥藏方教授强调，绝不能把他的话当作对蒙博多大人的批评。理事长兼所长大人让我们采用十进制的计时方式，只是批准了扩张工程委员会得出的结论。不幸的是，在这个委员会里，没有一个人有过从事这一孤独、艰难而危险的工作——将龙升华——的第一手经验。整件事是理事会规则暗中破坏研究所程序的又一例证。

拉纳克把报纸折好收进衣兜，再次眯起眼睛往上看。那伙人还伏在阳台的墙上，中间那个男人的手势透着嘲弄和招摇，给他一种熟悉的感觉。丽玛从芒罗手中接过一支烟，芒罗把打火机举到她的唇边。拉纳克语气尖刻地说："是奥藏方在观察我们吗？那边的阳台上？"

芒罗往上看去。

"奥藏方？我不知道。不太可能，他在八楼并不受欢迎。或许是一个模仿他的人。"

"既然他不受欢迎，人们干吗还要模仿他？"

"他很成功。"

侍者在他们每个人面前放了满满一杯酒，还有一盘像煎蛋卷的东西。丽玛拿起叉子吃了起来。郁闷地停顿片刻之后，拉纳克正要学她的样子，这时传来一阵嘘声、笑声和讽刺的欢呼声。一些头发乱糟糟的年轻男女在餐桌和纪念碑之间的空间里列队行进，他们手里举着写有标语的小牌子：

要吃米，不要吃人

吃人是错的

操蒙博多

蒙博多不会操

两侧各有一名警察稳步前行，在他们身后滑动着一个平台，平台上装载着人员和录像设备。

“抗议者，”芒罗头也没抬地说，“他们每天都在这个时候，游行到路障那里。”

“他们是什么人？”

“理事会雇员或理事会雇员的孩子。”

“**他们**吃什么食物？”

“跟别人一样，但这并未阻止他们谴责我们。当然，他们的论点很荒唐。我们并不吃人。我们吃的是某些生命体经过加工的部位，那些生命体已经不能再被称为人了。”

拉纳克看到丽玛推开了盘子。她脸上有着泫然欲泣的神情，当他伸出手去抓住她的手时，她也反过来抓住他的手。他严肃地说：“你刚才要给我们一些路上的忠告。”

芒罗望着他们，叹息着放下叉子。“很好。你们要穿过一片历法间区域，走到昂桑克。这意味着，你们究竟要走多久，是无法预测的。这条路很清晰可辨，所以要坚持一直走下去，不要相信你们无法亲自用手脚去验证的任何事物。这片区域里的光以不同的速度传播，所以各种尺寸和距离都有欺骗性。就连引力都有大有小。”

“这么说这段路有可能要走好几个月？”

“我再说一遍，你们要穿过一片历法间区域。一个月就像一分钟、一个世纪一样，毫无意义。这段旅途可能很轻松，也可能很艰苦，也可能两者兼有。”

“如果我们的补给品用完了，怎么办？”

“有些报告指出，那些感觉旅途艰辛的人，在最后的绝望时刻抵达了另一侧。”

丽玛无力地说：“谢谢你。这可真是鼓舞人心。”

“最好穿上你们的外套。下面那边很冷。”

外套长及脚踝，配有兜帽和厚实的羊毛衬里。他们背上帆布背包，忧虑不安地彼此微笑着，很快地吻了一下，然后跟着芒罗朝另一头走去，登上通往纪念碑的台阶。高悬于台阶上方的巨大石料，有如在金字塔上达成平衡的大圆石。光源投下的阴影勾勒出了重重身影：他们有的在裂缝中沉思，有的在岩石的凸起部分慷慨陈词，有的出现在中央的一个洞穴里。顶部的一个人像似乎代表着雕刻家。他的面孔仰望着光源，但他用双手和木槌将凿子敲进了双膝之间的石头里。拉纳克碰了碰芒罗的肩膀，问他这代表着什么。

“犹太伟人：摩西、以赛亚、基督、马克思、弗洛伊德和爱因斯坦。”

他们从一伙年轻人身边走过，后者瞪大眼睛嘀嘀咕咕：“他们要去哪儿？”“应急出口？”“瞧那些疯狂的外套！”“肯定不是应急出口！”有人喊道：“有什么紧急情况，爷爷？”

芒罗说：“没什么紧急情况，只是重新安置而已。一例单纯的重新安置。”

一阵沉默，然后有个声音说：“他们疯了。”

他们来到顶部，水从这里潺潺流下，落入金鱼池。支撑着这块巨大圆石的东西是一个小得惊人的基座，基座上有一扇铁门。芒罗用手杖敲了敲门。门开了。他们弯下腰走了进去。

第 33 章　区域

在水绿色光线中，在混凝土墙之间的逼仄空间里，他们沿着金属楼梯，往下走了好多分钟。空气变得森寒，最后他们来到一处天花板低矮、有如巨穴的地方，这里足够宽，却并不让人觉得宽敞，因为地面上布满各种规格的管道，有的有一人高，有的仅有手指粗细，天花板则隐没在线缆和通风管道后面。他们走出砖砌的柱子上的一扇门，走进一条从管道中横穿过去的金属走道。芒罗沿着走道往下走去，拉纳克和丽玛跟在后面，有时他们会爬上一架拱形的金属梯子，翻过一根大得出奇的管道。有好长时间，唯一的声音就是远处脉动般的嗡嗡声，混杂着汩汩声、叮当声，还有他们回荡不已的脚步声。丽玛说："老是弯着腰，弄得我背疼。"

"我看见远处有堵墙。我们很快就会从这里出去了。"

"哦，拉纳克，这太沉闷了！我们去找蒙博多的时候，我很兴奋。我期待着一场迷人的新生。现在我不知道该期待什么了，除了恐怖和无聊。”

拉纳克也有同感。他说：“这只是一片我们必须穿越的区域。明天，或者后天，我们就到昂桑克了。”

“但愿如此。起码我们在那儿还有朋友。”

“什么朋友？”

“我们在‘精英’的朋友。”

“我希望我们能结交到比那些更好的朋友。”

“你是个自命不凡的人，拉纳克。我知道你麻木不仁，但我从未想到，你是个自命不凡的人。”

在激烈的小小口角中，他们忘记了自己的苦恼，直到这条走道抵达了一处平台，面前是一堵带有潮湿斑纹的混凝土墙，墙上有扇铁门。这是他们许多天以来见到的第一扇门，门上装着铰链，锁里插着一把钥匙。门上有透过模板涂刷上去的红色大字：

应急出口 3124

危险！危险！危险！危险！

你即将进入

一片历法间

区域

芒罗拧转钥匙，打开了门。拉纳克以为会看到一片黑暗，结果他被一片亮得惊人的白色迷雾照花了眼睛。一条公路从门槛那儿延伸出去，正中有条黄线，但只能看清前面五六英尺远的距离。他走到外面，一股寒潮袭向他的脸庞和双手，他深吸了几口冰冷的空气。它们令他心情振奋。他喊道：“终于来到户外了，感觉真好！太阳肯定就在上面！”

“上面有好几个太阳。”

“只有一个太阳，芒罗。”

“它已经照耀了很长时间。许多个白昼的光线会不断折回这样的区域。”

“那应该更亮才对。”

“不。白昼的光线以特定的速度和角度相遇时，它们会相互抵消。”

“我不是科学家，这话对我来说毫无意义。走了，丽玛。”

“再见，拉纳克。也许等你再老一点，你就信任我了。”

拉纳克未做回应。他身后的门砰地关上了。

他们循着黄线的指引，走进那片薄雾，公路上的黄线就在他们两人中间。拉纳克说：“我想唱歌。你知道什么行进歌吗？”

“不知道。这个背包压得我背疼，我的双手要冻僵了。”拉纳克望着厚重的白雾，嗅了嗅寒冷的空气。看不到什么风景，但他能闻到大海的气味，听到远处传来的浪涛声。公路似乎越来越陡，变得很难走快，所以他看到丽玛的身影消失在几步开外的薄雾里，颇为惊讶。他吃力地追赶到她的身边。她看起来并没有跑，只是步子迈得很大。他抓住她的胳膊肘，气喘吁吁地问：“你怎么……走得……这么快？”

她停住脚步，瞪大眼睛。

“很轻松的，下坡路嘛。”

“我们走的是上坡路。”

“你疯了。”

两人面面相觑，看对方是否有开玩笑的迹象，最后丽玛向后退开，恐惧地说：“别靠近我！你疯了！”

他向她走去，感觉头晕目眩。与此同时，还有某种力量在往一侧推他。他步履蹒跚却没有摔倒，只是立足不稳，有点摇晃。他虚弱无力地说：“丽玛。这条路在线的这一侧是下坡，在另一侧是上坡。”

“这不可能！”

“我知道。但的确如此。试试看。”

她走近了，把一只脚犹犹豫豫地伸过去，又收了回来，她说：“好吧，我相信你。”

“干吗不试试？抓住我的手。”

“既然我们都在下坡这一侧，我们就在这边走吧。这样走更快。”

她走了起来，他紧随其后。

现在他有了下陡坡的感觉。每一步跨出的距离越来越大，最后他喊道：“丽玛！停下！停下！”

“要是我试图停下，我会摔倒的！”

“要是我们不停下，我们都会摔倒。路太陡了。把你的手给我。”

他们抓着对方的手，把脚跟踏进地里，滑行着停了下来，摇摇晃晃地站住了。他说：“我们得小心些，慢慢走。我先来。”

他松开她的手，缓缓迈步，小心向前，忽然脚下一滑，他去抓她的身子，想要获得支撑，结果把她猛地带倒了。他们叠在一起翻滚着，后来每当背包垫在他身体下面的时候，他就富有节奏地颠簸一下，就这样，他往一侧翻滚过去。等他停止翻滚，终于能站起来的时候，路面似乎变平坦了，只有他孤身一人站在雾里。就连黄线都看不到了。“丽玛！丽玛！丽玛！”他喊道，然后留神细听，听到了远处的海潮声。有那么一瞬，他觉得自己彻底迷路了。他从帆布背包里取出手电筒，把它打开，发现黄线就在离自己一码远的地方，然后他想起，如果丽玛倒在黄线另一侧，她会反方向地翻滚到另一边。这是个让人感到安慰的想法，因为它理顺了事物的逻辑。他拿着手电筒，转身向上攀登，费劲地攀上顶点，这时他听到附近传来一阵哭声。又走了十步，他发现她以手掩面，蹲在远离黄线的那一边。他坐了下来，用一只胳膊搂住她的双肩。

过了一会儿，她抬头看了看，说：“幸好是你。”

“还能是谁？”

“我不知道。”

她的指关节流血了。他取出急救包，清洁擦伤的部位，贴上橡皮膏。然后他们肩并肩地坐着，疲惫地等着对方提议上路。最后丽玛说：“如果我们行走在线的两侧，但是越过线拉着手，会怎么样？这样我们当中的一个人走下坡路的时候，可以靠走上坡路的那个人保持平衡。”

拉纳克盯着她喊道：“真是个聪明的主意！”

她微笑着站起来。“我们试试看。我们往哪边走？”

“往左。”

“你确定？”

“没错。你往下滑的时候，不知不觉间越过那条线了。”

新的走法让连在一起的手臂使力颇多，但很管用。最后两侧的路都变平了，透过前面的薄雾，可以看到一堵巨大石壁的一部分。黄线通往一扇铁门，铁门上刷着如下字样：

应急出口 3124

禁止入内

拉纳克气冲冲地踹门，感觉就像踢在石头上。他说：“在下滑时越过黄线的人是我，不是你。”

他们转过身，再次启程。

没走多远，他们听到一阵奇怪的颤音，拉纳克觉得它似曾相识。丽玛说："有人在哭。"

他从兜里取出手电筒，照着前面，丽玛猛地倒吸一口气。是个高个子的金发姑娘，穿着黑外套，背着一个帆布背包，蹲在路上，以手掩面。丽玛小声问："那是我吗？"

拉纳克点了点头，朝那个姑娘走去，跪在她的身旁。丽玛发出一声歇斯底里的轻笑。"你忘了吗？你已经这么做过了。"

但面前这个姑娘的悲伤，让他忽略了后面的姑娘。他搂住她的双肩，急切地说："我在这儿，丽玛！没事了。我在这儿！"

她没有在意。直立的丽玛从他身边走过，冷淡地说："别再活在过去了。"

"可我不能把你的一部分撇在这儿，让她就这样坐在路上。"

"那好吧，拖着她一起走。依我看，无助的女人会让你觉得自己强大而优越，但你早晚会发现，她就是个麻烦。"

奚落、无奈和幽默，在她的话音里震颤着，听了这话，他站了起来。因为蹲着的丽玛似乎感觉不到他的存在，他跟上了行走的丽玛。

他们手拉着手，默不作声地走出老远。除了苍白的薄雾，什么都看不到，除了大海的叹息，什么都听不到。冷空气刺痛着他们的脸，肩膀、臂肘和手指感到阵阵抽痛，火辣辣的，尤其是走到斜坡中间时，一个人要奋力下坡，才能将另一个人拽着上坡。他们陷入了麻木之中，除了胳膊上的痛楚和脚踩在路面上的酸痛，他们一无所觉。有时，他们陷入了真正的睡眠，一个人或另一个人信步踏上黄线，就会有一阵晕眩将他们惊醒。这些晕眩就像电击一样剧烈，最后让他们形成了笔直向前梦游的习惯。拉纳克已经在懵然无知中走了许久，这时有什么东西狠狠地撞在他的膝盖上。他眨了眨眼睛，看到前面的苍白中有个巨大而倾斜的形体。他取出手电筒，往下照去。他的膝盖撞上的是一个生锈的铁质车轮的轮圈，它侧倒着，挡住了去路。他扶着丽玛上去，沿着一根辐条在前面领路，爬上轮轴，用手电筒照亮高耸在他们面前的形体。他还以为会看到某种重工业产品，比如废弃矿井上方的高塔，但眼前的物体让他感到迷惑不解。它是木头做的，跟铁捆缚在一起，形状就像切掉一侧的浴缸。丽玛说：“是一辆双轮战车。”

“里面的空间足以容纳二三十人！什么样的野兽才能拉得动它？那个螺栓头比**我**的头都大。”

“没准是你缩小了。”

“而且它很古老——瞧这锈迹！可它停在现代公路的路面上。我们得绕过去。”

他跳了下去，落在战车和脱落的车轮中间，小腿没入了干燥的沙子里。丽玛落在他旁边，丢下她的帆布背包，砰地躺倒在背包旁边，说了句“晚安”。

“你不能睡在这儿。”

“等你找到更好的地方，跟我说一声。”

他犹豫不决，但这片狭窄的空间可以庇护他们不受寒气侵袭，沙子也非常柔软。他丢下自己的背包，躺在丽玛旁边，说：“把你的头枕在我的胳膊上吧。”

“谢谢，我会的。”

他们扭动着身子，让沙子更贴身，然后一动不动地躺了一会儿。拉纳克说：“昨夜我躺在鹅绒床上，床单往下折得很漂亮。今晚我要跟邋遢的吉卜赛人一起，睡在寒冷的旷野里。”

“你说的是什么？”

“我记起来的一首歌。你为我们离开研究所感到遗憾吗？”

“我累坏了，没精力为任何事感到遗憾。”

片刻之后，她的声音似乎从远处传入他的耳中。

“我很高兴我累坏了。要不是我累坏了，我在这儿是睡不着的。”

他被远处传来的音乐般的呼呼声吵醒了，声音从头顶飘过，消失在寂静中。丽玛动了动，坐了起来，抖落肩膀上的沙子，然后伸了伸懒腰，打了个哈欠。“哎呀，我觉得自己又胖又黏又馊。”

“胖？”

“是啊，我的肚子鼓起来了。”

“肯定是风吹的。你最好吃点东西。”

“我不饿。”

“你能喝热咖啡吗？你的背包里有一壶。”

“哦，可以，我能喝。”

她解开背包的搭扣，把手伸进去，一脸嫌恶地取出红色保温瓶，保温瓶叮当作响，洒出一串褐色的液滴。她把保温瓶丢开，开始用手拂去头发里的沙子。拉纳克说：“准是你摔倒的时候，把它压碎了。你最好把食物取出来，潮气会把它们弄坏的。”

无论他怎么说，她都不肯碰那些食物，于是他亲自取出它们，剥掉濡湿的包装纸，把它们和白兰地酒壶一并装进自己的帆布背包。然后他们起身，绕过战车，看到了另一辆战车朦朦胧胧的车头。路面被一大片损坏的战车给覆盖了，它们在雾中若隐若现，有如一队沉没的战舰，辕杆、车轴、破损的轮圈和裸露的轮辐，就像桅杆、锚和巨大的明轮，在没入沙中的车壳中间探伸出来。根本不可能从上面爬过去，于是他们步履蹒跚地绕了过去，起初他们还时常停住脚步，倒出鞋里的沙子，但很快就厌烦了，干脆忍着不适往前走。似乎又过了若干小时，他们重新踏上了柏油路。他们坐下来，喝了一小口白兰地，最后一次清空鞋里的沙子，然后他们在黄线上面拉着手，继续往前走去。

他们心中充满了新的新鲜感。他们的胳膊感觉不到什么疲劳，雾气变得暖融融的，仿佛阳光就要将其照彻一般，悦耳的声响抚慰着他们的心：先是头顶云雀的鸣啭，然后是鸽子咕咕的叫声，如同大雨落入森林般的沙沙声。他们一听到响亮的汩汩水声和划桨的吱嘎声，拉纳克就用手电筒照向路边，期待着看到一条大河的河岸，但尽管水声越来越响，除了沙子他还是什么都看不到。再往前走，一阵往相反方向去的脚步声和话语声从他们身边掠过。那些声音三三两两地凑在一起，悄声细语，模糊不清，只有一对男女的声音是例外，他们好像是在争论。

"……像你我一样的生命体。"

"……这儿有蕨类和草……"

"草有什么稀奇？"

他们从一群叽叽喳喳、看不到形影的孩子中间穿过时，一些真实的雨点落了下来，打在他们脸上，薄雾变成金色，升了上去。笔直的公路，某些路段修有路堤，毫无起伏地延伸着，穿过起起伏伏的沙地，通向地平线上的一座大山。小小的农场、农田和林地覆盖着山麓小丘，它们在雨中闪闪发亮，像是洒过银粉：顶峰分为数个白雪皑皑的山头，云朵飘浮其间，所有这些都在一弯彩虹之下，这段赤橙黄绿蓝靛紫的四分之三圆弧略微侧转，在闪亮的天空中闪耀着甜美的光彩。丽玛含笑望着远方，抓住他的两只手。她说："你真好，把我从那个地方带了出来。有时候你很聪明。"

他们吻了一下，继续往前走去。薄雾降临，路上那股奇怪的引力又开始拉扯他们的胳膊。他们又开始在半清醒的恍惚中行进，用这种方式避免引力的拉扯。最后丽玛说："我们快到了。"

拉纳克身子一抖，醒了过来，看到前方的雾中有一堵石墙。他打开手电筒，照出一扇铁门，门上有如下字样：

应急出口 3124

禁止入内

丽玛背靠着门坐下，叉起了胳膊。拉纳克站在那儿，盯着那些字看，不愿相信自己看到的。丽玛说："给我点东西吃。"

"可是——可是——可是这不可能！不可能！"

"你带我们转了一圈，绕过那些战车，又原路返回了。"

"我能肯定，这不是同一扇门。它锈得更厉害。"

"门上有同样的数字。给我那个背包。"

"可芒罗说，这条公路有清晰的标记！"

"你聋了吗？我饿坏了！把那该死的背包递给我！"

他坐了下来，把背包放在两人中间。她把它打开，吃了起来，泪水从她的脸颊上滑落。他把一只手搭在她肩上。她把它甩掉，于是他也吃了起来。自从走进这片区域，饥饿和干渴并未给他带来多少困扰，这时他觉得食物毫无味道，于是把它放回背包里，但丽玛嚼得又快又狠，仿佛进食也是一种报复。她狼吞虎咽地吞下枣子、无花果、牛肉、麦片和巧克力，自始至终都有眼泪顺着脸颊往下流。拉纳克畏怯地看着，最后局促不安地说：“你已经吃掉一大半食物了。”

“那又怎样？”

“我们还有很长一段路要走。”

她发出一声介于号叫和大笑之间的声音，继续吃着，直到一点不剩，然后她拔掉白兰地酒壶的瓶塞，喝了两口，站了起来，踉踉跄跄地走进雾里。他隐约看到她跪倒在路边，听到了呕吐的声音。她回来时面色苍白，把头枕在他的大腿上躺下，马上就睡着了。

起初，大腿上的重量令他感到宽慰。她的睡脸显得稚嫩，让他心里充满柔情和可悲的优越感，我们对睡着的人往往会有这样的感受；但路面很硬，他的姿势并不舒服，他开始有进退维谷的感觉。他在心里不断琢磨着向前探路的事，想知道该怎么才能逃出去。因为努力维持原有的姿势不动，他的肌肉疼了起来。最后他吻了吻她的眼睑，直到她睁开眼睛，问：“出什么事了？”

“丽玛，我们必须离开这里。”

她坐了起来，用双手把头发往后按。

“要是你不介意，我就留在这儿，等你转悠回来。”

“你也许要等很长时间。我拒绝死在我作恶之地的门口。”

“作恶？作恶？你用的没有意义的词比我见过的任何人都多。”

他不知道该怎样劝慰她，便尝试着说：“我爱你。”

“闭嘴。”

他的怒气涌了上来。“我爱你一旦遇到真正的困难，就抛开勇气和智慧的那股鲁莽劲。”

“闭嘴！闭嘴！”

“既然我们决定表现得差劲一些，请把白兰地递过来。”

“不，我需要它。”

他站了起来，说：“那你来吗？”

她叉起了胳膊。他语气激烈地说：“如果你需要急救箱，你可以在背包里找到它。”

她没有动。他低声下气地说：“请跟我一起走。”她没有动。

“如果你足够用力地敲门，也许会有人开门。”

她没有动。他把手电筒放在她身边，很快地说了声“再见”，便走开了。他正大步走下第一座小山时，有什么东西砸在他的背上。他转过身，看到了她，满面泪痕，气喘吁吁。她喊道：“你撇下了我！你把我独自一个人撇在雾里！”

“我还以为，你想要那样。”

“你是个残酷、卑鄙的蠢货。”

他笨拙地说：“不管怎样，把你的手给我。”

他们刚一牵手，他的身体就感到酸痛无力。他甚至没有力气握住她的手指。是丽玛一直将两人连在一起，沿着公路前行。他憎恶她。他想躺下睡觉，于是他把自己蹒跚的脚步掩饰成一种不负责任的走法，不无恶意地想："她这样拖着我走，很快就会疲惫。"但丽玛这样走出老远，也没有抱怨。最后，他感到头晕眼花，假装自顾自地哼着一首歌。她停下脚步，喊道："哦，拉纳克，我们做朋友吧！拜托，拜托，我们为什么不能做朋友？"

"我太疲惫，没有精力友善了。我想睡觉。"

她盯着他看，然后她的面容松弛下来，露出笑意。"我还以为你恨我，想要离开呢。"

"此时此刻，的确如此。"

她开心地说："我们坐下吧。我也累了。"然后她在路面上坐了下来。他更想坐在路边的沙地上，但他太累，懒得言语。他在她身旁躺了下来。她轻抚着他的头发，他快要睡着的时候，感觉到了某种异样，坐了起来。

"丽玛！这条柏油路有裂痕！上面有苔藓！"

"我觉得比平时好走多了。"

他不安地环顾四周，透过薄雾看到一样东西，让他震惊得疲惫全消。一个黑乎乎、弓着背、没有脑袋的生物，大约有四英尺高，长着好多条腿，一动不动地站在他们面前。那些腿收拢在一起，弯曲着，像是要跳起来。拉纳克感到丽玛抓住了他的肩膀，小声说：

“一只蜘蛛。”

他头皮发紧。耳朵里响起血管搏动的声音。他站起身，小声说：“给我手电筒。”

“我没有手电筒。躲开吧。”

“让那东西跟在后面，我哪儿也不去。”

他深吸一口气，迈步向前。那个黑乎乎的形体变成了一簇形体，每个形体都有自己的一条腿。他开心地叫道：“丽玛，这是伞菌！”

一簇大个的伞菌生长在黄线上，因此一半圆盖状的头部向左倾斜，另一半则向右倾斜。拉纳克弯下腰，盯着茎秆中间。它们扎根在一堆烂布头里，烂布头里还有生锈的纽扣和一个疙疙瘩瘩的蓝色圆筒。他指着说：“瞧，保温瓶！那堆旧布料肯定是你的背包！”

“别碰！它太可怕了！”

“它们是怎么过来的？我们把它们丢在战车旁边了。它们不可能沿路爬过来，来见我们。”

“还有什么可怕的事是不会在这里发生的吗？”

“理智些，丽玛。这里是发生了怪事，但没什么可怕的。这种蘑菇是像你我一样的生命体。”

“也许像你。但不像我。”

拉纳克看得入了迷。他绕着那簇伞菌仔细查看时，感觉到有某种轻盈的东西拂过自己的脚踝。

“还有，丽玛，这儿有蕨类和草。”

“草有什么稀奇？”

“总比一片满是生锈车轮的沙漠要好。来吧，那儿有一段斜坡。我们爬上去。”

“为什么？我背疼，你不是觉得累了吗。”

伞菌后面，公路消失在一道太过巨大的路堤底下。拉纳克手脚并用地往上爬去，丽玛嘴里抱怨着，跟了上去。

他们从荆豆、黑莓和欧洲蕨中间攀登过去，为自己穿了厚实的外套感到庆幸。白色的薄雾淡去了，最后他们出现在繁星点点的广阔夜空之下。他们站在一条十车道的高速公路旁边，它从薄雾中穿过，就像一条堤道穿过一片泡沫组成的海洋。车子嗖嗖地驶过，因为车速太快而无从辨别：远处的小亮点会突然变大，带着一阵风从旁边掠过，缩小成对面地平线上的小亮点，然后消失不见。绿草茵茵的路肩上有块三十英尺高的公路标牌：

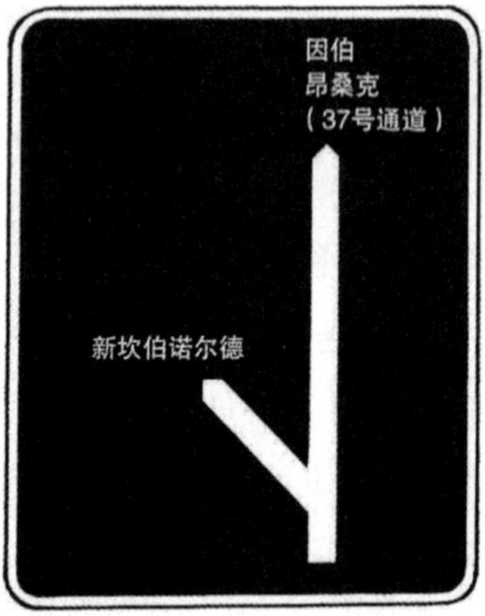

“好极了，”拉纳克快活地说，“我们总算走对路了。走吧。”

“这好像是某种常规：我能走的时候，你觉得累，我需要休息的时候，你就一直拽着我走。”

“你真觉得累吗，丽玛？”

“哦，没有。一点也不累。我会觉得累？真是奇怪的想法。”

“那就好。那走吧。”

他们刚动身，左边雾蒙蒙的地平线上就冒出一团亮光，一个亮着黄光的球体从锯齿状的黑色大山后面滑入天空。丽玛说：“月亮！”

“不可能是月亮。它速度太快了。”

那个球体就像月亮一样醒目。它向上旋动着，穿过猎户星座，从北极星旁边掠过，沉入公路另一侧远处的地平线下面。过了一小会儿，它的一侧外缘少了一片，又从左边的大山后面升了起来。丽玛站着不动，绝望地说：“我走不动了。我背疼，肚子胀，这件外套太紧了。”

她狂暴地解开外套，拉纳克惊讶地望着她。连衣裙原本松松垮垮地挂在肩上，但现在她的肚子都快膨胀到胸口了，琥珀色的天鹅绒像气球的表皮一样紧绷。她低头看着，仿佛被什么给打击到了，有气无力地说：“把你的手给我。”

她把他的手按在小腹那儿，激动地盯着他的脸看。他刚说完“我什么都没摸到”，他的掌心就透过紧绷的肚皮，感受到了一下古怪的轻轻拍击。他说：“有人在里面。”

她歇斯底里地说：“我要有宝宝了！”

他目瞪口呆地望着她，她用责备的眼神回瞪着他。他竭力保持严肃，却没绷住。他的脸被喜悦的大笑拉长了。她露出牙齿，尖叫道：“你还**高兴**！你还**高兴**！”

“对不起，我忍不住。”

她语气低沉而激烈地说：“你肯定恨死我了……”

“我爱你！”

“……你还笑，在我要迎来可怕的痛苦，下身开裂，有可能死掉的时候……”

“你不会死的！”

“……死在该死的高速公路上，该死的视野内没有一名该死的医生。”

“还不到那时候，我们就到昂桑克了。”

“你怎么知道？”

“如果没到，我会照顾你的。通常来说，生育是很自然的事。”

她跪在草地上，捂着脸歇斯底里地大哭起来，拉纳克情不自禁地笑了起来，因为他觉得自己卸下了一副重担，那是他在无意间背负终生的重担。随后他感到羞愧，蹲下来抱住了她，她默许了。他们就这样蹲了许久。

第34章　岔路口

等拉纳克再次望向天空时，一轮半月正在空中飘移。他说：“丽玛，我觉得我们应该试着继续往前走。”丽玛站起身，两人挽着胳膊走了起来。丽玛惨兮兮地说：“你高兴是不对的。”

“没什么可担心的，丽玛。听着，娜恩怀孕时，也没有人帮她，但她还是想要孩子，最后也顺顺利利地生下来了。”

“不要再拿别的女人跟我比。娜恩是个傻瓜，不管怎么说，她爱斯拉登，这点就不一样。”

拉纳克惊呆了，他一动不动地站着，说：“你不爱我吗？”

她不耐烦地说：“我喜欢你，拉纳克，当然，我也依赖你，但你并不很令人鼓舞，不是吗？”

他盯着空气，用一只攥紧的拳头按着胸口，感觉自己虚弱无力，心里空空荡荡的。丽玛脸上露出激动的表情。她指着他身后，小声说：“瞧！”

前方五十码处，路肩上停着一辆油罐车，边上站着一个男人，显然正在往两个车轮之间的草地上小便。丽玛说："求他捎我们一段。"

拉纳克觉得自己无力动弹。他说："我不喜欢向陌生人求助。"

"是吗？那我去。"

她从他身边跑过，喊道："对不起，打扰一下！"

司机转过身，面向着他们，扣上裤子的门襟。他穿着牛仔裤和皮夹克，是个年轻男人，一头尖钉般的红头发，他茫然地看着他们。丽玛说："打扰了，你能载我一程吗？我累坏了。"

拉纳克说："我们正要去昂桑克。"

司机说："我要去因伯。"

他打量着丽玛。丽玛的兜帽掉到了后面，淡金色的头发垂在肩上，多少遮住了她那张热情的笑脸，外套敞开着，隆起的肚子把短裙顶到了膝盖往上好多的位置。司机说："不过，因伯离昂桑克也不算太远。"

丽玛说："那你愿意让我们搭车吗？"

"当然，如果你们愿意的话。"

司机走向驾驶室，打开车门，爬进车里，把手伸了下来。拉纳克喃喃地说："我扶你上去。"但还没等拉纳克碰到她，她就抓着司机的手，脚踩着前轮的轮毂，被司机拉进了车里。于是拉纳克跟着爬了进去，关上了车门。驾驶室里热乎乎的，有股汽油味，光线昏暗，驾驶室被震动的引擎分隔成两部分，引擎像马匹的躯体一样厚实，上面盖着一块花格小地毯，司机坐在引擎另一侧的最里面。拉纳克说：“我坐中间，丽玛。”

丽玛跨坐在毯子上，说：“不，我应该坐这儿。”

“但这股震动会不会……有什么影响？”

她笑了。

“我确定它不会做什么坏事。这股震动很乖。”

司机说：“我经常让小妞坐在发动机上，这样能让她们暖和起来。”

司机把两支烟塞进嘴里，点着后递给丽玛一支。拉纳克郁闷地坐在另一个座位上。司机说：“现在你高兴了？”

丽玛说：“哦，是的。你真是个好人。”

司机打开车灯，向前驶去。

引擎噪声很大，说话必须扯着嗓子吆喝。拉纳克听到司机喊道：“已经怀上了？”

“你很善于观察。”

“真是奇怪，有些妞儿挺着这样的肚子，一点也不失性感。你们为什么要去昂桑克？”

“我男朋友想在那边工作。”

“他是干什么的？”

“他是画家——艺术家。”

拉纳克喊道：“我不是画家！”

“艺术家吗？他画裸体吗？”

“我不是艺术家！”

丽玛笑着说：“哦，是的。他对裸体很着迷。”

“我敢打赌，我知道他最喜欢的模特是谁。”

拉纳克闷闷不乐地盯着窗外。丽玛的情绪已经从歇斯底里的绝望转变成兴高采烈，这更让他感到烦扰，因为他无法理解。另一方面，每一分钟，他们都离昂桑克更近，这让他感觉良好。车速改变了他眼中的月亮，尖尖的新月刚好浮在地平线上，似乎一动不动，让人感到宽心：时间过得越来越慢了。他听到司机说：“来，把这个给他。”丽玛把一个圆鼓鼓的东西塞进他手里。司机喊道：“数数里面的东西——快数数里面的东西！”

那东西是个钱包。拉纳克把它猛地丢过丽玛的大腿。司机一只手接住，喊道：“两百镑。工作四天赚的。经常加班，不过造物给的报酬还行。给你一半，在这儿给你的女人画一张光着身子的，行吗？”

“我不是艺术家，我们要去昂桑克。”

“别。昂桑克没什么意思。因伯才是好地方。明亮的灯光、脱衣舞俱乐部、瑞典式按摩，在因伯，艺术家有干不完的活儿。每个人都能找到乐子。我带你们逛逛。”

“我不是艺术家！”

“再来一支烟，宝贝，给我点一支。”

丽玛拿起烟盒，喊道：“你真出得起这笔钱？”

“你看到钱包了。我什么都买得起，不是吗？”

“真希望我男朋友能像你这样！”

“我有个特点：如果我想要一样东西，我才不在乎要花多少钱。让后果见鬼去吧。人只能活一次，不是吗？你来因伯吧。”

丽玛笑着喊道：“我跟你有点像。”

拉纳克喊道：“**我们要去昂桑克！**”但另外两人好像没听到。他啃咬着指节，又向外面望去。他们被一排排急速行驶的大车和集装箱货车夹在里面，集装箱货车上有用模板涂刷上去的神秘名字：“量子”“沃斯塔特”“皮质素”“性虐狂”。司机似乎热衷于展现自己的超车技术。拉纳克想知道，再过多久，他们就会抵达通往昂桑克的那条路，怎样才能让这辆货车停在那儿。还有，如果卡车真的停了，他（离车门最近）必须先于丽玛下车。万一司机载着她开走怎么办？或许她喜欢那样。她看起来开心得很。拉纳克不知道，是不是怀孕和疲惫把她逼疯了。他自己也觉得疲惫不堪。入睡前他最后一个清醒的想法就是，不论发生什么事，自己绝不能睡着。

拉纳克在令人困惑的寂静中醒来，过了一会儿才明白自己在哪儿。车子停在了路边，右边的驾驶舱里正在发生一场争吵。司机生气地说：“这样的话，你可以走了。”

丽玛说：“可为什么呢？”

“你突然改变主意了，不是吗？”

“我改变了什么主意？”

“出去！我看到一个婊子，就知道她是什么货色。”

拉纳克急忙打开车门说：“好，我们这就离开。谢谢你载我们一程。”

“你自己多保重，伙计。如果跟她黏在一起，你会惹上麻烦的。”

拉纳克爬到边上，扶着后面的丽玛下了车。车门砰地关上了，油罐车隆隆地向前驶去，变成呼啸远去的许多光芒中的一道。丽玛咯咯地笑着说：“真是个有意思的人。他好像真的不高兴了。”

“这不奇怪。”

“这话是什么意思？”

“你跟他调情，他当真了。”

“我没调情，我只是表现得礼貌一些。他是个糟糕的司机。”

“孩子感觉怎么样？”

丽玛脸红了，说：“你永远都不能让我忘记这件事，是吗？”

她快步走了起来。

公路夹在又宽又矮的路堤之间，向前延伸着。丽玛突然说：“拉纳克，你发现没有？车流有些不一样了。往相反方向开的车，一辆也没有了。”

“之前有吗？”

“当然。一分钟之前才中断的。那是什么声音？”

他们听了听。拉纳克说：“我想，是雷声。要不就是飞机。”

“不，是人群的欢呼声。”

“如果我们继续往前走，说不定就可以弄清了。”

显然，前面出了什么怪事，因为车灯开始成群地集结在地平线上。路堤越来越陡，直到公路接入一处路堑。路肩变成了乌黑峭壁下方的青草带，峭壁上覆盖着厚厚的常春藤。呼啸的警笛声在他们身后响起，一辆辆警车朝着那些车灯和雷声飞驰而去。前方的路堑似乎被强光遮挡住了，车辆驶近时全都放慢了速度。很快，丽玛和拉纳克来到卡车和油罐车排成的长队跟前。司机们站在路肩上，大声吆喝，打着手势，因为越往前走，那阵喧嚣声就越响。他们从另一块路牌旁边走过：

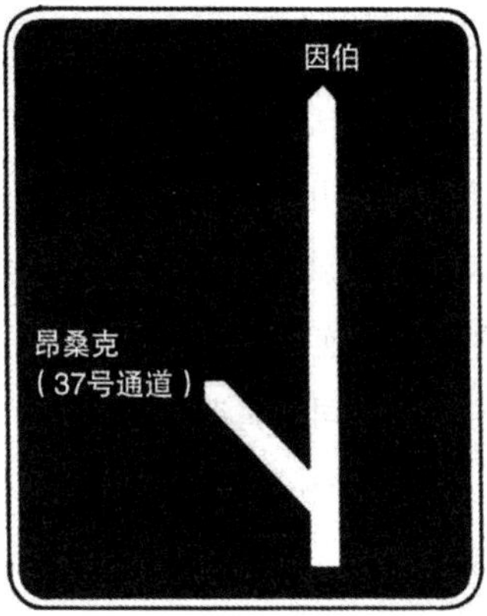

最后丽玛停住脚步，用双手捂住耳朵，通过做口型和摇头，她明确表示，她不会再往前走了。拉纳克生气地皱起眉头，但那股噪声吵得他无法思考。噪声里有动物甚至人类发出的声音，但只有机器才能一直发出这样震耳欲聋的尖叫、嘶叫、号叫、咆哮、哀鸣，磕绊、震颤、吱嘎、刺啦、叽喳和呱嗒的巨响。噪声传入地里，震得人脚底疼。丽玛依然捂着耳朵，转过身去，匆匆往回赶，拉纳克犹豫片刻之后，也欣然跟了过去。

更多的车加入队列之中，司机们站在车辆中间的公路上，因为卡车后部可以遮挡噪声。一名拿着手电筒的年轻警察正在跟一群人说话，拉纳克扯着丽玛的袖子，拽着她过去听。警察说："一辆油罐车在去昂桑克的岔路口撞上一辆性虐狂运输车。我从未见过类似的景象——神经回路像他妈爆炸的足球一样，散落得每条车道都是，尖叫声足以把路面震得粉碎。情况已经上报理事会了，但天知道他们要花多久才能把这样的烂摊子收拾好。好几天——或许要好几个礼拜。如果你们要去因伯，那就得绕道新坎伯诺尔德。如果你们要去昂桑克，唉，连想都别想。"

有人问他，涉事司机情况如何。

"我怎么知道？如果他们走运，那他们在碰撞中就丧生了。不穿防护服，你根本没法进入事发地六十米以内。"

警察离开人群，拉纳克碰了碰他的肩膀，说：“我能跟你谈谈吗？”

警察用手电筒照了照他们的脸，严厉地说：“你们眉毛中间是什么？”

“大拇指印。”

“好吧，我有什么能帮到你们的，先生？赶紧说，我们现在很忙。”

“我和这位女士正要去昂桑克——”

“不可能了，先生。公路不通了。”

“但我们是步行过去。我们不是非要走这条公路。”

“步行！”

警察摩挲着下巴。最后他说：“有一条很旧的人行地下通道。已经很多年没用了，但据我所知，它还没有被**正式**废弃。我的意思是，它还没有被人用木板封死。”

警察带他们穿过草地，来到路堑墙壁上的一道黑乎乎的轮廓跟前。那是个方形的入口，八英尺高，被沉甸甸地垂落下来的常春藤遮没了一半。警察用手电筒往里照了照。地面在一堆枯叶下面，倾斜着没入黑暗之中。丽玛断然地说：“我是不会进去的。”

拉纳克说：“你知道它有多长吗？”

“说不清，先生。稍等……”

警察用手电筒的光柱扫了扫入口旁边的墙，露出一块褪色的铭牌：

行地下　道

昂桑　　00 米

警察说："有这种入口的地下通道不会很长。可惜灯都坏了。"

"可否把你的手电筒借给我？我们的弄丢了，丽玛——这位女士——如你所见，怀有身孕。"

"抱歉，先生，不行。"

丽玛说："说这些有什么用。我拒绝进那里面去。"

警察说："那你们只能搭便车回新坎伯诺尔德了。"

警察转身离开了。拉纳克耐心地说："现在听着，我们必须讲道理。如果我们走这条地下通道，十五分钟就能到昂桑克，或许比这还快。它没有灯照明，但墙上有扶手，所以我们不会迷路。新坎伯诺尔德距离这里，也许有好几个小时的路程，我想让你尽快住进医院。"

"我讨厌黑暗，我讨厌医院，我不去！"

"黑暗没有什么问题。我在生活中遇到过几件可怕的事，每一件都发生在阳光下，或者灯光明亮的房间里。"

"那你还装作**想要**阳光！"

"我是想要，但不是因为怕黑。"

"你多聪明。多强大。多高贵。多没用。"

他们激烈地争吵着，走进了隧道口，以躲避外面噪声的轰鸣。拉纳克突然停下，指向黑暗之中，小声说：

“看，尽头那儿！”

他们的眼睛渐渐适应了黑暗，现在他们可以看到，在通道最深处，有个光线暗淡的小方块。丽玛突然抓着扶手，往斜坡下面走去。拉纳克赶紧追上去，默默地挽着她的胳膊，生怕说错一个字，打消她的勇气。

身后的轰鸣陷入了寂静，枯叶也不再在他们脚下飒飒作响。地面变平整了。空气变冷了，随后变得严寒刺骨。拉纳克一直盯着那个微光闪烁的小方块。他说：“丽玛，你松开扶手了吗？”

“当然没有。”

“真有意思。我们刚进隧道时，光亮就在正前方。现在它在我们左边。”

他们停了下来。他说：“我认为，我们正在贴着一处开阔空间的墙边走，一个大厅之类的地方。”

她小声说：“我们应该怎么办？”

“直接往光亮的地方走。你不能扣上你的外套吗？”

“不能。”

“我们必须尽快走出这片寒冷的地方。来吧。我们从中间直接穿过去。”

“万一……万一有坑怎么办？”

“人们不会在人行地下通道的中间挖坑的。松开扶手吧。”

他们迎着光亮，小心翼翼地迈着步子，这时拉纳克发现自己在向下滑，便大喊一声，松开了丽玛的胳膊。

他的头和肩膀撞在一种金属质地的硬实表面上，因为力度大得惊人，他在这层表面上躺了好几秒钟。摔伤带来的痛楚，远不如那股强烈的刺骨寒意来得严重。

手上和脸上的寒意让他哭了出来。

“丽玛，”他呻吟着，“丽玛，对不起……对不起。你在哪儿，拜托？”

“这儿。”

他爬了一圈，拍打着地面，最后他的手摸到了一只脚。“丽玛……？”

“是我。”

“你穿着薄薄的凉鞋，你站在冰上。对不起，丽玛，我带你走到结冰的湖上了。”

“我不在乎。”

他站了起来，牙齿直打寒战，他四处张望着，说：“亮光在哪儿？”

“我不知道。”

“我看不到……哪儿都看不到。我们必须找到回扶手那儿的路。”

“你做不到的。我们迷路了。”她的身体就在他旁边，但她的声音低落而沉闷，仿佛是从远处传来一般。她说：“我是个巫婆。落到这种地步纯属活该，因为我害死了他。”

拉纳克以为她发疯了，内心感到疲惫不堪。他耐心地说：“你在说什么呢，丽玛？”

过了一会儿，她说：“怀孕、寂静、冰冷、黑暗、跟你一起迷路、脚快要断掉、背疼，这些都是我活该。那个司机胡乱开车，想打动我。他想要我，你知道吗，起初我还觉得蛮有意思。后来我厌倦了他，他太自鸣得意、自以为是了。他把我们赶下车的时候，我想让他死掉，于是他继续胡乱开车，这才发生了车祸。难怪你想把我关在医院里。我是个巫婆。”

拉纳克意识到她在绝望地哭泣，试着抱住她，说：“首先，撞毁的油罐车可能并不是让我们搭车的那一辆。其次，一个人胡乱开车，不是别人的错，只能怪他自己。还有，我不会把你关在任何地方。”

“别碰我。”

“可是我爱你。”

“那你保证，宝宝出生的时候，不要离开。保证你不会把我交给别人，自己跑掉。”

“我保证。别担心。”

“你现在这样说，是因为我们就要冻死了。如果我们能从这儿出去，你就会把我交给一帮该死的护士。”

“我不会！我不会！”

“你现在这样说，但真正的疼痛开始的时候，你就会跑掉。你根本忍受不了。”

“我为什么忍受不了？那是你的痛苦，不是我的。”

丽玛喘着粗气大叫道：“你高兴了！你高兴了！你这邪恶的畜生，你高兴了！”

拉纳克喊道：“我说什么，你都觉得我邪恶！”

“你就是邪恶！你没法让我快乐。你**肯定**邪恶！”

拉纳克气喘吁吁地站着，无话可说。他知道自己想出的每一句宽慰的话，都会被丽玛歪曲成一种伤害。他抬起一只手想打她，但她还怀着孩子。他想转身逃跑，但她需要他。他四肢着地，发出愤怒的叫喊，随后变成了号叫，然后变成了怒吼。他听见她用冰冷的声音低声说："你这样是不会吓到我的。"

他又吼了一声，只听远处有个声音喊道："来了！来了！"

他站了起来，费力地吸着气，感受着双手和膝盖上的冰寒。冰上有盏灯往他们这边迎了过来，能听到一个声音说："对不起，我来晚了。"

随着那盏灯的接近，他们看到，它被一个黑色的身影提在手中，一道白条将他的头和肩膀分隔开来。最后，一名牧师站在他们面前，他也许是个中年人，却有一张热切、光洁、颇显年轻的面孔。他举着灯，似乎对拉纳克的相貌，还不如对他额头的记号来得在意。牧师自己额头上也有个类似的记号。他说："拉纳克，对吗？好极了。我是里奇-斯莫利特。"

他们握了握手。牧师低头看了看丽玛，丽玛已经蹲下了，双臂疲倦地搁在肚子上。牧师说："这么说，这位就是你的好夫人。"

"**夫人。**"丽玛轻蔑地吼道。

拉纳克说："她很累，还有点不舒服。其实她快要生了。"

牧师满怀热情地微笑着。

“太好了。这真是太棒了。我们必须送她去医院。”

丽玛粗暴地说：“不！”

“她不想去医院。”拉纳克解释说。

“你必须说服她。”

“可我觉得，她应该按照自己的意愿行事。”

牧师动了动脚，说：“这里太冷了。我们是不是到地面上面去？”

拉纳克搀扶着丽玛站起身，他们跟在里奇-斯莫利特后面，从黑魆魆的冰面上走过。

除了离头顶一两英尺高的天花板，很难看清地洞里的任何东西。里奇-斯莫利特说：“这些维多利亚时代的小伙子，精力可真够旺盛的。上面的地面填满了之后，他们掏空了这片地方，用作地下墓室。之后的时代它被用于供人行走，如今这仍然是一条相当方便的捷径……你们有任何问题，都请问吧。”

“你是什么人？”

“一名基督徒。或者说，我努力做一名基督徒。我想，你想知道我具体属于哪个教派，但我认为，教派不是那么重要，你觉得呢？基督、佛祖、阿蒙-拉[1]和孔子有很多共同点。其实我是一名长老会教徒，但我和各个大陆、各种肤色的信徒们一起工作。”

1　阿蒙（Amon），埃及神明，被奉为诸神之王，和太阳神拉（Ra）融为一体，即阿蒙-拉。

拉纳克觉得太累,不想说话。他们已经离开了冰面,登上了拱顶下方的一段石板走廊。里奇-斯莫利特说:“注意,我反对人祭,除非是自愿的,比如基督那种情况。你们旅途愉快吗?”

“不愉快。”

“没关系。你现在依然身体健全,肯定会受到热烈欢迎。当然,你会得到委员会的一个席位。斯拉登对此十分肯定,我也一样。我处理研究所和理事会事务的经验相当过时——我那时候,事态不像现在这样紧张。当我们听说,你选择加入我们的时候,我们很高兴。”

“我并没选择加入任何人。我对委员会的工作一无所知,斯拉登也不是我的朋友。”

“好了,好了,别急躁。洗澡和干净的床铺会创造奇迹。我猜,你的疲惫超乎你的想象。”

光线暗淡的方块出现在前方,扩大为一个门洞。门洞外面是一段金属楼梯的底端,拉纳克和丽玛在水绿色光线中,缓慢而痛苦地向上攀爬着,里奇-斯莫利特耐心地跟在后面,自娱自乐地哼着小调。若干分钟之后,他们出现在一间狭窄、黑暗的石室里,三面墙上有大理石铭牌,第四面墙上有一扇熟铁大门。大门很容易推开,他们踏上一条砾石小径,头顶是广阔的黑色天空。拉纳克看到,自己身处小山顶,周围是一片熟悉的墓地里的那些方尖碑。

第35章　大教堂

他们走出一小段路之后,拉纳克停住脚步,断言道:“这里不是昂桑克!”

“你搞错了。这里就是。”

他们的目光越过满山坡的方尖碑，俯瞰着一座矮墩墩的黑色大教堂。探照灯照亮的教堂尖顶上有个镀金的风向标，高过他们的眼睛所在的平面，但更远处的景象让拉纳克感到迷惑不解。他记忆中的昂桑克是一座石头砌就的城市，有黑色的廉租公寓和华丽的公共建筑，有方正笔直的街道规划和有轨电车。在议事走廊上听到的流言蜚语，让他以为自己还会看到同样面貌的城市，只是更黑暗、更荒芜，结果在没有星光的夜空下，这座城市闪耀着冰冷的光芒。跟教堂尖顶一样高的一根根细长灯杆投射着白光，照在另一条大型高速公路的条条车道和环形匝道上。公路两侧是亮晃晃的、玻璃和混凝土铸就的高楼，有二十几层高，楼顶有警示飞机避让的灯光。可这就是昂桑克，尽管高楼和机动车道之间的老街看上去像是抹掉了一半，一块块空地后面的空白山墙被清理掉了，用于停车。沉默片刻之后，拉纳克说：“昂桑克快完了吗？”

“快完了？哦，我表示怀疑。自打他们废止了 Q39 项目之后，人口是有些萎缩，但出现了一股巨大的建筑热潮。”

“可如果一个地方人口流失、工业衰落，哪还有钱建造新楼？”

“啊，我对年代学知之甚少，说不上来。我觉得，发生在**心灵**之间的事，要比这些大型公共能量交换方法更为重要。你肯定会告诉我，这是一种保守的态度。另一方面，只有激进分子愿意与我共事。很奇怪吧？”

拉纳克急躁地说：“你好像理解了我的问题，但你的回答在我听来毫无意义。”

“人生就是如此，不是吗？但只要你有一颗善良的心，不断努力，就没必要绝望。Wer immer strebend sich bemüht, den können wir erlösen.[1] 哦，对我们来说，你会发挥出巨大作用的。”

丽玛突然靠在一块石头上，没有抱怨，只是低声说：“我走不动了。”

拉纳克慌了神，紧搂着她的腰，但他颇为担忧：自己搂的是两个人，而不是一个人。

---

1 德语，意为“无论是谁，只要他肯全力奋斗，我们就能拯救他”。语出歌德的长诗《浮士德》。

里奇-斯莫利特柔声说道："头晕吗？"

"不，我背疼，我……我几乎无法思考。"

"我在传教阶段取得过医学文凭。让我测一下你的脉搏。"

他一只手握住她的手腕，另一只手打着拍子，然后说："八十二。考虑到你的身体状况，这很不错。你能不能坚持到那座楼？你最需要的是睡一觉，但我最好先给你做个检查，确保一切正常。"

他指的是那座大教堂。丽玛直勾勾地盯着它看。拉纳克喃喃地说："我们能不能合力抬着她？"

丽玛奋力站起身，说："不，把你的胳膊给我。我能走。"

牧师带他们走过昏暗、杂草丛生的小径，从嵌入山腰的陵墓柱廊旁边走过。从下方照过来的道道微光，照亮了题献给这些杰出逝者的碑文的边角：

……他获胜的战斗……

……他无私的奉献……

……受学生敬畏……

……受同僚尊重……

……为众人爱戴……

他们穿过一块平坦的空地，沿着一条卵石巷道往前走。里奇-斯莫利特说："大河的一条支流一度在这下面流淌过。”

拉纳克看到，身边的一堵矮墙原先是桥护墙，他抬头望去，看到的是一条路堤颇陡的公路。轿车加速驶过这段公路，进入高速路，但前方似乎有路障：减速、停车之后，它们又纷纷掉头返回。空气中有种细小而清晰的震颤，作用在耳鼓上，就像用钻头钻牙一样。

“那是什么声音？”

“岔路口那儿好像出了交通事故：一辆运输车爆炸了，它是圣父巨大而危险的工作成果之一。理事会应当禁止它们。这座城市看上去像是被封锁了好长一阵。但我们有充足的食物储备。从这边走，这是近路。”

原先的护墙已经被掩映在灌木丛中的一堵墙所取代。里奇-斯莫利特分开两株灌木，露出一个洞穴，里面更明亮。拉纳克搀扶着丽玛钻了进去。他们来到了大教堂的庭院里，一块块墓碑平放在地上，像人行道的铺路石。面包车和私家车停在墓碑上，正对着周围的围墙，丽玛坐在一辆移动吊车的台阶上。里奇-斯莫利特把双手插进裤兜，带着满足的微笑望着前方。

“它就坐落在那里！”他喊道，“再次成了我们的执政中心。”

拉纳克望着大教堂。起初，探照灯照亮的教堂尖顶显得太过坚实，那个平板的黑色轮廓似乎不足以撑起它，裁切出这个形状的是一排排昏黄的窗户。随后他的眼睛辨认出一座坚固的哥特式教堂的塔楼、屋顶和扶壁，还有因为天气侵蚀和从前的信仰攻击者的锤击而破损、擦伤的雕花排水管。

“你说的执政中心是什么意思？昂桑克不是有市政厅嘛。”

“啊，没错，如今我们用它来做地产交易。那儿完成了很多工作，但**真正的**立法官员们到这里来。我知道你很想见他们，但首先你得睡觉。我是作为医生，而不是福音的传播者说这话的，所以你不能跟我争辩。”

他们从碑文上方走过，这些碑文比高处公墓里的更简洁明了。

“威廉·斯金纳：5½ 英尺北 ×2¼ 西。”

“哈里·弗莱明，妻子明妮，儿子乔治，女儿埃米：6 英尺西 ×2½ 北。”

他们来到一扇侧门，穿过一段不很深的门廊，进了大教堂。

一名穿蓝色工作服的长发青年坐在门边一个带盖子的石质洗礼盆上看书。他抬头看了看，说：“你去哪儿了，阿瑟？波吕斐摩斯快要发狂了。他觉得他有所发现。”

“我正忙着，杰克。”里奇–斯莫利特干脆地说，“这些人需要休息和照料。有什么地方能腾空一段时间？我是说真正腾空？”

“艺术实验室没有安排。”

“那把毯子和枕头拿进去，还有干净的床单，真正干净的床单，铺好一张床。”

“行，可是，”——青年放下书本，溜到地上——“我怎么跟波吕斐摩斯说？”

“就跟他说，政治并不是人的首要目的。”

青年从一排排灯芯草坐垫的椅子中间匆匆离开了，这些椅子遮住了大石板铺就的地面。大教堂内部似乎比从外面看到的更宽敞。位居中央、支撑塔楼的柱子遮住了后方的景象，但管风琴的音调和模糊的唱诗声表明，那儿正在举办一场仪式。与此同时，下面的某个地方传来某种狂野音乐的猛烈节拍。里奇-斯莫利特说：“是个不错的上帝之犬舍，对吗？‘十月终点站’正在地下室举行一场音乐会。有些人不赞成这么安排，但我告诉他们，当年在宗教改革期间，这栋建筑曾同时供三方会众使用，而且圣父家里有很多大屋。你需要上厕所吗？”

“不，”坐进一把椅子的丽玛喃喃地说，“不用，不用。”

“那走吧。已经不远了。”

他们沿着一条侧廊缓缓行进，拉纳克这才有时间发觉，这座大教堂自落成以来，显然曾有过几种不同的用途。头顶悬着破烂的旗帜，靠墙处竖立着华丽的纪念碑，纪念入侵遥远的大陆时阵亡的士兵。在塔楼下面的拱门前，他们左转，下了几级台阶，然后右转，又下了几级台阶，走进一个小礼拜堂。一盏橘色的灯挂在装有石头肋拱的天花板上，但石头被粉刷成白色，给人以宁静的感觉。角落里的煤油炉让空气变得温暖芳香，一摞塑料床垫靠在墙边，快要摞到天花板了。其中三张床垫紧挨着放在一起，杰克正在中间的床垫上铺床。铺好之后，丽玛在上面躺了下来，拉纳克帮她脱下外套。“先别睡——我马上回来。”里奇-斯莫利特说，然后就出去了。杰克拨了拨暖炉的灯芯，跟在后面出去了。拉纳克脱掉自己的外套，坐了下来，丽玛把头枕在他的大腿上。拉纳克很疲倦，但无法放松下来，因为他的衣服又黏又脏。他用手指摸了摸自己的脸颊和下巴上纠缠的胡须，还有头皮上稀疏的头发。显然他变老了。他低头看着丽玛，丽玛闭着眼睛。她的头发又变黑了，除了大肚子，她整个人似乎比在议事走廊上时还要苗条。眉心不快的细纹让人觉得她是个生气的小女孩，但她的嘴唇有着成熟而满足的三四十岁妇女特有的美妙的安详。他看了又看，还是丝毫无法确定她的年龄。她叹了口气，小声说：“斯拉登在哪儿？”

他忍住怒气，和和气气地说：“我不知道，丽玛。”

“你对我很好，拉纳克。我会一直信任你的。”

里奇-斯莫利特和杰克端来一盆盆热水、毛巾、干净的男用睡衣，又出去了。丽玛躺在毛巾上，拉纳克用海绵给她洗身，擦干，特别小心地擦洗了她的大肚子，这时大肚子看起来比穿着衣服时更正常。她钻进了被窝里，里奇-斯莫利特拎着一个黑色皮箱回来了。他跪在床边，取出体温计、听诊器和装在透明封套里的消毒手套。他把体温计塞进丽玛腋下，撕开封套，这时丽玛睁开眼睛，语气严厉地说："转过身去，拉纳克。"

"为什么？"

"如果你不转过身去，我就不让他碰我。"

拉纳克转过身去，走到一根柱子的另一侧，踩在裸露的石头上，他感到脚怪冷的。他停住脚步，盯着天花板看。一条条肋拱会合于雕花的蕾形装饰物上，其中一个是两条小蛇缠绕在一起，伏在玫瑰花环中间的一只十分快活的骷髅额头上。旁边，有人用铅笔在拱顶上潦草地写道：

上帝 = 爱 = 金钱 = 粪土。

"好了，看起来一切正常。"里奇-斯莫利特大声说。拉纳克转过身，看到他重新收拾好了皮箱。"小家伙看起来挺健康，动来动去的。如果她坚持要在这儿生产，我想我们可以安排好。"

"这儿？"拉纳克吃惊地说。

"我是说，不在医院里。无论如何，我走了，把你们应得的休息时间留给你们。"

他出去了，拉上了门口的红色门帘。丽玛小声说："从我后面进来。"

他照办了，她把冰凉的脚掌贪婪地贴在他的小腿上，但她的后背熟悉而舒适，很快他们就暖和过来，睡着了。

拉纳克在低语声和窸窣声中醒来。明亮光点组成的链条呈之字形飘过乌黑的拱顶、柱子和拥挤的地面。它们是被一个银色多面反射球投射过来的，反射球挂在原先橙色的灯所在的位置，而此刻，唯一稳定的光照在入口的台阶上。这些台阶与墙同宽。身穿工作服的年轻男子在往台阶上布设发电机，这些发电机有时令礼拜堂充满巨大而嘶哑的叹息声。三名略为年长的男子坐在下面的台阶上，抱着用电线连接在一起、接到发电机上的种种乐器，第四个人正在组装一组打击乐器，那面大鼓上印着“布朗的海蚯蚓卡萨诺瓦们”字样。拉纳克看出，自己也是观众中的一员：整个地面铺满床垫，床垫上肩并肩地坐满了人。他旁边有个优雅的姑娘，披着银色的莎丽，靠在一个毛发旺盛、袒露胸膛、穿着羊皮马甲的男人身上。正前方，一个身穿高地军团的格子呢紧身裤和鲜红色军官晚礼服的姑娘，正在与一个发辫男窃窃私语，后者像印第安女人那样戴着束发带，穿着带穗鹿皮装。来自各个时代、各种文化的人，穿着绸缎、帆布、毛皮、羽衣、毛衣、薄纱、尼龙和皮衣，会聚于此。有的头发如非洲人般卷曲，有的剪了罗马式的平头，有的像蓬巴杜侯爵夫人那样将头发堆高，有的像狮身人面像那样将头发捋直，或者梳成长假发那样的披肩大波浪。人们佩戴着各式各样的饰品，也有好多人裸着身子。拉纳克徒劳地寻找着自己的衣服。他觉得自己已经休息了很长时间，但丽玛还在睡觉，于是他决定待着不动。其他男男女女最后躺了下来，甚至在睡袋的遮掩下彼此爱抚着。

欢呼声响起，一个留着浓重髭须、面色忧郁的小个子男人手拿麦克风，站在台阶上。他说："很高兴回来，伙计们，回到传奇的昂桑克，我在这里有过那么多传奇经历。我要用一首新歌来打头炮，它在特洛伊和特拉布宗[1]引爆了观众，在亚特兰蒂斯像冰冷如石的火鸡一样沉入水底，让我们看看，在这里会发生什么。《居家男》。"

他向后猛一甩头，喊道：

她为我烤的蛋糕咬我，直到把我咬哭！

种种乐器和机器发出"吧哇姆"的巨响，有那么一秒钟，人的听觉和思维都被它毁掉了。

她为我铺的床太硬，害我差点死掉！
（吧哇姆）
她为我洗的衬衫，叉起胳膊，将我束缚！

1 特拉布宗（Trebizond），土耳其北部城市，从古希腊时期开始成为海上交通据点和商业中心。

（吧哇呣）

她热心家务，她有个伟大的家务计划，可是

拜托，宝贝，相信我，夫人，我

不是一个居家男

不是一个居家男

不是一个居家男。

（吧哇呣 吧哇呣 吧哇呣 吧哇呣 吧哇呣 吧哇呣 吧哇呣 吧哇呣 吧哇呣）

丽玛坐了起来，双手紧捂耳朵，泪流满面。她说了些什么，但根本听不见。拉纳克看到里奇-斯莫利特在歌手后面的门口那儿拼命招手，让他们过去。他拉起丽玛，他们从听众当中跌跌撞撞地穿过。歌手吼道：

她擦干净窗户，直到它们照得我目不视物！

（吧哇呣）

她给地板上光，直到地板吸住我的脚，吸到膝盖！

（吧哇呣）

她用纸糊房间，直到墙壁开始向我挤压过来！

（吧哇呣）

他们从歌手身边经过时，丽玛向一组扩音器挥舞着拳头，因为看起来太有威胁性，有人抓住了她的胳膊。拉纳克把那人拽倒在地，两人在门口前面的路上，打起了你来我往的笨拙拳击。里奇-斯莫利特把他们分开，他的声音透过阵阵“吧哇嗨”传来，仿佛遥远的低语：“……都是我的错……微妙的情形……联络员的失误……”

门外安静许多，杰克拿着晨衣和拖鞋，等候在门外。他们搀扶着丽玛穿上这些时，丽玛一直咕哝着“杂种”。

“他们不喜欢空间，你们明白吗，噪声能把空间填满。”里奇-斯莫利特说，他带他们穿过中殿，“的确是我的错。我跟一个男的出去了，他以为我能挽救他的婚姻，因为是我主持的结婚典礼。的确，不合逻辑。我压根儿就不了解他。我没想到你们会睡这么久——如果我们有钟表，那么可以说，你们睡了一整天。宫缩开始了吗？”

“没有。”丽玛说。

“那就好。一眨眼的工夫，你就会在拱廊弄到一张床和一口吃的。我本可以在你们来的时候，就把你们安顿在那儿，但我担心你们太虚弱，爬不动楼梯。”

他打开一扇小门，他们看到一段楼梯，几乎不足两英尺宽，在墙壁的紧密包围中盘旋向上。拉纳克说：“不好意思，难道我们不能在一栋像样的房子里弄到一个像样的房间吗？”

“如今房间很难找。上帝的房子就是我能提供的最佳安排了。”

“我上回在这儿的时候，整座城市有四分之一是空的。”

“啊，那是建筑规划启动之前的事。最终，委员会里会有人给你提供一套空房间的。无论如何，我们可以在拱廊里等着他们——你的衣服在那边。”

里奇-斯莫利特低头钻进门口，向上爬去。丽玛跟了上去，拉纳克紧随其后。楼梯很陡。转了几圈之后，他们穿过另一道门，来到一扇巨窗的内窗台上。丽玛气喘吁吁，紧紧地抓着一根扶手。下方很远处，有个男人在石板地面上像甲虫似的活动着，《居家男》回荡不休的震动加剧了不安全感。里奇-斯莫利特说：“那是波吕斐摩斯，在去教士会礼堂的路上。哎呀，那些海蚯蚓是有些闹腾。”

稍走几步，他们来到整排风琴管之间的过道，再走几步，又来到一个又长又矮的阁楼尽头。天花板从地面倾斜到一堵开着几个拱形窗口的墙上，窗口俯瞰着教堂中殿。他们往里走时，拉纳克看到，搁板将左侧的阁楼分隔成一个个小隔间，每个隔间里都有点家具。一个隔间里，一名身穿脏外套的男子坐在那儿，试着修补一只旧靴子。另一个隔间里，一个憔悴的女人躺在那儿，喝着扁酒瓶里的酒。里奇-斯莫利特说着“我们到了”，便走进一个隔间，坐在了地毯上。

小隔间那家一般的面貌被一股消毒水味削弱。照亮隔间的是一盏有着粉色缎面灯罩的灯，悬在占据三分之一地面的矮床上。座位是矮凳和坐垫，不过还有一张矮几、一个抽屉柜和一个小水槽。天花板托梁之间的墙板蒙着勿忘我图案的墙纸，两堵墙中的一堵上面，一只挂在钩子上的衣架撑着拉纳克的衣服，刚刚洗净熨好。

“虽然小，但很舒适。”里奇-斯莫利特说，“可惜矮了点，但好在无人打扰。我建议丽玛上床休息（她会在床上找到一个热水袋），你穿上衣服。然后杰克会给我们送饭，会有人过来给你的好夫人做伴，我们两个可以去教士会礼堂出席会议。市长现在应该已经过去了。”

拉纳克坐在凳子上，把胳膊肘撑在膝头，用双手支着下巴。他说：“你一直让我转来转去，我不明白原因何在。”

“确实，这很难理解。在当前这种年代混乱的局面下，很难把事情说清楚。作为秘书，我只能用这种方式安排会面：把一些成员留下，直到其他成员过来。不过高已经来了，可怜的斯库格尔、沙茨恩格尔姆太太，还有无所不在的波吕斐摩斯也来了。还有斯拉登主席，赞美上帝。”

拉纳克望着丽玛。眼前所见令他感到欣慰。她躺在那儿，倚着枕头，面露笑容，用一只手轻抚着丰满的胸脯。她身上有种柔和的沉静，嘴角的酒窝格外深。她温柔地说：“没关系的，拉纳克。别担心。”

拉纳克叹了口气，开始穿衣服。

杰克端着满满的托盘进了屋，里奇-斯莫利特把咖啡倒进杯子，分发着盘子，嘴巴也喋喋不休。

“当然，都是罐头食品，不过品质都不错。上菜也容易，这挺方便的，因为教堂只能容得下一个很小的厨房。当初我们设立这个小避难所时，遭到了惊人的反对——比在圣母堂设立艺术实验室还要激烈。但自从那些老修道士数着念珠，绕着它们转了几圈之后，这些阁楼就一直空着。还有什么比这更符合创立者的心愿呢？当然，你知道这首诗：

如果在教堂他们肯给我们一些酒，
还有惬意的火给我们的灵魂享受，
我们会整天唱歌和祷告，
一次也不想离开教堂乱跑，
上帝像父亲一样乐于看见，
他的孩子们像他一样愉悦欢喜，
不会再抱怨魔鬼或酒桶，
而会亲吻他，既给他喝的，也给他——[1]

“我吃的到底是什么？”拉纳克喊道。

“‘谜之冻肉片’。是不是火候不够？尝尝这块粉嫩酥脆的。我衷心推荐。”

1　出自威廉·布莱克的诗歌《流浪儿》(“The Little Vagabond”)。

拉纳克发出一阵呻吟。一股烧橡胶的臭味从他的鼻孔里渐渐淡去，他的四肢充盈着一股令人精神一振的暖意，这种感觉似曾相识。他说："这是研究所的食物。"

"对。如今量子集团只给我们送这个。"

"我们离开研究所，就是因为我们痛恨这种食物。"

"为此，我很钦佩你！"里奇-斯莫利特满腔热情地喊道，"而且你已经走到了正确的方向上！我们委员会里有两三名千禧年主义者[1]，谁又能责怪他们呢？难道人类在各个时代的祷告，不都是在祈求无罪，同时又有充足的食物吗？当然，这是不可能的，但 wer immer strebend sich bemüht，诸如此类。而且人必须吃东西，除非他认同薇依[2]小姐，认为神经性厌食症是一种神圣的责任。"

"好，我吃！"拉纳克粗野地喊道，"不过请不要再用怪异的名字和没有意义的引文来轰击我了！"他吃完了每一盘东西，丽玛和里奇-斯莫利特都还没动刀叉，最后他觉得自己饱胀而恍惚，被人狠狠地戏弄了。一个声音喊道："丽玛！"一个身材丰满、四十上下、一身妓女装扮的女人走了进来。丽玛笑着说："弗朗姬！"

弗朗姬把一个大大的刺绣手提包丢在地上，坐在

---

1 千禧年主义者（millennialist），信奉千禧年主义、相信《圣经》所说的千年盛世终将到来的人。

2 西蒙娜·薇依（Simone Weil，1909—1943），法国思想家、社会活动家。

床上，说：“斯拉登告诉我你在这儿——他晚些时候过来。这么说神秘人把小圆面包放进了你的烤箱，是吗？其实你看起来不错——简直迷死人了，真的。哈啰，神秘人。你长胡子了，我很高兴。你看起来不那么容易受到伤害了。”

“哈啰。”拉纳克不冷不热地说。见到弗朗姬，他并不高兴。

第36章　教士会礼堂

里奇–斯莫利特领着他们走到阁楼另一端，穿过一个小厨房，杰克正在里面刷盘子，他们在墙壁的包围下走下另一段旋转楼梯。他们来到一个方正的房间，拱顶由房间中央的大柱子支撑着。每面墙上都造有一排木头靠背的石头座椅。拉纳克觉得这是一种糟糕的安排：如果所有的座位都坐满了人，每个人都会发现，中间的柱子遮住了对面的三四个人。一个身材匀称的小个子男人双脚分开、双手插兜地站在那里，正在用一台电暖气烘烤着后背。里奇–斯莫利特不像平时那样热情地说：

"啊，格兰特。这位是拉纳克，他给我们带来了消息。"

"毫无疑问，是理事会的消息。"格兰特含讥带讽地强调说，"我等了一个多小时了。"

"别忘了我们这些人还没掌握你的计时诀窍。市长可能在地下室，我去看看。"

里奇-斯莫利特从角落的一扇门离开了。格兰特和拉纳克面面相觑。格兰特看似三十岁左右，但脸上和额头上有一些深邃的竖纹。他那头卷曲的短发经过精心梳理，他穿着整洁的蓝衬衣，系着红领带。他说："我知道你。我年轻的时候，你经常在以前的'精英'混，跟斯拉登那伙人在一起。"

"时间也不长。"拉纳克说，"你怎么计时？你有手表？"

"我有脉搏。"

"你数着自己的心跳？"

"我估算了一下。从前的计时方式崩溃以后，我们这些场子里的人都培养出了这方面的才干。"

"你开店？"

"我说的是工场。机械工场。我是个制造者，不是销售员。"[1]

拉纳克坐在电暖气旁边的位子上。格兰特的声音令他不适。它洪亮而富有穿透力，显然经常在不借助设备——它们能让人小声向数百万人讲话——的情况下，直接面向人们演讲。拉纳克说："波吕斐摩斯在哪儿？"

"嗯？"

"我听说这儿有个人，叫波吕斐摩斯。"

---

1 "场子"和"店"的原文都是"shop"，"工场"的原文是"workshop"，所以拉纳克会弄错。

格兰特咧嘴一笑，说：“我就在这儿。是斯莫利特那样叫我。”

“为什么？”

“波吕斐摩斯是古老故事中的独眼食人魔。我总是提醒委员会注意一个事实，而他们想要把它忘掉，所以他们说，我只有一种看待事情的方式。”

“什么事实？”

“他们当中没有一个制造者。”

“你是指工人？”

“不，我是说制造者。许多辛勤的工人什么也不制造，只是创造财富。他们不生产食物、燃料、住所或有用的思想，他们的工作只是对生产这些的人们加强掌控的一种手段。”

“你制造什么？”

“住宅。我是沃斯塔特-莫霍姆集团的工会代表。”

拉纳克若有所思地说：“这些集团——沃斯塔特、性虐狂等等——它们就是人们所说的造物吗？”

“我们中有些人是这样称呼它的。理事会是它资助的。研究所也是。因此它喜欢称自己为基金会[1]。”

“我受够了这些冠冕堂皇、含糊不清的名字，掌权者一直躲在它们的后面。”拉纳克不耐烦地说。

“所以你宁肯不去考虑它们。”格兰特亲切地点点头说，“知识分子就是这样。研究所如此频繁地将你

1 原文为“foundation”，双关语，亦有“基础、基石、地基”之意。

收买再出卖，让你耻于说出主人的名字。”

“我没有主人。我痛恨研究所。我根本不喜欢理事会。”

“可它帮你来到了这里，所以它还是有用得上你的地方。”

“瞎说！”拉纳克喊道，“人们通常都会彼此帮助，只要他们能做得到，又不会太麻烦。”

“来支烟试试。”格兰特说，递过一包烟。随着拉纳克表露出愤怒，他变得友好了一些。

“谢谢你，我不抽烟。”拉纳克说，他冷静了一点。

片刻之后，拉纳克说：“你能不能告诉我，造物究竟是什么？”

“一个阴谋集团，它拥有一切、操纵一切，以获取利润。”

“你是说富人？”

“对，但不是在金钱和钞票方面富有的人——那种财富只是让制造者长期受奴役的彩色珠子而已。那些拥有者和操纵者有更高明的储存能量的方法。他们支付给自己的酬劳是时间：思考和谋划的时间，从远距离考察必要性的时间。”

一个弯着腰拄着拐杖的老人和一个皮肤微黑、包着头巾的青年走了进来，站在柱子旁边，小声交谈着。格兰特洪亮的声音变得平板而缺乏热情，不过突然，他说：“我最痛恨的是他们的妄自尊大。他们的研究所将人们划分为成功者和失败者，并且自诩为**文化**。他们的理事会摧毁了每一种不能给他们带来利润的生活方式，并且自诩为政府。他们谎称文化和政府是至高无上的独立权威，但其实它们只是沃斯塔特和量子、皮质素和性虐狂集团的白手套而已。他们真的认为他们是基石。他们相信，是他们的贪婪将各个大陆维系在一起。当然，他们不说那是贪婪，他们称之为利润，或者（在他们之间，在他们无须愚弄任何人的时候）**暴利**[1]。他们确信，唯有他们的利润能让人们造出东西，吃上东西。”

“也许这是真的。”

“对，那是因为，他们有意让它成真。但并不是必须这样。老人们还记得，制造者意外生产出了足够所有人享用的产品。没有粮食减产，没有矿藏耗尽，没有机器发生故障，但造物将堆积如山的食物倒入海洋，因为饥民支付不起**有利可图的**价格，鞋匠的孩子没有鞋穿，因为他们的父亲做的鞋太多了。制造者就像接受地震一样接受了这一点！他们拒绝看清：他们有能力制造出人们需要的东西，让利润见鬼去。到头来，他们终究会看清，他们会被迫看清，假如理事会没有开战的话。”

“开战又有什么用？”

“当造物无法通过向制造必需品的人出售必需品

1　原文为“killings”，双关语，亦有“杀戮”之意。

来保持富有的时候，它就向理事会出售破坏性的物品。然后战争开始了，破坏性物品被用来摧毁必需品。造物通过提供这两类物品的替代品来赚取利润。”

“理事会跟谁作战？”

“它分裂为两半，自己打自己。”

“那是自杀行为！”

“不，是常规行为。高效的一半吞并不那么高效的一半，从而变得更强大。战争不过是把一半人在和平时期平静地完成的事情——利用另一半人，获取食物、热量、工具和性娱乐——改用激烈的方式去完成。人是把自己烤熟后吃掉的派，手法就是分裂。”

“我拒绝相信，人们自相残杀，只为让他们的敌人变得富有。”

“当人们的家人、学校和工作教导他们彼此斗争，教导他们相信老师们传授的道德规范和行为准则时，他们哪里还能辨认出，他们真正的敌人是谁？”

“我儿子不会接受那样的教育。”拉纳克坚定地说。

“你有个儿子？”

“目前还没有。”

教士会礼堂里满是一组组闲聊的人，里奇-斯莫利特在他们中间四处走动，往一个本子上汇总签名。有很多衣着光鲜的青年、穿粗花呢衣服的古怪老人，还有一大批介乎两者之间的人。拉纳克认定：如果这就是昂桑克的新政府，那并没给他留下什么深刻印象。

他们的态度要么流于气势汹汹和激烈，要么流于倦怠和无趣。有些人眉间有理事会的标记，但没有谁展现出蒙博多、奥藏方和芒罗那些人镇定而泰然自若的力量。拉纳克说：“你能不能给我讲讲这个委员会的情况？”

“我正要说到它。战争结束后，造物和它的机构们变得威势更盛，远胜以往。自然，有很多的毁伤需要修补，但那只需要花费我们一半的时间和能量。如果产业和政府指挥我们投身于公众的福祉（像他们伪装的那样），大陆就会变成花园，充满生活空间和光明的花园，每个人都有时间关怀他们的爱人、孩子和邻居，而无须逼迫和折磨他们。但这些巨大的团体只是联手进行杀戮和压榨。理事会又一次将世人一分为二，筹备战争，以此满足造物的胃口。但它陷入了意想不到的麻烦——”

“停下！你这是在简化。”拉纳克说，“你说得就好像所有的政府都是一回事，但政府有好多种，有一些比另一些更残酷。”

“哦，没错。”格兰特点点头说，“一个囊括全球的组织，肯定会分裂成各个部门。但如果你认为，这个世界可以清清爽爽地划分为好政府和坏政府，那你就成了一名十分普通的、听信理事会宣传的上当受骗者。”

“理事会意想不到的麻烦是什么？”

“造物向它提供了巨大的新型武器，这种武器当中有几种可以毒化这个世界。多数人对自己的死可以闷闷不乐地耐心承受，他们儿女的死却令他们意志消沉。理事会试图谎称，新武器根本不是武器，而是每个人可以安全入住的家园，可尽管如此，抗议的气氛还是四处蔓延，甚至波及理事会的议事走廊。许多做梦都没想到可以自治的人开始大声抱怨。这个委员会就是由抱怨者组成的。”

“抱怨起作用了吗？”

“或许有些作用。造物还在将时间和能量投入巨型武器，将它们出售给理事会，但最近的战争使用的是小型武器，局限于工业化程度较低的大陆。与此同时，造物发明出了和平夺取我们的时间和能量的方法。它雇用我们，将必需品制造得粗劣一些，让它们快速朽烂，必须用新品来取代。它收买理事会，销毁不能给它带来利润的廉价物品，用能够带来利润的昂贵物品取而代之。它付钱给我们制造没用的东西，还聘请科学家、医生和艺术家说服我们，让我们相信这些是必需品。”

“你能不能给我举些例子？”

“可以，但我们的市长想跟你谈谈。”

拉纳克站了起来。一名瘦削、衣冠楚楚、头发浓密花白的男子穿过人群，握了握他的手，语气轻快地说：“抱歉，我没在楼上遇到你，拉纳克——你走得太快了，我没赶上。别担心——她很好。”

这个声音很耳熟。拉纳克盯着这副陌生、憔悴、目光明亮的面孔。市长宽慰他说：“没事的——她精神很好。我很高兴，有你这样可靠的人一直陪伴着她。宫缩一旦开始，弗朗姬就会告诉我们。”

拉纳克说：“斯拉登。”

“你刚才没认出我来吗？”市长哧哧地笑着问，“好吧，我们都不同以往了。”

拉纳克严厉地说：“你的未婚妻怎么样了？”

“盖伊？”斯拉登悔恨地说，“我还希望你能给我讲讲盖伊的情况呢。婚姻并不成功。恐怕是我的错，政治给婚姻带来的压力太大了。她加入了研究所。我最后一次听到她的消息是说她去理事会工作了。如果你没在走廊上看到她，那她可能是跟某个基金会集团在一起，可能是皮质素集团。她在人际沟通方面颇有才能。”

拉纳克感到困惑与无力。他想恨斯拉登，却想不出这样做的理由。他用责备的口吻说：“我看到娜恩和她的宝宝了。”

“丽玛跟我说了。他们平安无事，我很高兴。”斯拉登笑着点点头说。

“委员会即将开会。”里奇-斯莫利特说，“请大家就座。”

人们挪到墙边，坐了下来。斯拉登选了一把有高高的雕花椅背和扶手的椅子，里奇-斯莫利特领拉纳克坐到斯拉登的右手边上，他自己在斯拉登的左手边上坐了下来。格兰特坐在拉纳克身旁。里奇-斯莫利特说：

“请安静。内务秘书未能出席，所以我们再次将上次会议的备忘录视为已经宣读过了。好，不说这个了。召开本次会议的原因是……我请我们的主席斯拉登市长来解释。”

“我们有幸邀请来，”斯拉登说，“一位前昂桑克公民，他直到前不久都在著名的——或者我应该说恶名昭彰的——奥藏方手下，为研究所工作。拉纳克——就是我身边这位——他出于自己的意愿，决定回到这里，这无疑证明了昂桑克的迷人和友善，不过也证明了他有着怎样的爱国精神。”

斯拉登停了下来。“哦，好极了！”里奇-斯莫利特喊道，鼓起掌来。斯拉登说：“我听说他亲自向蒙博多做过咨询。”

柱子后面有个声音喊道：“可耻！”

“当然，蒙博多在这里没有朋友，但昂桑克在理事会占据何种地位的消息很难获取，因此在这个问题上，我们对所有的消息渠道持欢迎态度。格兰特也同意我的看法，我们大家对格兰特已经很熟悉了。”

柱子后面有个声音喊道：“制造者至上，政客！”

“格兰特认为，拉纳克有重要消息要告诉我们。我不知道是什么消息，不过我想，等我们听完特邀发言人的介绍，我们就清楚了。”

斯拉登看了看格兰特，后者耸了耸肩。

“下面有请拉纳克起立发言。”

拉纳克困惑地站了起来，说:“我不确定该说什么。我不是爱国者。我不喜欢昂桑克，我喜欢阳光。我之所以来这里，是因为有人告诉我，昂桑克会在几天之内被废弃和吞噬，这里任何一位有理事会护照的人都会被转移到一座阳光更充沛的城市。”

他坐了下来。一阵沉默，然后里奇-斯莫利特说:“这是蒙博多告诉你的？”

“不，是他的一个秘书说的。一个叫威尔金斯的。”

“我强烈反对刚才那位发言者的感情色彩。”一个膀大腰圆脖子粗的男人，用穿透力两倍于格兰特的嗓门喊道。

“尽管他公开吹嘘，自己并非昂桑克的朋友，但我们市长的介绍已经把他当作某种大使，这位大使带来了什么消息？闲言碎语，只有闲言碎语。大山憋了老半天，结果生出一只讨厌的小老鼠。但这位由城市养育，却自诩为城市敌人的人，他的话里流露出的是怎样的**倾向**？他告诉我们，在某个含糊不清但迫在眉睫的世界末日之后，那些持有理事会护照的人会被转移到一片更幸福的土地，而多数人会被**吞噬**，也不知道这是什么意思。但是我要说，**我**有一本理事会护照，就像委员会里的其他几个人一样，像发言者本人一样。他的言论显然经过精心设计，意图在我们兄弟之间散播不信任，在我们的普通成员之间散播沮丧和分歧。我向这位救世主般的双重间谍保证，他是不会成功的。没有人比斯库格尔和我这样的人更善于打击理事会。

我们热爱我们的人民。我们与昂桑克共浮沉。同时，我建议委员会通过假装我们从来没有听到特邀发言人的长篇大论，来对抗那降低士气的倾向。”

“哦，才不是什么长篇大论，高！”里奇-斯莫利特温和地说，“拉纳克只说了短短四句话。我数过。我们应该在全盘否定他之前，先多听些内容。威尔金斯说昂桑克会被废弃和吞噬。他有没有说明原因？”

“有。”拉纳克说，“他说你们这里已经不再有利可图了，将你们这里废弃掉，会带来某种能量收益。他说他的人已经惯于吃掉乡镇，但昂桑克会成为继迦太基之后的第一座城市。”

一阵狂笑声从房间各处响起。柱子后面有个声音喊道：“迦太基？那考文垂呢？”其他人喊道：“列宁格勒！”“柏林！”“华沙！”“德累斯顿！”“广岛！”

“我还要提及，”一位嗓门低沉、白发苍苍的女士说，“1535 年的明斯特[1]，1453 年和 1204 年的君士坦丁堡[2]，我还要更频繁地提及耶路撒冷，哪怕你们懒得记住。”

“拜托，拜托！温和一点！”里奇-斯莫利特喊道，“这些不幸的合理化行为[3]发生在理事会分裂为两派，或者遭到宗派极端分子威胁的时候。我能肯定，拉纳

1 明斯特（Münster），德国西北部城市。在 16 世纪 30 年代因宗教改革引爆多重冲突。1535 年，数百名当地居民遭到屠杀。

2 君士坦丁堡（Constantinople），拜占庭帝国首都。1453 年，被奥斯曼土耳其帝国攻陷。1204 年，被十字军攻陷，城内多数居民遭到屠杀。

3 指经济或管理学意义上的合理化行为（rationalization），即为使企业高效运转，部署新设备、裁撤冗员等。

克在向我们讲述他的见闻时没有说谎。我认为是向他披露消息的人误导了他。”

“和平毁灭一座当代城市是件新鲜事。”斯拉登若有所思地说，“那得是一座没有有效政府的城市。造物必须提供很多功效强劲的新机器。毁灭还必须得到理事会全体会议的批准，昂桑克也要有代表与会。”

“威尔金斯说，理事会代表们将会在八天内开会批准这一行动。”拉纳克说，“这是一段时间之前的事了。造物已经将大型吸力挖掘机移交给名为‘扩张工程’的某个东西。我见过一台。至于你们的政府，你们比我清楚。”

“完全是一派胡言！”高喊道，“在昂桑克，没有比我更热心的理事会反对者。作为委员会最年长也最活跃的成员，我从上次世界大战起，就在与理事会角力，直到最近，我们才从它那里争取到巨大的让步。前不久，我们的公路和建筑都还落后于时代一个世纪。现在再看看它们！现代化的高速公路。高层公寓楼。市中心遍地是高耸的办公楼群。要不是有理事会帮忙，这些事我们一件也做不成。而你却暗示，理事会计划摧毁我们！”

“我对这些新的开发区并不很看重。”那位嗓门低沉的女士说，“这些建筑工程的利润流进了造物的腰包。城市要靠工业生存，而我们的工业还在衰退。但我们不能仅凭一个人的言辞，就做最坏的打算。我们需要客观的证据。”

高说：“我不希望放低身段进行人身攻击式的谩骂，

可是——"

"抱歉，高，杰克想要一个发言的机会。"斯拉登指着里奇–斯莫利特的助手说，后者正在一个角落里挥手。

"我当时正要清洗特邀发言人的外套,"杰克说,"我发现衣兜里有一份理事会的报纸。也许它可以告诉我们一些情况。"

拉纳克取出他从理事会咖啡馆偷来的报纸。斯拉登接过,看了起来。高说:"我不喜欢使用侮辱性的语言,但大众的福祉迫使我这么做。**我**对我们的这位特邀发言人，这位自称为全权代表的人，并不陌生。在最近赴理事会的一个代表团里，**我**看到了这个自称拉纳克的人在蒙博多的王座周围四处打探，身边是他的长发女友，他还背着个寒酸的小帆布背包。我不介意告诉你们，他并没有给那儿的当权者留下十分可靠的印象。假如**真有**废弃这座城市的计划，他们会把细节披露给**这样**一个人吗？"

"揍他，高！"柱子后面有个声音喊道。拉纳克瞠目结舌地站了起来。他听到身边的格兰特喃喃地说："现在要当心了！"可他肚子越来越难受，与这场辩论并不相干。他语气激烈地说:"没有谁向我披露过详情。威尔金斯愿意把这些计划告诉任何人。他说，只有一场革命才能改变它们。你们相信我与否,我并不在乎。"

他朝自己来时走的那扇门走去。

还没等他走到门口，斯拉登喊道："等一下，每个人都应该听听这个！"于是他在柱子旁边停了下来。斯拉登说："这是《西大厅》年代学版面上的内容：

> 除了狂热分子，没有人会认为时间的质料是合乎道德的，但在目前的情况下，当最稳定的大陆的边界似乎消融在历法间地带的薄雾中时，或许管用的时间进制需要比年代学迄今为止所假定的比例更高的公共行为准则。行为准则是一个模糊不清的术语，目前我们用这个术语指代的，不外是在地位平等或接近平等的同事中，多一点兄弟情谊。
>
> 理事会的权威始终有赖于造物的支持，直到最近人们普遍感到，蒙博多与性虐狂-皮质素集团的联系，只是确认了他作为一名强有力的理事长的地位。但脾气火暴的能量头目奥藏方最近揭发的情况表明：最近几批从造物借贷取得的能量，被理事长办公室所吸收，将正常的电力走廊网络几乎完全排除在外。
>
> 尽管对理事长兼所长的尊重，与对十进制计时的尊重在逻辑上毫不相干，但在信心崩塌的局面下，两者似乎不合情理地相互支持。理事会的议事走廊深感惶恐的是，对新时间进制的投机交易如今已经超出了理性的边界，或许再也无法给予合理的矫正。只有一件事确定无疑：迅速废弃

某个黑暗区域——原先似乎是既大胆又成问题的合理化行为——如今已成为必须完成的当务之急。

“这又能说明什么？”高问，“黑暗区域数以百计。你们有什么可以想象得到的理由，认定他们选中了昂桑克？”

“我就是来告诉你们这一点的。”格兰特说，“差不多在两天前，一辆皮质素集团的油罐车和一辆性虐狂集团的运输车在岔路口发生碰撞。所有进入本市的车辆都改道因伯。我们的食物供给只够再撑三天。我说的‘天’指的是旧式太阳历二十四小时的一天，一小时大概是一千七百下心跳。”

“冷静一些吧，格兰特！”里奇-斯莫利特说，“你是想说，这些车辆会撞到一起是性虐狂集团和理事会之间的犯罪阴谋使然？这根本是受迫害妄想症。理事会正要派专家过来处理事故灾害。”

“要让高速公路上的汽车相撞，根本不需要阴谋设计。”格兰特说，“这种事一直都有。当这种事发生在理事会的门前时，他们马上就清理干净了。干吗要拖着我们呢？”

“因为我们不在理事会的门前。从理事会的角度看，我们是一个偏远、无足轻重的省份，但那并不意味着，他们想要置我们于死地。理事会的交通委员跟我通过电话。他的清理小队正在皮质素集团的克隆工厂奋战，解决失调问题。如果不先把那个稳定下来，半个西亚特兰蒂斯都会沉没。但他正竭尽全力地派遣合适的人员尽快赶来。他是这么说的。我了解他。他是个诚实的人。”

“难道你们没有看到，理事会在和平时期是如何行事的吗？”格兰特问，“它从不作恶。比如说，它从不摧毁一个遍地农庄的国度，但它让造物将整个森林变成纸张，这样就没有了保持水土的树根。当风暴偶然袭来（风暴总会来的），五十万人被水淹死或者死于随后的饥荒之中，理事会会对幸存者进行援助，援助者会按照造物认为有利可图的方式，组建该国的工业。我能肯定，你那位交通委员真心想要清理岔路口。我能肯定，他那些可靠的专家有更紧急的工作要做。我能肯定，从现在起三天之后，当我们的行政管理崩溃，这座城市到处是饥饿的骚乱者时，理事会会推出一项紧急援助计划，将昂桑克正当地疏散到造物提供的任何一条水沟[1]里去。”

一阵长长的沉默。

“的确如此。”嗓门低沉的女士柔声说，“每过一秒，破损的新型性虐狂的神经回路都会变成更加危险的物品。起初只有震动，不过按照以前的时间进制来说，在两天之后，升华作用会产生一种广泛散播且致死性极强的辐射性烟雾。”

“你们为什么不自己把这个烂摊子清理干净？”拉

1 原文为“gullet”，双关语，亦有“咽喉、食道”之意。

纳克不耐烦地说。

“我们缺少防护服。没有防护服，就没有什么能存活于这些物体的六十米以内。”

“它们很重吗？”拉纳克问，“你们能不能淹没路面，把它们从路上冲走？”

“强力水喉。”格兰特对斯拉登说，“打开一条暴雨排水管，命令消防部队用强力水喉，把那摊烂东西从暴雨排水管冲走。”

“这不可能！”高咆哮道，“就算昂桑克遭遇了你所说的这种威胁——这点我一秒钟都**不会**承认——强迫没有资质的消防员从事受过训练的神经回路专家才能从事的危险工作，是对所有常规程序和民主程序的公然挑衅。我敢肯定，我们的市长是不会被特邀发言人的悲叹和格兰特兄弟的夸大其词引入歧途的。我们又一次看到，左翼和右翼的极端分子缔结邪恶的联盟，反对所有最稳定的——”

“必须流血。”柱子后面有个洪亮而呆滞的声音说，“很抱歉，我看不到别的方法。”

“必须流谁的血，斯库格尔？”里奇-斯莫利特温和地问，“流血的时间、地点和原因是什么，斯库格尔？”

“我很抱歉，如果我的话让人们感到不安，”那个呆滞的声音说，“我道歉。但必须流血，我看不到别的方法。”

拉纳克走到小门那儿，打开它，从门楣下面矮身穿过，关上了身后的门。

第 37 章　亚历山大来了

因为没找到电灯开关，拉纳克摸黑攀爬着狭窄陡峭的旋转楼梯，快要走到阁楼那层时，他拍打着墙壁。最后他摸到一根笨重的木头门闩。他把它往后滑，用力推开门，走出门外，走进头顶挂着几颗星星的新鲜空气里。要么是他从错误的楼梯离开了教士会礼堂，要么楼梯没错，只是走错了楼层，因为他此刻站在一条檐槽里，夹在两片模糊不清的倾斜屋顶之间。他能听到厨房里沉闷的水声和盘子的叮当声，这么说阁楼就在附近。显然，这条檐槽也兼作过道，于是他沿着这条道迎着噪声的方向走去，来到一堵俯瞰城市广场的石砌护墙旁边。那是个宁静的广场，两个小小的人影从中间走过。远处的房子是那种老式的廉租公寓，楼底是商铺，上面的窗户挂着窗帘，里面亮着灯光。这些景象熟悉而亲切，他不无困惑地凝望着。昂桑克是他记忆中的唯一一座城市，但他总想去更明亮的地方：为什么现在他喜欢上这座城市的外表了呢？岔路口那边“哇里哇啦”的噪声清晰可闻。厨房里的各种声音同样清晰可闻，它们是从他身后山墙上那扇门里传出来的。他敲了敲这扇门，过了一会儿，弗朗姬打开了门。他因为太高兴，抓着她的腰，亲吻了她惊讶的嘴巴。过了一会儿，她把他推开，笑着说：“真够热情的，嗯？”

“她怎么样？”

“我离开的时候她睡着了，不过为了稳妥起见，我派人去叫护士了。”

“谢谢，弗朗姬，你是个好姑娘。”

他从拱窗旁边沿着阁楼走着，慢慢走进明亮的小隔间。丽玛从枕头上笑吟吟地望着他。他说了句“哈啰”，坐在床边的坐垫上。她小声说：“宫缩开始了。”

“好。护士这就来了。”

他从床单下面握着她的手。一名矮胖的女士匆匆走进屋，冲着他皱起了眉头，然后朝丽玛弯下腰，脸上挂着大大的笑容。

“这么说你要有小宝宝了！”她像有些人向傻子说话时那样，又慢又大声地说，“一个小宝宝，就像**你**出生的时候，你**妈妈**有小宝宝时那样！这不是很棒吗？”

“我不跟她说话。”丽玛对拉纳克说，然后猛吸了一口气，似乎在聚精会神。“这就对了！”护士用安慰的口吻说，“现在**真的**不疼，对吗？”

“告诉她我背疼！”丽玛尖声说。

“她背疼。”拉纳克说。

“你真的想让你丈夫待在这里吗？有些男人会觉得很难接受。”

“告诉她闭嘴！”丽玛说，片刻后，她又痛苦地说，“告诉她我把床弄湿了。”

“不是你想的那样，”护士说，“这很正常。”

她把床垫翻过来，更换床单，丽玛裹着毯子坐在一个坐垫上。丽玛说：“我要生的是女孩。”

“哦。”拉纳克说。

“我不想要儿子。”

“我想。”

“为什么？”

“这样一来，不管是儿子还是女儿，我们总有一个欢迎他的到来。”

“你总要让我受委屈，是吗？”

“对不起。”

她回到床上，皱着眉，磨着牙，用力了一段时间，紧紧地握着他的手。然后她放松下来，绝望地哭喊道：“告诉她，给我的后背止痛！”

“事情总是先变坏后变好。”护士用安慰的语气说。她在喝保温瓶里的茶。

“哈！”丽玛吼道。她把拉纳克的手猛地甩开，在床单外面攥紧拳头，又开始用力，流了好多汗。有好长时间，一段段烦躁的休息期之后，紧接着又是一阵阵悄然无声、紧迫而坚决的分娩。

最后她抬高双膝，将它们大大分开，尖声问：“出什么事了？”

护士翻起床单。拉纳克倚在床脚那儿的墙上，盯着丽玛大腿中间那个红红的裂口。她喘息着喊道：“我的背！我的背！出什么事了？”

“他要出来了。我看到他的脸了。”拉纳克说，因为在裂口深处，他似乎看到一张挤扁的脸正在浮现出来，有六英寸高，不足半英寸宽，鼻子薄得像根线，末端是个荒谬的小薄片，两边的眼睛都陷在竖直的褶子里。嘴巴是一个缩拢的小洞，护士总往里伸指头，大概是为了帮它呼吸。然后嘴巴张开了，变成了一个椭圆，里面有些扁平的东西，那个椭圆变大了，填满了整个裂口，扁平的东西变成正往外冒的半球，半球原来是个脑袋，被护士抓在了手里。然后宇宙似乎变得缓慢而寂静。在缓慢的寂静中，一个淡紫色的愤怒小人被拎了起来，他身后拖着一根肉肉的缆绳。他有阴茎，他的胳膊肘和膝盖是弯的，他的拳头和眼睛夹得紧紧的，他那惊愕的嘴巴正在发出无声的愤怒尖叫。丽玛的脸似乎经受了暴风雨的洗礼，她转过脸，冲他缓缓露出微笑，传达着充满爱意的赞赏。小人涨红了脸，睁开一只眼睛，然后又睁开一只，打了几个嗝之后，他的尖叫声颤抖着变成了愤怒的哭声。宇宙恢复了正常的速度。护士把孩子抱给丽玛，对拉纳克严肃地说：“去厨房拿两个汤盘来。”

“为什么？”

“你照办就行。”

他沿着拱形窗奔跑着，聆听着大教堂底部举行仪式的声音。远处有个牧师的声音在吟诵着：“在我敌人面前，你为我摆设筵席；你用油膏了我的头，使我的福杯满溢……”[1]杰克坐在厨房里听里奇-斯莫利特说话，后者正倚着一张桌子。“我本来是要建议多加小心的，但我们已经破釜沉舟，必须经受这个问题。啊，拉纳克！情况怎么样了？”

“很好。请给我两个汤盘好吗？”

“恭喜了！是男孩还是女孩？孩子的母亲怎么样？”里奇-斯莫利特问，他从一堆盘子里取出汤盘递过来。

“谢谢你。是男孩。她看起来蛮好的。”

“一个变俩：最初的，也是最美妙的奇迹，对吧？我希望你允许我来给小家伙施洗。”

“我会跟他母亲说的，不过她不信教。”拉纳克说着，往门口走去。

“你确定吗？那算了。不忙时回来趟，我们为他们的健康喝一杯。我相信，食品柜里有些烹饪用的雪利酒。”

1　出自《圣经·诗篇》第23篇，原文为低地苏格兰语。

小隔间里似乎满是女人。丽玛给孩子喂奶，弗朗姬从壶里往盆里倒水，护士夺过盘子说：“这就行了，你可以走了。”

“可是——”

“我们已经迈不开步了，这儿没有你的地方。”

拉纳克羡慕地看了儿子一会儿，就缓缓走开了，但没有往厨房走，因为他不想要别人的陪伴。他突然想释放自己的活力，想狂奔或爬高。他发现一段靠近管风琴台的旋转楼梯，很快爬到了星光下的另一条露天过道。走在过道上，穿过一阵寒风，就来到了另一扇小门跟前。他打开这扇门，走进一间又大又暗、方方正正、积满灰尘的房间，照亮房间的是摆在地上的几盏风灯。一架很陡的铁梯斜着往上，架在房间中央附近，六个海蚯蚓卡萨诺瓦贴着墙边，躺在睡袋里抽烟。其中一个说：“关门，伙计，这里可没有人觉得太热。”

拉纳克说了句“抱歉”，关上了门，穿过房间来到铁梯跟前。它的梯级冰凉，锈蚀得疙疙瘩瘩的，每走一级它都会颤一阵。当上面的阴影遮住他的身影，下面的人再也看不到他之后，他爬得更慢了，直到双手抓稳一根梯级，才会提起一只脚，直到双脚都踩牢，才会抬起一只手。他来到了一层狭窄的厚木板上，板子之间的缝隙有一英寸宽。从缝隙透上来的光，照出一架更陡的梯子末端。他用前所未有的缓慢速度，爬上了这架梯子。在前面的墙上，两侧和身后的墙上，都有用水平石板封住的巨窗。他透过巨窗俯瞰过去，看到了黑色的大教堂屋顶，边缘处是城市的灯火。他站在古老的石笼高处薄薄的梯级上，聆听着和风发出的轻啸。每走一级，他都努力提醒自己，这架梯子很结实，被一根临时的杆子支撑在墙上，这面墙已经矗立了好几百年，不大会毫无征兆地突然垮掉。最后他终于抵达了终点，那不是一个楼层，而是一座窄窄的金属桥。一台黑色的机器高悬在上方。他辨认出木梁、一个大轮子和一口钟，当他往钟下面走的时候，钟的边缘压在了他的双肩上。他朝巨大的钟锤举起一只手，小心翼翼地把它往前推，本打算轻轻摸到钟面，但随着角度的倾斜，钟锤的重量也增加了，他只好使出出乎意料的大力，钟锤与钟面的撞击让他沐浴在突如其来的轰响中——“咚”。半是被这个声音震聋，半是沉醉其中，他放声大笑，让钟锤落回原位，用双手推了钟面一下，钟再次往后甩的时候，他伏低身子，然后再伸出手去，往前猛推。一下下撞钟的巨响变得听不到了。他只能感觉到一股强烈的嗡鸣，在反震着钟、桥、他的骨头、塔楼和空气。他的胳膊很累。他从钟下面矮身钻了出来，抓着一根扶手作为支撑，不过刚开始时，扶手里的嗡鸣声像电流一般，震得他手掌疼。

嗡鸣逐渐消退。他好像听到下方传来抗议的喊声，不禁为自己制造的噪声感到羞愧，便爬上一架梯子，远离了他们。他来到了更高的楼层，由木板搭建，四下一片漆黑，只有一扇门后面的一道缝隙透出光亮。

他摸索着走过去，拉开门闩，走到门外，来到一个有风的平台上，平台位于探照灯照亮的教堂尖顶的脚下。岔路口传来的喧闹声又变得清晰可闻，时而变响，时而减弱。他想知道这是不是由呼啸的大风导致，便往面向公墓的护墙走去，因为喧嚣声似乎是从公墓后面传来的。最高的那些纪念碑在天空中脉动的红光里留下了剪影。楔状的阴影在天上的红光里移动着，如同风车的叶片。“哇里哇啦”的噪声渐渐沉寂，变得沉闷而磕磕绊绊，犹豫了一阵，咳嗽了几声便停息了。宏伟的暗影巨柱悄无声息地在天空中扫荡了一会儿，然后随着红光的淡去变得越来越宽。此时最大的光源便是高速公路上的大路灯。远处传来一阵机械的嘟嘟声，很快便来到近前。只见一排红色消防车伴着刺耳的警笛声，出现在岔路口旁边的弯桥上，驶过公墓与大教堂之间的狭道。空中开始充满车来车往的声音。拉纳克绕着平台走到塔楼另一侧，俯瞰着广场。两辆卡车隆隆地驶过广场，它们后面连着拖车，拖车上搁着金属残骸，然后一小串小汽车开始流入对向车道。一辆移动吊车驶入一道大门，来到大教堂的庭院里，从古老墓地里的石碑中间穿过，贴着墙根停下。拉纳克突然发觉，自己的耳朵、双手和身体都冻僵了，就回到了塔尖里的门那儿。

从梯子上下来，他发现下面透上来的灯光比方才还亮。海蚯蚓们刚才待过的房间，已经装上了临时灯座和照明的灯泡。两名电工在门口那儿干活，其中一个说：“有个男的在找你，吉米。”

“他是什么人？”

“一个年轻人。长头发。”

“他想干吗？”

“他没说。”

在小隔间附近，他听到一首古怪、沉稳的小曲。斯拉登躺在床上唱着“嗒嗒嗒嗒”，逗弄着一个身穿蓝色羊毛西装的结实小男孩。丽玛穿着罩衫和裙子，坐在他们旁边编织。这一幕让拉纳克心里充满冰冷的怒火。丽玛不怎么友善地瞥了他一眼，斯拉登快活地说：“漫游者回来了！”

拉纳克走到小水槽那儿洗了洗手，然后转身对斯拉登说：“把他给我。”

他抱起孩子，孩子号啕大哭起来。“哦，把他放下！”丽玛不耐烦地说，“他需要休息，我也一样。”

拉纳克坐在床脚那儿，小声唱着：“嗒嗒嗒嗒。”男孩不再哭叫，在他怀里安顿下来。这副结实的小身板既温暖又令人欣慰，给他带来愉悦的安宁感，拉纳克有些不自在地想，不知这是不是一个父亲应有的感受。他把孩子放进床边的婴儿车里，往孩子四周塞了一条柔软的毛毯。

斯拉登站起身，伸了个懒腰，说：“好极了！这真是好极了。当然，我来这里有好几个原因，不过其中之一就是为你的出色表现表示祝贺。别嘲笑他，丽玛，在遵守纪律的时候，他是一名出色的委员会成员。他对高寸步不让，我们才有了采取行动的余地。委员会现在处于常设会期。我不是说，我们所有人都要始终待在教士会礼堂里，不过我们当中有一部分人要始终待在教士会礼堂。”

拉纳克说：“听着，斯拉登，我想要妻儿的陪伴。你懂我的意思吗？”

“当然！”斯拉登兴高采烈地说，“我正要走。晚些时候，我再回来接你们。”

“这话是什么意思？”

“斯拉登在他家里给我们安排了房间。”丽玛说。

“我们不接受。”

“我不想强迫你接受任何事，”斯拉登说，“不过在这里抚养孩子，似乎有些奇怪。”

“昂桑克完蛋了，你不明白吗？”拉纳克喊道，“我和孩子、丽玛要离开这里，到更明亮的城市去。威尔金斯向我们许诺过。”

“别太相信你在理事会的朋友。”斯拉登严肃地说。“我们已经清理了高速公路，食品卡车已经再次驶入。就算威尔金斯说的是真话，你也忘记考虑时间进制的差异了。这里还没有引入十进制的历法，理事会说的几天，到了我们这儿，可能是几个月——甚至几年。而且你别忘了，亚历山大是在这里出生的。你有理事会的护照。他没有。”

“谁是亚历山大？”

斯拉登指了指婴儿车。丽玛说：“里奇-斯莫利特给他施洗，取了那个名字。”

拉纳克跳了起来，喊道：**“施洗？”**

亚历山大哭了起来。“嘘嘘，”丽玛小声说着，伸手摸到婴儿车扶手，轻轻摇晃着它，“嘘嘘嘘。”

“为什么要叫亚历山大？”拉纳克怒气冲冲地小声说，“为什么不能等我？干吗这么急？”

“我们等了很久——我们叫你的时候，你为什么不来？”

“你们根本就没叫过我！”

“我们叫过。你制造噪声时，杰克去了塔楼，往梯子上面喊过，可你不肯下来。”

“我不知道那是杰克在喊。”拉纳克迷惑地说。

“你是不是喝醉了？”丽玛问。

“当然没有。你什么时候见我喝醉过。”

“也许吧，但你经常表现得就像喝醉了一样。里奇-斯莫利特说，一瓶烹饪用的雪利酒从厨房不见了。”

“我要走了。”斯拉登哧哧地笑着说，“外人绝不应该掺和恋人的争吵。回头见。”

“谢谢你。”拉纳克说，“我们会自己想办法。”

斯拉登耸了耸肩便离开了。亚历山大慢慢睡着了。

丽玛双唇紧闭地坐着，在卖力编织。拉纳克躺在床上，双手垫在脑后，闷闷不乐地说：“我没想离开你的。

我没觉得我待了很久。”

“你离开了好几个钟头——我觉得简直有好多年。你没有时间观念。一点也没有。”

“亚历山大是个很不错的名字。我们可以叫它的简称亚历克斯。或者桑迪。”

“他就叫**亚历山大**。”

“你在织什么？”

“衣服。你没发现吗？孩子需要衣服。我们不能总靠里奇-斯莫利特的施舍活着。”

“如果斯拉登说的关于历法的事是对的，”拉纳克沉吟道，“我们会在这里待很长时间。我必须去找份工作。”

“这么说，你又要把我一个人撇下。我明白了。你为什么要敲那口钟？你确定你没喝醉？”

“我敲钟是因为当时我很高兴。你为什么要攻击我？”

“为了自卫。”

“我很抱歉，我冲你大喊大叫来着，丽玛。我当时觉得既惊讶又气愤。回到你身边，我很高兴。”

“对，住在盒子里对你来说很容易，只要你喜欢，你可以随时跑到你的塔楼和委员会会议上去。我什么时候能有点自由？”

“只要你需要，任何时候都可以。”

“你会留在这里照看亚历克斯？”

“当然。这样才公平。”

丽玛叹了口气，然后微笑着卷起她织的衣服。她来到床边，飞快地亲了他额头一下，然后走到抽屉柜那儿照着镜子。

拉纳克说：“你这就要走？”

“对，拉纳克。我确实需要换换心情。”

她往嘴上涂着口红。拉纳克说：“这是谁给你的？”

“弗朗姬。我们要跳舞去。我们要设法让一对年纪轻轻的男孩子来搭讪我们。你不介意吧？”

“如果你只跟他们跳舞，那我不介意。”

“哦，不过我们也会跟他们调情。我们要让他们欲火焚身。中年妇女有时候需要让人欲火焚身。”

“你又不是中年妇女。”

“反正我已经不是小姑娘了。等亚历克斯醒了，你给他换尿布吧——最上面的抽屉里有一块干净的。把脏的放在床下的塑料袋里。要是他哭，你一定要到厨房热些牛奶——别太烫，温热就行。用你的手指试试温度。”

“你不给他喂奶吗？”

“喂，但他必须学会像普通人一样喝东西。不过也许还没等他睡醒，我就回来了。我看起来怎么样？”

她在他面前摆着姿势，双手放在臀部两侧。他说：“很年轻，很漂亮。”

她热情地亲吻他，随后离开了。他仰面躺在床上，思念着她，睡了过去。

他被亚历山大的哭声吵醒了，于是他换了尿布，抱着他来到厨房。杰克和弗朗姬在厨房里的桌子旁边吃饭。弗朗姬说："哈啰，热情的人。丽玛怎么样了？"

他直勾勾地看着她，迷惑不解，脸红得发烫。他小声说："去散步了。孩子需要牛奶。"

"我给他弄一瓶。"

拉纳克在厨房里逛来逛去，跟亚历山大咕哝着没有意义的话，因为他胸膛里有股奇怪的剧痛，他也不想跟大人说话。弗朗姬递给他一瓶温热的牛奶，奶嘴收在一条白色餐巾里。他咕哝了一句谢谢，就回到了隔间。他坐在床上，把奶嘴送到亚历山大嘴边，但亚历山大把头扭到一边，尖叫着："不不不不不妈妈妈妈！"

"她很快就会回来，桑迪。"

"不不不不不不不不不不不妈妈妈妈妈妈妈妈妈！"亚历山大一直哭叫，拉纳克便抱着他在地上走。他觉得自己就好像抱着一个侏儒，侏儒总拿棍子打他的头，而他既不能将其缴械，也不能把他放下。旁边隔间里的人开始捶墙，这时有个男人走进来说："这座楼里还有人想睡觉呢，吉米。"

"我可没法控制这个，还有，我不叫吉米。"

那个男人是个高个子的光头，脸上有白色的胡茬，上颌有一枚黑牙，他穿着一件脏兮兮的灰色雨衣。他盯着拉纳克看了一会儿，然后从衣兜里取出一只棕色的瓶子，说："牛奶不管用。给他喝一大口这个——这是很棒的镇静剂。”

“不。”

“那你喝一大口。”

“不。”

男人叹了一口气，坐在板凳上，然后说：“给我讲讲你的伤心事吧。”

“我没有什么伤心事！”拉纳克喊道，他现在太过苦恼，都无法思考了。亚历山大在尖叫着：“妈妈妈妈妈妈妈妈妈！”

“如果是女人带来的烦恼，”男人说，“我可以给你一些忠告，因为我以前也结过婚。我有过一个老婆，她做了一些差劲的事，那些事我可不能当着婴儿的面说。你瞧，女人跟我们不一样。她们的身体里75%是水。这一点可以在巴甫洛夫的书里读到。”

亚历山大用牙龈夹住奶嘴，吸了起来。拉纳克如释重负地叹了口气。过了一会儿，他说：“男人的身体里，水同样占一大半。”

“对，不过只有70%。多出来的5%造成了差距。女人像我们一样有思想有情感，但她们还有潮起潮落，这些潮起潮落将她们体内飘曳的成分聚拢在一起，再将它们冲散开。她们受月球引力的影响，这一点你可以在牛顿的书里读到。当她们受月亮的影响时，还怎么遵从行为准则的常规观念？”

拉纳克把亚历山大放进婴儿车，把瓶子摆在他旁边，轻轻摇晃着婴儿车把手。

男人说："我结婚的时候还很无知。那时我既没读过牛顿，也没读过巴甫洛夫，于是我把那个贱人赶了出去——请原谅我的用词，我是说我老婆。如今我倒希望自己当初能割喉自尽。帮我个忙，伙计。给自己放个假。喝一口吧。"

拉纳克看了看递到自己身前的棕色瓶子，接过来喝了一大口。味道很糟。他递回去，试着道谢，但他眼里涌出了泪水，他只好咽下去，拉长了脸。一股温暖的愚钝感在他体内静静蔓延开来。他听到男人说："你必须喜欢女人，但不要在乎她们：我是说，不要在乎她们会做什么。她们要做什么，没有人能制止得了。我们要活得听天由命一些。"

"该是我们的，"拉纳克深有所悟地说，"就不会跟我们错过。"

"从现在再过一百年，"那个男人说，"也还是一样。"

拉纳克听到亚历山大难过地问："她什么时候来？"

"很快，儿子。很快。"

"很快是什么时候？"

"接近现在，但不是现在。"

"我现在就需要她。"

"那你太迫切地需要她了。你必须以适当的方式需要她。"

"什么是适当的方式？"

"就是不声不响。不声不响总是很适当。当我明白了这一点的时候，我就不说话了。你在好几英里的范围之内，都听不到我的声音。我会像一颗黑暗的星星，在音节和对话的夹缝里闪耀着，辐射着沉默。”

“你忽视了政治。”那个男人咄咄逼人地说，“政治离不了噪声。所有党派都无比赞同这个观点。”

亚历山大尖叫道：“它们在咬我！”

“谁在咬你？”拉纳克说，他朝婴儿车不安地俯下身子。

“我的牙。”

拉纳克把一只手指伸进小嘴巴里，感觉小小的骨质边缘正从牙龈里穿出来。他不安地说：“在这个世界，我们老得很快。”

“你必须记住一件要紧事，”那个男人说，“你把这一瓶喝光了。我不是要抱怨。我知道从哪儿再弄一瓶，但它要花两个五先令硬币。一个五先令硬币顶一个骷髅币[1]。对吧？”

“对不起。我没钱。”

“出什么事了？”丽玛问，气冲冲地进了屋。

“桑迪正在长牙。”拉纳克说。

“我这就走，女士。”那人说着，离开了。

丽玛给亚历山大换了尿布，冷酷地说：“我真是不能依靠你做一件事。”

“可我喂了他。我照顾了他。”

1 英国发行的一克朗硬币，一面是头戴王冠的骷髅图案。一克朗相当于五先令。

“哈！”

拉纳克躺在床上，望着她。他现在清醒了，一部分痛觉又回到了胸膛里，但他也感到感激和宽慰。过了一会儿，他说：“你去跳舞，玩得开心吗？”

“跳舞？”

“你说你去跟弗朗姬一起跳舞。”

“是吗？也许是吧。不管怎么说，我没找到弗朗姬，我跟那个叫什么什么的去找房子了。那个胖士兵。麦克帕克。”

“麦克帕克？”

“他以前经常跟我们一起在‘精英’混。如今‘精英’已经消失在高速公路下面了。那里什么也没有了，只剩一条大水泥沟。他们确实把这里弄得一团糟。”

“你找到房子了吗？”

“有几百座，都有家具，都很漂亮。但我们没钱，所以我是在浪费时间。你是不是想说这个？”

“当然不是！”

她把亚历山大放进婴儿车里，垂头丧气地坐下，把双臂交叠在乳房下面。柔情和欲望刺痛了他，他张开双臂向她走去，小声说：“哦，丽玛，亲爱的，我们多爱彼此一点吧……”

她微笑着，跳起来，张开双臂跳着舞，向他迎了过来，还拿手掐他。“哦，丽玛，亲爱的！”她噘起的嘴唇发出呻吟声，“哦，亲爱的可爱的丽玛，我们多爱彼此一点点吧……”

她掐人很疼，他哈哈笑着奋力抵挡，最后他们并排着倒在床上，上气不接下气。片刻之后，他难过地问："我真的就像那样？"

"恐怕你的确如此。你太神经质、太悲惨了。"

她叹了口气，然后解开她的罩衫，说："不过既然你想要，我们多爱彼此一点。"

他目瞪口呆，说："当你让我觉得自己渺小而荒谬的时候，我没法做爱。"

"我让你觉得自己荒谬，是吗？我很高兴。我很开心。你一直都让我觉得自己渺小。你从没关注过我的感受，一次也没有。你把我们从一个舒适至极的地方拖到这里，因为你不喜欢那里的食物，来这里又有什么好处呢？我们吃的还是同样的食物。我给你生出儿子的时候，你笑了，而你没法给他一个家。你一直都在利用我利用我利用我，而你一直都扬扬自得地确信自己是对的。你沉闷、沮丧，没有幽默感，可你却想让我宠爱你，让你感觉自己强大而又重要。对不起，我做不到。我太累了。"她走到婴儿车旁边的座位上，重新编织起来。

拉纳克双手掩面，坐在床上。他说："这就像地狱一样。"

"对。我知道。"

"我希望你能爱我。"

"你太不拿我当回事，所以我做不到。你不知道怎样让我爱你。有些男人能做到。”

他抬起头，说：“哪些男人？”

她继续编织着。他站起来吼道：“**哪些男人？**”

“如果你不变得歇斯底里，我有可能会告诉你。”

亚历山大坐起来，感兴趣地问：“爸爸要变得歇斯底里吗？”

拉纳克默默摇头，然后小声说：“我必须出去。”

“行啊，我觉得应该。”丽玛说，“去找份工作吧。你需要一份工作。”

他朝门走去，又转过身来，希望看到一个友善或认可的眼神，但她满脸都是冷漠的痛苦，他只能摇了摇头。

“再见，爸爸。”亚历山大漫不经心地说。拉纳克冲他挥了挥手，犹豫了一下，然后离开了。

第 38 章　大昂桑克

幽暗的中殿显得宽敞而空旷，拉纳克走到门边，看到杰克坐在洗礼盆上。拉纳克本打算轻轻点点头，就从他身边走过，但杰克不加掩饰地盯着他看，他只好停住脚步，紧张地说："能不能麻烦你告诉我，劳工介绍所怎么走？"

"它们如今不叫劳工介绍所了，叫就业中心。"杰克跳下来说，"我带你去一家。"

"里奇-斯莫利特能给你放假吗？"

"或许不会，不过我可以给他放假。只要我喜欢，就可以换老板。"

杰克领他穿过大教堂的庭院，来到广场边缘的一个巴士车站。拉纳克说："我付不起车票钱。"

"别担心，我带了现金。你想去就业中心找什么样的工作？"

"一份不需要特殊技能的工作，听从指令，做点有用的事。”

“像这样的工作，如今在昂桑克并不多见。或许清洁工作是例外。清洁工必须年轻健康。”

“你觉得我有多大年龄？”

“起码人到中年了。”

拉纳克低头看了看手背上突起的血管，过了一会儿，喃喃地说：“不管怎么说，龙皮没了。”

“你说什么？”

“或许我是不年轻了，但我没有龙皮。”

“你当然没有。我们又不是生活在黑暗时代。”

拉纳克觉得，自己就像一场突如其来的可怕事故的受害者。他心想：“人生已然过半，我实现了什么？我成就了什么？只有一个儿子，他基本还是他母亲的作品。我帮助过什么人？没有别人，只有丽玛，我只是帮她摆脱了一些麻烦，假如她跟别人在一起，也不会惹上这些麻烦。我只有妻子和孩子。我必须给他们营造一个家，一个安全而又舒适的家。”

仿佛是在回应他心里的想法，一辆巴士转过广场的拐角，巴士侧面画着一对母子。画上印着这样的字：“家就是金钱。金钱就是时间。从量子编年为你的家人购买时间吧。（他们会因此而爱你。）”

“我需要很多钱。”拉纳克说，“要是我找不到工作，就只能向保障所的人乞讨了。”

“他们改名了。”杰克说，“现在他们叫社会稳定局。他们不给钱，给的是三合一。”

“那是什么？”

“一种特殊的面包。它有营养，使人心情平静，不再感觉寒冷，对无家可归的人蛮有用的。但我觉得，你最好一点也别吃。”

“为什么？”

“吃一点不会有什么害处，不过吃上一段时间之后，它会损伤智力。当然，要是没有它，失业问题会变成一场灾难。我们要乘的巴士来了。”

“这是地狱。”拉纳克说。

“还有更糟的地狱呢。”杰克说。

这辆巴士被人画得像是一大块“谜之冻肉片”。侧面写着：“现在所有人都可以品尝到冷冻秘肴中营养丰富的人类精华，总统们的食物。”

杰克领着拉纳克来到顶层就座，掏出一盒标有“毒剂”字样的香烟。他说：“要不要来一根？”

“不了，谢谢。”拉纳克说，他看着杰克点上一支白色圆柱体，圆柱体侧面印着“别抽这个”。

“没错，它们的确有危害，”杰克吸了一口，说，“所以理事会坚持要进行警示。”

“那干吗不停止制造？”

“一半人有烟瘾，”杰克说，“而且理事会能得到售烟收入的一半。烟是性虐狂集团的产品。当然，也有一些危害比较轻的毒品，不过要是把它们合法化的话，它们就不会这么利润丰厚了。”

反方向的一辆巴士从窗外驶过，车身上这样写道："快钱就是您口袋里的时间——从量子指数购买金钱，速度更快。"

杰克说："你问我里奇-斯莫利特能不能给我放假的时候是在讽刺，对吗？"

"抱歉。"

"我不介意。是的，他离不开我，老斯莫利特是这样。斯拉登也是这样。我选老板很慎重。那家伙以前是我老板来着。"

杰克透过车窗指着贴在一座荒废廉租公寓尽头的一张破烂海报。上面是一个面相友善的男子，坐在搁着电话的办公桌后面。下面的文字是："您在寻找厂址、工厂或劳动力吗？拨打777-7777，跟'为昂桑克工作'管理委员会主席汤姆·塔伦泰尔谈谈吧。"

"他们废止Q39项目之后，塔伦泰尔是个很重要的大人物，"杰克说，"其实他当了一段时间的市长。但斯拉登取而代之。斯拉登指出，这些海报张贴在昂桑克的失业者居住区，而有能力创办新工厂的人，根本就不住在昂桑克。就这样，行动权转移到了斯拉登和斯莫利特那里，我也转移了过去。我喜欢待在行动发生的地方。所以现在，我才跟你一起。"

"你为什么跟我一起？"

"你并不像你伪装的那样，对吗？我同意高的看法。你是某种密探或调查员。既然你为奥藏方工作，还持有理事会护照，干吗还要问清洁工作和社会稳定局的事？”

“我不为奥藏方工作。理事会护照对我来说，有什么用？”

“它能帮你找到一份报酬优渥的工作。”

“我就想要这个！”拉纳克激动地说，“我怎么才能找到？我就要这个！”

“让就业中心把你登记到专业人员登记簿上。”杰克悻悻地说。他好像有些失望。

拉纳克望着车窗外，感觉多了几分希望。巴士驶过忙碌的新店铺，它们的门面遍及整个街区，展示着包装光鲜亮丽的食品、药物、唱片和服装。他注意到许多餐馆有着东方的名字，还有各式各样的赌场。他瞥见有些赌场里，赌客拎着袋子和篮子坐在柜台旁边，显然在拿食品赌博。拆除的楼房留下的间隙塞满了停放的轿车，围满了篱笆，篱笆上有用鲜艳的油漆胡乱涂写的疯狂威胁：“狂人老兄杀戮”，还有“疯狂蟾蜍统治”，以及“小玛尔西们就要来了”，但它们并不能将人们的注意力从更大的宣传海报上引开。这些海报上展示着家庭生活、性爱、食物和金钱，上面的话更让人迷惑不解。

用无效蔬菜增进你的热量——在你的街区失误超市把它装进袋子吧。

用金属茶打磨你的眼镜，它是千禧年主义的

性爱冠军。

最甜蜜的梦想家们吸蓝雾牌，标有警示的毒剂。

明智的买家是最出色的性感者——从量子天意为她购买一份长久的生命，一份轻松的死亡。（她会因此爱上你。）

拉纳克说："各种指示真够多的。"

"你不喜欢广告吗？"

"不喜欢。"

"要是没有它们，城市会显得十分衰败——它们能促进行动。读读这个。"

杰克指向巴士车窗上的一小张招贴，上面写着：

广告带来过度刺激、

误导、

腐化。

倘若**你**有这样的感觉，请将你的

姓名和地址寄到理事会广告委员会，

以便接收免费手册，上面解释了我们

为何离不开广告。

他们在一个大广场下了车，拉纳克对这里十分熟悉，尽管它变得比他记忆中更明亮、更忙碌了。他凝视着那些巨大的维多利亚式基座上的雕像，想起自己在见到丽玛之前，就看到过这些雕像。广场依然被华丽的石砌建筑包围，只有他和杰克站的位置是例外，他们站在一堵玻璃墙跟前，墙上有好几扇亮闪闪的门。在这堵玻璃墙上面，混凝土和玻璃材质的水平大长条交替出现，足有二三十层高。杰克说：“就业中心。”

“真够大的。”

“所有重要的就业中心都设在这儿，它也是稳定和环境总中心。我现在离开你，可以吗？”

拉纳克有种往事重现的感觉，也许是当初跟格鲁皮的一段经历。他尴尬地说：“抱歉，我不是你以为的那种人——我是说,不是行动派。”杰克耸了耸肩说：“不是你的错。我给你一点忠告吧——”

他的话被警笛的爆鸣和一阵仿佛稀疏雷声的吵闹声打断了。广场四周的车流停了下来。行人们驻足观望，一辆敞篷卡车飞速驶过，满车都是身穿卡其色军装的男子，他们头戴黑色贝雷帽，手中握着枪。卡车有着履带车式的胎面花纹，拉纳克以前在电影里看到过，这种车在粗糙的地面上缓缓碾过，但在平滑的地面上开得很快，拉纳克刚分辨出来，它就疾驰而过了。

“是军队！”杰克喊道，露出由衷赞赏的笑容，“现在我看到某种行动了。好哎！好哎！好哎！”

杰克沿着人行道边跑边喊，他向恢复行进的车流中的一辆出租车招了招手。出租车开到路边，他跳上了车。拉纳克望着出租车转过街角，然后站了一会儿，他感到恶心，心神不宁。他在想亚历克斯、丽玛和那些士兵。他以前从未在街头看到武装的士兵。最后他转身走进了大楼。

他对门厅里的一名身穿制服的男子说："我要找工作。"

"你住在哪儿？"

"大教堂。"

"大教堂在第五区。坐十一号电梯到二十层。"

那部电梯就像金属材质的衣柜，挤满衣着寒酸的人。拉纳克走出电梯的时候，他又一次感到，自己仿佛回到了从前。他看到一片光线昏暗的开阔区域，地上铺着灰色的橡胶，到处是在长凳上挤在一起、各个年龄的人。一个贴在墙边的柜台被隔板划分成若干小隔间，正对着电梯的那个隔间里有把椅子，还有个牌子，上面写着"咨询"。拉纳克朝这个隔间走去时，他感觉这地方的空气就像透明的果冻，在排斥着他。长凳上的人有种雕像般的恍惚神情，仿佛被凝结在那里似的。所有的动作都令人疲惫——试图回去也是一样。他走到椅子那儿，一屁股坐上去，身板挺直却打起了瞌睡，直到他觉得，好像有人在冲他喊叫。他睁开眼睛，费力地说："我……不是……动物。"

柜台后面一名眉毛竖立的老职员说："那你应该登记到专业人员登记簿上。"

"嗯？……怎么做？"

"到下面的二楼。"

拉纳克返回电梯，到了电梯里面才真正清醒过来。

他想知道，是否这栋楼里所有的办公室，都有同样令人陷入麻木的影响效果。

但二楼可不一样。这里铺着柔软的绿色地毯。一簇簇矮矮的安乐椅环绕着玻璃桌，玻璃桌上摆着杂志，但无人在此等候。这里也没有柜台。太过端庄优雅，无法被当作职员的男男女女，隔着宽大的办公桌，在跟来客闲谈，将那些办公桌分隔开的是摆在架子上的盆栽。一名年轻女接待员把他带到一个年龄稍长的女人的办公桌前。她向他推过来一个标有“蓝雾”字样的小盒，说：“请坐。您吸这种毒剂吗？”

“不吸，谢谢。”

“真明智。自我介绍一下吧。”

他说了一会儿。她瞪大了眼睛，说：“您真的跟奥藏方共事过？多么激动人心啊！跟我说说看，他是个怎样的人？我是指，在私生活上。”

“他吃得太多，还是个拙劣的乐手。”

那个女人就像听到他说了什么既聪明又令人惊喜的话，哧哧地笑了起来，然后她说：“我要失陪一下。我刚刚想到一个很棒的主意。”

她回来之后说：“我们运气不错——吉尔克里斯特先生现在就可以见您。”

他们从其他办公桌中间走过时，她小声说：“私下说一句，我认为吉尔克里斯特先生很渴望见到您。佩蒂格鲁先生也是一样，不过当然，他没有表现出来。

您会喜欢佩蒂格鲁先生的，他是个绝妙的愤世嫉俗者。”她领他来到一扇门前，但没有跟着他进去。

拉纳克走进一间有两张办公桌的办公室，一名秘书正在角落里的一张桌子旁边打字。一名高个秃顶的男子正坐在最近的那张办公桌边上打电话。他冲拉纳克笑了笑，指了指一把安乐椅，说：“他肯定是个自大狂。市长们是我们与选民之间的缓冲物，他们就不应该做事。不过当然，谁都不想发生骚乱。”

在他身后那张办公桌旁边，一个矮胖男子向后斜倚着，在抽烟斗。拉纳克坐在那儿，望向窗外的广场对面被探照灯照亮的一处楼顶。穹顶的一端有个闪闪发亮的风向标，形状像大帆船。高个子放下听筒，说：“好了。我叫吉尔克里斯特——很高兴见到你。”

他们握了握手，拉纳克从吉尔克里斯特的额头上看到了理事会的标记。他们在一张咖啡桌旁边的椅子上落座，吉尔克里斯特说：“我想，我们还是喝咖啡吧。清咖啡还是加奶，拉纳克？交给你了，玛欣小姐。我听说你在找专业性的工作，拉纳克。”

“是的。”

“但你还没想好，想从事哪种工作。”

“对。我更在意薪水。”

“你愿意在这儿工作吗？”

拉纳克环顾了一下房间。秘书在摆弄文件柜上的一只电动咖啡渗滤壶。另一张办公桌后面的男人有一张忧伤的、小丑般的大脸，他朝拉纳克挤了挤眼睛，表情丝毫未变。拉纳克说：“我很乐意考虑。”

“好。你提到了薪水。不幸的是，薪水是我们颇感为难的一个问题。现在不可能按月或按年发薪，因为我们甚至都无法度量分钟和小时。在理事会给我们送来他们许诺已久的十进制钟表之前，昂桑克其实仍然属于历法间区域。目前，城市全靠习惯的力量维持运行。不是靠规矩，不是靠计划，全靠习惯。没人能用柔性卷尺来画线[1]，对吧？”

拉纳克不耐烦地点点头说：“我要养家。你们能向我提供什么？”

“信用。我们的员工会收到一张量子信用卡。它比钱有用多了。”

“它能让我租到一套三个人住的舒适住宅吗？”

“轻而易举。你甚至可以买一套住宅。为此支付的能量将从你的未来中扣除。”

“那我愿意在这儿工作。”

“我应该解释一下我们的活动范围。”

“不用了。让我做什么都行。”

吉尔克里斯特笑着摇摇头，说：“只有在制造业阶层里，对社会的无知才算是一项美德。我们这些专业人士必须将社会组织理解为一个整体。这是我们的负担，也是我们的骄傲。正是它让我们有了获得高收入

---

1 原文为“rule”，双关语，亦有“管理、统治”的意思。

的资格。”

“胡说！”另一张办公桌后面的矮胖男子说，“这栋楼里谁把社会组织理解为一个整体？你和我，或许还有楼上的一个老女人，但其他人都忘记了。原先告诉过他们，但他们已经忘了。”

“佩蒂格鲁是个愤世嫉俗者。”吉尔克里斯特笑呵呵地说。

“一个**可爱的**愤世嫉俗者。”佩蒂格鲁咕哝道，“要记住这一点。佩蒂格鲁是个人人喜爱的愤世嫉俗者。”

秘书把一盘咖啡色的东西放在桌上。吉尔克里斯特端着他的杯子走到窗前，坐在窗台上，颇有玄机地说：“就业。稳定。环境。三大职责，但恰如其分地来理解，它们都是一回事。就业确保稳定。稳定让我们得以改造环境。改善后的环境成为就业新形势。就像吞吃自己尾巴的蛇。它们没有高低先后之分。这栋大楼——这个中心的中心，这座福利之塔——之所以存在，就是为了维持充分的就业、合理的稳定和体面的环境。”

“动物。”佩蒂格鲁说，“我们在这里处理动物。浮渣。渣滓。低贱之中最低贱的。”

“佩蒂格鲁指的是这一事实：没有足够的工作和住房来满足所有人。自然——正如在所有自由竞争的社会里那样——失业者和无家可归者与我们其他人相比，往往不那么聪明、不那么健康、不那么有活力。”

“他们就是一群愚蠢、肮脏的懒汉，”佩蒂格鲁说，“我了解他们，我就是在他们中间长大的。你们这些中产阶级自由主义者喜欢宠着他们，但我甚至都不会让他们繁殖。我们需要的是在足球场的旋转栅门下面安装一台 X 光设备。每个穿过栅门的男人都会承受一记九百伦琴的辐射，正中睾丸。它完全无痛。他们不会知道发生了什么，直到他们收到一张随入场券发放的打印出来的小卡片。‘亲爱的先生，’卡片上写着，‘你现在可以十分安全地骑你的妻子了。’”

吉尔克里斯特哈哈大笑，直到咖啡洒到了碟子上。“佩蒂格鲁，你真是无可救药！”他说，“你说的就好像一个人的不幸全是咎由自取。你必须承认，贫困、疯狂和犯罪在我们的主要产业倒闭之后成倍地增加了。这不是巧合。”

“怪罪工会去吧！”佩蒂格鲁说，“繁荣是老板们为获取更多财富而彼此斗争的结果。如果他们还不得不跟他们的工人做斗争，那么所有人都会沦为输家。难怪大集团都要把他们的工厂搬到那些苦力大陆。唯一令我感到欣慰的是，到最后输得最惨的人，是那些拥有的最少还心存嫉妒的家伙。贪婪不是什么好事，但嫉妒要恶劣得多。”

“你这是在谈论政治。是时候闭一会儿嘴了。”吉尔克里斯特友善地说。他把茶杯放在窗台上，坐在拉纳克身边，悄悄说：“别让他的毒舌影响你。佩蒂格鲁有点像圣人。他帮助的孤儿寡母比我们吃到的美味早餐还多。”

“用不着道歉。”拉纳克说，“如今我已经明白，如果不属于某个强有力的大集团，这个世界上没有谁能混出个样子。你们的集团负责处理那些不属于集团的人。我想跟你们一起，不想在你们之下，所以告诉我该怎么做吧。”

“你太莽撞了。”吉尔克里斯特说，“请记住，我们是在这儿帮助那些不幸者的，而且我们**真的**在力所能及的范围内帮助他们。我们的问题是缺乏资金。最近的大昂桑克重组让我们有了更多的人手，解决与日俱增的不幸者，因此我们有了数以千计的专家——规划师、建筑师、工程师、艺术家、修缮师、保存师、血液科医生、肠道科医生、脑科医生——全都在无所事事地祈求着资金到位，以便早日开工。”

“那**我**能做什么？”

“你可以先从D级咨询员做起。你坐在办公桌后面，听人们发牢骚。你必须记下他们的名字和地址，告诉他们，他们会通过邮件收到我们的回复。”

“这很容易。”

“这是我们这儿最难做的工作。你必须表现出一副仔细聆听的样子。如果他们看起来已经无话可说，你必须用问话诱使他们说个不停。你必须让每个人滔滔不绝，直到他们精疲力尽——要尽可能久。”

“我把他们告诉我的事写成报告？”

“不用。你只要记下他们的名字和地址，告诉他们，他们会通过邮件收到我们的回复。”

“为什么？”

“我就担心你会问到这个。”吉尔克里斯特轻轻叹了口气，说，“正如我刚才所说，因为缺乏资金，有好多人我们爱莫能助。这些人当中，有好多身强力壮、精力旺盛，突然剥夺一个人的希望是很危险的——他有可能会变得暴力。重要的是，要**慢慢地**扼杀希望，这样一来，失败者就能在不知不觉间调整好心态，适应失败。我们尽量维持希望的鲜活，直到它耗尽滋养它的活力。只有到那时，才允许他直面真相。”

“所以说D级咨询员除了拖延，什么也不做。”

“对。”

“我不想要——”拉纳克大声说，然后犹豫起来。他想到了信用卡，想到那套有三四个居室的住宅，也许从这栋大楼步行片刻就能走到。也许他可以回家跟桑迪和丽玛一起吃午饭。

他无力地说：“我不**想要**这份工作。”

“没人想要。正如我刚才所说，这是我们这儿最难做的工作。不过你愿意接受吗？”

过了一会儿，拉纳克说：“愿意。”

“好极了。玛欣小姐，过来。我想让你给我们的新同事一个微笑。他叫拉纳克。”

秘书面向拉纳克坐下，直视着他的眼睛。她有一副光洁、空洞、时尚的漂亮脸蛋，她的头发那么金黄，梳理得那么完美，看上去就像尼龙做的假发。在几分之一秒内，她的嘴巴展露出一个微笑，拉纳克被她头颅中的“咔嗒”一声吓了一跳。吉尔克里斯特说：“给她看你的侧影。”拉纳克朝他看去，又听到“咔嗒”一声。玛欣小姐把两根手指滑进她崭新的白色短衫的左胸衣兜，抽出一张塑料卡片。她把它递给拉纳克。卡片一端有他的两张清晰小照，一张惊慌失措的正面照和一张困惑不解的侧面照。其余部分覆盖着细细的蓝色平行线，拉纳克的照片就印在上面，还有一长串数字，差不多有十二位。

“她是个可靠的物件。”吉尔克里斯特说，拍了拍玛欣小姐的屁股，她转身回到她的桌子那儿，“她能发放信用卡、泡咖啡、打字，相貌俊俏，爱好东方武术。她是量子-皮质素集团的产品。”

拉纳克痛苦地说：“量子-皮质素集团就不能制造出某种东西，完成D级咨询员的工作吗？”

“哦，他们能。他们这样做了。我们在一个稳定局次级中心试用了一下，结果引发了一场骚乱。来客们发现，它的反应太机械化。多数人对人类抱有很不合理的信任。”

“滚滚向前，普罗文。”佩蒂格鲁说。

“阿门，佩蒂格鲁。滚滚向前，普罗文。”吉尔克里斯特说。

“你们这样说是什么意思？”拉纳克问。

“**滚滚向前**是一种祈求期望之事早日发生的口头语。我们期盼着转移到普罗文去。当然，这你是知道的吧？”

“我听说我能去，是因为我有理事会的护照。”

“的确如此。在普罗文，我们可以把事情处理得井井有条。这栋造价高昂的大楼，恐怕是个代价巨大的错误。就连空调都运转不良。我们还是到二十层去吧。”

他们穿过外部办公室的办公桌，乘上一部宽敞而又安静的电梯。电梯把他们送到一间形状狭长的办公室，里面有近三十张办公桌。一半被打字或打电话的人所占据，好多空着，其余的办公桌围着一组组说话的人。吉尔克里斯特把拉纳克领到其中一张办公桌前，说:“这位是我们新来的咨询员。”

“谢天谢地！”一个把一张纸认真折叠成飞镖的男子说，“我刚刚面对了六头动物，一连六头。我好长、好长时间都不会再出去了。”他把飞镖掷出去，它轻快地飘到办公室的另一头。响起一阵稀稀拉拉的喝彩声。

“祝你好运！”吉尔克里斯特说着，跟拉纳克握了握手，“我保证，一旦我们找到接替你的人，就给你升职，让你离开这儿。佩蒂格鲁和我在‘血管腔’喝酒。那是一家粗俗的酒吧，不过它就在办公室旁边，还总能一饱眼福。”（他挤了挤眼睛。）“所以如果你稍后过去，我们就一起喝一杯。”

他匆匆离开了。掷飞镖的人把拉纳克带到一堵墙上一长串门的最后一扇。他把门轻轻打开一点，透过门缝往里瞧，小声说:“他看起来挺文静的。我觉得没什么可担心的。你知道该怎么做吗？”

“知道。”

拉纳克穿过那扇门，走进一个柜台后面的小隔间，柜台上摆着一个“咨询”的标牌。

一名瘦削的青年坐在他对面。他留着一头乱发，穿着一件用廉价布料做的干净西装，闭着眼睛，似乎勉强能维持住坐姿，不往一侧歪倒。拉纳克握住他刚走进的那扇门的门把手，把门用力带上，坐了下来。青年睁开眼睛，说：“不不不不……不不，你误会了。”

当他的目光落在拉纳克脸上时，他的脸色开始有了变化，涌现出了活力。他微笑着小声说：“拉纳克！”

“对。”拉纳克诧异地说。

那个人如释重负，差点笑出声来。“谢天谢地，幸好是你！”他伏在柜台上，握着拉纳克的手说，“你不认得我了？你当然不认得了，我当时还是小孩。我是吉米·麦克菲。弗莱克奶奶家的小麦克菲。你还记得当初在老阿什菲尔德街，我和妹妹们在你床上玩帆船的那段时光吗？天哪，你变壮实了。那时你很瘦。你的衣兜里装满贝壳和卵石，还记得吗？”

“你就是那个男孩？”拉纳克摇摇头，说，“弗莱克太太还好吗？你最近见过她吗？”

“没有，最近没见到。如今她很少出门了。关节炎。她毕竟上了年纪。不过谢天谢地，幸好是你。我见过六个职员了，他们每一个都打发我去见另一个，就这样搪塞我。问题是，你瞧，我结婚了，你瞧，我和妻子有一套机动屋。**而且**我们有了两个娃娃，一个六岁，一个七岁，一男一女。我不是要批评机动屋——我就是**制造**这些破玩意儿的——但它们并不大，不是吗？当初我接受这套机动屋的时候，住房安置部门很肯定地说，只要我按期支付房租，不惹乱子，我们就能在需要的时候，得到一套像模像样的房子。现在我们遇上了意外。我妻子又怀孕了。所以我们能怎么办？我们一家四口，还有一个又哭又叫的宝宝，哪里还能住在机动屋里？我们需要洗手或者那个的时候，只能用公用厕所，这样怎么能行呢？所以我们能怎么办呢？”

拉纳克低头望着柜台上的一支钢笔和一堆表格。他拿起钢笔，犹豫不决地说：“你的地址？”然后他丢下钢笔，坚定地说：“别告诉我。这没有用。这地方根本就不打算帮助你。”

“什么？”

“你在这里得不到帮助。如果你需要新房子，你得想方设法自己去弄。”

“可那需要钱。你是建议我……去偷吗？”

“或许吧。我不知道。但不管你怎么做，一定要小心。我还没有遇到过警察，不过我想，他们在处理单个罪犯时会很高效。要是你决定要做些什么，就找很多跟你抱有同样感受的人一起做。也许你应该组织一次罢工，但不要为了索取更多的钱而罢工。你们的敌人对金钱的理解比你们更透彻。要为实物发动罢工。为更大的住宅发动罢工。”

麦克菲不敢置信地扭曲了面庞，喊道：“我？组织……？谢谢你他妈什么忙也不帮！”

他跳了起来，转身向电梯走去。

“等等！”拉纳克喊道，翻过柜台，“等等！我还有个主意！”

他强行穿过僵滞的空气，赶在电梯门关闭前挤进了电梯。一大帮老男人和年轻女人把他的身体挤到了麦克菲的肩膀旁。

“听着，麦克菲，”他小声说，“我和我的家人很快就会搬到一个新地方去——你可以得到我原来的住处。”

“它在哪儿？”

“在大教堂。”

“我可不是他妈的非法占房的人！”

“可这是合法的——运营人是宗教团体的一位乐善好施的牧师。”

“它有多大？”

“大约六英尺宽，九英尺长。天花板有点倾斜。”

“天哪，我的机动屋差不多就有那么大。而且屋顶是平的，还是两居室。”

“可它适合我们，先生！”一个抱着婴儿的憔悴女人说，“六乘九英尺？我丈夫和他兄弟，还有我，需要一个那样的地方。”

“告诉我一件事，”麦克菲用好斗的口吻说，“你在这儿工作，他们付给你什么？”

“足够我自己买房的收入。”

“为什么他们肯付给你报酬？”

“我想，他们雇用很多受过良好教育的人，好让我们过得舒心，”拉纳克说，“还因为如果我们都没有工作，他们害怕我们变得危险。”

“真他妈棒极了！”麦克菲说。

“说真的，先生，你要离开的那个房间听起来很好很好。你方才说它在哪儿？”

门开了，他们匆匆穿过门厅，拉纳克紧跟在麦克菲身边。他们来到人行道上的时候，三辆满载士兵的武装卡车隆隆驶过。“出什么事了？”拉纳克喊道，“怎么有这么多士兵？”

“我怎么知道？”麦克菲喊道，“我像猪一样无知，我只能听到电视上的新闻和街上的怪声。前不久，他们像疯子一样敲响大教堂的钟。我怎么知道出了什么事？”

他们沉默不语地走着，直到走近一个拐角，一扇门上方竖着一块招牌。那是一颗大大的红心，有粉色的霓虹灯管从中穿过，底下有“血管腔”字样。拉纳克说：“至少让我请你喝一杯。”

“你能付得起？”麦克菲讽刺地说。拉纳克用手指抽出衣兜里的信用卡，点了点头，推开了门。

屋里被暗淡的红光照亮，有些区域有俗丽的亮光。多数桌椅被发光的格栅隔开，那些格栅的形状和色彩就像粉色的静脉和紫色的动脉。一颗旋转球在天花板上投下连绵不绝的红白光点，音乐是一种低沉、稳定、悠长的律动，就像一个跛脚的巨人吃力地走上蒙着厚毯子的楼梯。

“这是哪门子酒馆？”麦克菲说。

拉纳克站在那儿直盯着看。要不是这里有女人，他会转身就走。她们用笑声，警觉或冷漠的年轻面孔和喉咙，裹在各种服饰中的胸、腹、腿，填满了整个空间。他觉得自己这辈子从未见过这么多的姑娘。再仔细一瞧，酒吧里也有同样多的男人，但他们给人的印象不甚分明。就算他们都是同一个满怀自信的长发青年的复制品，拉纳克也不在乎，他恨那个青年。拉纳克呆站在那儿，心情介于着迷和嫉妒之间，直到有人在角落那边喊了他的名字。他循声望去，只见吉尔克里斯特、佩蒂格鲁和玛欣小姐站在点缀着红色塑料的吧台旁边。

“听着，”他告诉麦克菲，“那个高个男人是我老板。如果说有人能帮到你，那就非他莫属。无论如何，我们试试看。”

他在前面领路，来到吧台那儿，说：“吉尔克里斯特先生，这是我的一个老朋友——吉米·麦克菲——他小时候我就认识他。他是我的一名客户，一个真正值得帮助的例子，而且——”

“好了，好了，好了！”吉尔克里斯特快活地说，“我们是来享乐，不是来工作的。你们两个喝点什么？”

“一杯跟你的量一样大的威士忌。”麦克菲说。

“请来一样的。”拉纳克说。

吉尔克里斯特点了单。麦克菲显然被玛欣小姐所吸引，她定期转过头来，朝他们每个人轮番微笑。

“你怎么不喝？”当她向麦克菲露出几分之一秒的微笑时，他问她。

“她不喝东西。”佩蒂格鲁阴沉地说。

“她不能自己说吗？”麦克菲说。

“她不需要。”

“你是她丈夫还是别的什么人？”麦克菲说。

佩蒂格鲁冷冷地喝干自己杯里的威士忌，说：“你是做什么的？”

“我是一名制造者。我制造机动屋，”麦克菲大胆地说，“而且我住在一套机动屋里。”

“制造机动屋的人算不上真正的制造者。”佩蒂格鲁说，“我父亲曾是一名真正的制造者。我尊重真正的制造者。你那属于奢侈品行业。”

“这么说你认为机动屋是奢侈品？”

“对。我敢打赌，你的机动屋里有彩色电视。”

“为什么不应该有？”

“我想，你来找我们，是因为你想要一套这样的房子：屋里站得住人，有室内马桶，有几间单独的卧室，有实木窗框，或许还有壁炉？”

“我为什么不应该有一套这样的房子？”

“我来告诉你吧。一旦机动屋的用户得到一套那样的房子，他们就会挤在一个房间里，把其余房间分租出去，摘掉管道当作金属废品卖掉，摘掉窗框，把门劈碎，拿它们烧火。机动屋的用户不适合住像样的房子。”

“我不是那种人！你对我一无所知！”麦克菲喊道。

“在我的目光落在你身上的那一刻，我就知道了你的一切。”佩蒂格鲁柔声说，“**你**是一个讨厌的小杂种。”

麦克菲瞪着他，攥紧了拳头，大声地吸气。他的双肩膨胀起来，他好像长高了一些。

“玛欣小姐！”佩蒂格鲁大声说，“要是他威胁我，就剁了他。”

玛欣小姐站到麦克菲和佩蒂格鲁中间，将右手举到喉咙的高度，手掌平伸，小指向外。她脸上展露出笑容，笑容停在了那儿。吉尔克里斯特赶忙说：“哦，用不着动用暴力，玛欣小姐。只要**看看**他就行。”

拉纳克听到玛欣小姐的头颅里传出一声脆响。他看不到她的脸，但能看到麦克菲的。麦克菲大张着嘴巴，下嘴唇颤抖着，用双手捂住了双眼。吉尔克里斯特低声说：“带他出去，拉纳克。这儿不是适合他来的那种酒吧。”

拉纳克抓住麦克菲的胳膊，把他带出人群。

门外，麦克菲倚在墙上，双手垂落，浑身发抖。“小黑洞，”他喃喃自语，“她的眼睛变成了小黑洞。”

“她不是真正的女人，你明白吗？”拉纳克说，“她是个工具，一部**外形**像是女人的设备。”

麦克菲弯下腰，吐在了人行道上，然后他说：“我要回家。”

“我送你回去。”

“最好别。我今晚要打人。我今晚**需要**打人。要是你不躲开，被打的就有可能是你。”他的声音听起来有气无力，拉纳克拉着他的胳膊，带他走过好几条繁忙的街道，然后是好几条僻静的街道。他们走过一辆停泊的卡车，旁边有三名工人在用水泥粘牢盖在下水道格栅上的一个水泥块。一名持枪士兵在旁边抽烟。拉纳克问工头：“你们在干吗？”

“用水泥封堵这条水沟。”

“为什么？”

“别干涉。”士兵说。

“我不干涉，不过你就不能告诉我们，出了什么事吗？”

“稍后会发布通告。回你们家，等通告吧。”

拉纳克注意到，他们经过的每条水沟都被封住了。一阵空洞的喊话声从远处响起，越来越近。喊话声是从一辆缓缓行驶的面包车顶部的喇叭里传出来的。它说：“特别紧急通告。在常规心跳时间十五分钟后，斯拉登市长将会发布特别紧急通告。如果你有既没电视也没广播的邻居，就招呼他们到你家来，在常规心跳时间十五分钟后，收听斯拉登市长的特别紧急通告。

所有商店、办公室、工厂、舞厅、电影院、饭店、咖啡馆、运动中心、学校和酒馆，都要在常规心跳时间十四又二分之一分钟后，通过扩音系统转播斯拉登市长的紧急通告。这是紧急……”

“这座城市**发生了**什么？”麦克菲问，他把胳膊挣脱出来。他们从公厕外面排起的长队旁边走过，又经过一堵贴满巨型海报的墙。麦克菲说了句“这边”，然后他们从两张海报中间的缝隙穿过，来到一大片砂地上，这里停满一排排的车。他在一辆车旁边停住脚步，打开车门。拉纳克打开了另一侧的车门。

车前座被拉长了，与整个车身同宽，一个身材丰满、脸蛋瘦削的年轻女人坐在中间。她说：“进来。坐下。关门，闭嘴，你们俩都是。原谅我不够礼貌。我一分钟后就泡茶，但我不想错过我的花园。”

拉纳克带上车门，如释重负地往后一靠。阳光透过车窗注入车里，车子似乎在缓缓穿过一片蔷薇灌木丛。绿叶和沉甸甸的朵朵白花拂过风挡玻璃，从车门上的窗子外面掠过。他看到金色与褐色交织的蜜蜂在玫瑰的花心里忙碌着，听到了它们催生困倦的嗡嗡声、树叶的窸窣声、远处的鸟鸣声。麦克菲太太从一个架子上取出一只小罐子，在顶部一按。冒出一股细细的烟雾，闻起来像玫瑰。她叹了口气，闭着眼睛向后靠去，说：“我不需要用眼睛看。有声音和香气，对我来说已经够美妙了。”

这辆车没有离合器或驾驶杆，座位可以往前滑动，同时把靠背往后放平，就能形成一张床。一块玻璃嵌板和一块帘子遮住了后座的景象，或许孩子们正在那边睡觉。在风挡玻璃下面是一套抽屉、架子和格子。一个格子里装着一个电热板，另一个格子里装着一个塑料盆，塑料盆上方有个小水龙头。麦克菲打开迷你冰箱的门，取出两罐啤酒，递给拉纳克一罐。

玫瑰花在风挡玻璃前面分开，车子伴着一阵汩汩水声，像游艇似的漂浮在一个圆形的湖泊上，四周环绕着小山，山坡由水边向上倾斜延伸，从山脚到山顶都覆盖着最绚烂的鲜花帷幔，芬芳而起伏不定的多彩花海中，几乎看不到一片绿叶。湖泊很深，不过在眼睛不去刻意观看时，可以清楚地看到湖水清澈见底，远在倒映在水面上的天空和山花遍野的小山之下，湖底似乎有好多珍珠般的小小卵石。总体印象是华丽、温暖、缤纷、宁静、柔和而雅致，当目光向上扫过万紫千红的山坡，由清晰的山水交接之处，望向山顶与无云的蓝天之间的模糊边界时，很难不将其想象成大片红宝石、蓝宝石、蛋白石与金色的缟玛瑙如瀑布般悄无声息地从天而降。麦克菲太太取出另一只小罐子，在车内喷洒着三色堇的香气。麦克菲喊了句“多愁善感的堕落行径！”，粗暴地拧转了一个旋钮。

车子的内景变成了一辆漂亮的红色敞篷车的一部分，它在令人目眩的阳光下，从一条多车道高速公路上飞速驶过。在前方蒸腾的热气里，一群小点渐渐变得清晰可见。这些小点变成了一大帮摩托骑手。敞篷车加快了速度，斜着向摩托车靠拢过去。

“吉米！”麦克菲太太说,“你知道我不喜欢这个。”

“你不怎么走运，不是吗？”麦克菲说。她紧抿着嘴唇,拉开仪表板里的一个抽屉,取出一只袜子和针线,开始缝缝补补。拉纳克越过她的侧影望过去，只见敞篷车已经追上了摩托骑手的首领。他身穿皮衣，皮衣上有骷髅图案和卐字徽章。一个长得像玛欣小姐的姑娘穿着皮衣,紧贴在他的身后。这时“嗖！”的一声——一支亮闪闪、带倒刺的飞镖从敞篷车的麦克菲这一侧发射出去，射入那个摩托骑手的腋下。伴着尖厉的刹车声，敞篷车车身横着一摆，冲进那帮骑手的车阵里。外面的景象忽然放慢了。经受缓慢的碰撞后纵声尖叫的骑手们被抛上半空，坠落下来，痛苦地贴在敞篷车的引擎盖上，最后缓缓滑落下去。拉纳克推开身边的车门，如释重负地望着脏兮兮的沙砾停车场和一排静悄悄的机动屋。

“关门，我们要冻死了。”麦克菲吼道。拉纳克不情愿地关上了门。一副副躯体还在像跳芭蕾似的，在纷飞的尘雾中飞旋。两辆摩托车撞到一起，引起巨大的爆炸，随后画面变成一个男人的上半身，他戴着图案明艳的领带。他说:“抱歉中断这一节目，下面是大昂桑克首席执行官斯拉登市长发布的紧急通告。因为本次通告含有对大昂桑克地区居民严重健康风险的警示，所有人——尤其是带孩子的居民——都有必要给予特别关注。斯拉登市长。”

斯拉登出现了，他坐在真皮沙发上，上方有一幅巨大的城市地图。他双手交扣，放在膝间，在开口之前，表情严肃地看了一会儿摄像机镜头。

> 哈啰。在你们当中，像这样当面见过我的人并不多，我向你们保证，我也为自己不得不露面感到遗憾。市长是公众的仆人，优秀的公仆绝不应该在一家人享受晚间电视节目时，走进客厅抱怨自己的工作有哪些难处。优秀的仆人应该在幕后悄无声息地工作，向雇主们提供他们需要的东西。但有时候，会发生意想不到的意外。也许是澡盆穿过厨房天花板掉落下来，而不论仆人多么能干，他都必须向雇主夫妇讲明情况，因为常规的家庭生活会被扰乱，每个人都有权利知道原因何在。目前，昂桑克地区的管道工程出现了意外情况，作为首席执行官，我将向你们吐露实情，讲明原委。
>
> 不过首先，我必须告诉你们，你们选出的公仆们最近如何战胜了一项远为严峻的难题：饥荒。没错，正是饥荒。理事会默许一辆爆炸的运输车留下一堆有毒的垃

圾，隔绝了我们这座城市。我们的食品储备险些耗尽。我们本可以推行严格的定量配给，期望理事会能在最后一分钟出手拯救我们，但我们决定不冒那个险。我们决定自己采取行动。我们命令我们英勇的消防队员，将有毒物质清扫进下水道——它没有别的地方可去。他们照办了。昂桑克得救了。我们没有公开宣扬这一胜利。没有人挨饿，这对我们来说，已经是充分的褒奖了。

现在再来说坏消息。高速公路上的有毒物质正透过下水道系统，以一种致命的腐蚀气体的形式往回蔓延。它正在破坏我们的街道、我们的公共楼房和我们的住房。

斯拉登站起身，指着地图上用红色圈出的一片区域。

这里就是危险区域：环形公路内侧的昂桑克中心，还有大教堂以东的地区。

“就是我们这儿，好吧。”麦克菲说。

为避免人员死亡，我们必须阻止气体扩散。必须将危险区域内的每条排水沟和下水道的开口予以封堵。这项工作正在各条街道展开，很快也将在住宅和其他楼房内部展开。清洁工人将会上门封堵每个水槽、尿池和便盆。自然，这要花费一些时间，所以我们请您给予配合。塑料管黏结剂很快就能按需供应，可以到当地警局和邮局领取。将自家排水沟封堵完毕的家庭，只要接受一次例行检查就可以。与此同时，每个人都应该马上堵住他们的水槽，往里注满水。只要不使用，便盆也能在一段时间内，维持在安全状态。下面我暂停三分钟，让每个人处理好水槽。

屏幕上出现了三句话：

塞好你的水槽。

给它注满水。

别冲马桶。

“再来罐啤酒。”麦克菲说，递过来一罐，“你也来一罐吧，海伦。”

她说：“我害怕，吉米。”

“害怕？为什么？我们终于幸运了一次。机动屋没有马桶。我们的水槽跟下水道系统也不相连。”

“可要是我们不能使用公厕，我们该怎么办？”

“我想市长会宣布这个问题的解决方案。”拉纳克说。刚才的演讲给他留下了深刻印象。他心想：“幸好丽玛和桑迪在大教堂。这时候，里奇-斯莫利特应该已经采取了必要的预防措施。”他呷着罐里的啤酒。字幕消失了，斯拉登重新出现。

我能肯定，大家都在问自己一个问题：我们如何摆脱体内的秽物？好吧，你们要知道，这个问题就像人类本身一样古老。我们倾向于忘记，冲水马桶还是很新的发明，世界上四分之三的人还没用上它们。暂时，我们必须满足于使用这种东西，就像我们的曾祖父母那样。

他举起一只便壶。

你们当中那些有小孩的家庭，或许已经有一只了。新的存货正从新坎伯诺尔德的皮质素特别盥洗设备厂飞速运往各个商店。大笔订单安排给了昂桑克的一家小工厂，它如今仍然生产老式陶瓷物品，从而给本市经济中被人忽略的部分带来急需的推动。尽管许多人暂时拿不到便壶，但我肯定，他们可以用家里的某种其他器具将就一下。至于如何清理秽物，你们会通过邮件收到一包这个，如果你们目前尚未收到的话。

他举起一个黑色塑料袋。

这个足够大，可以轻松装下满满一便壶的东西。将袋口系好，既防潮又防臭。应该把这些堆放在你们平时的垃圾堆或垃圾桶**旁边**，而不是**里边**。为加快收集，清洁工将得到军队的协助。所以你们最近才会在街头看到那么多士兵。

“士兵搬运大粪，可用不着带枪。”麦克菲说。

至于洗涤，只要保持在最低限度，就不会带来什么问题。你们的水槽塞好之后，可以像往常那样继续使用，只是污水（应该重复利用）应该舀进桶里，倒进阴沟或地里方便的地方。尿液也是一样。幸运的是，天气预报说，最近一段时间天气温暖，我们排放的废水要么会蒸发，要么会流入排水沟正常使用的地区。

“万一下雨呢？”麦克菲说。

但我们也必须解决引起这一危险麻烦的起因。我们已经要求理事会采取行动，起初正是因为他们行动迟缓，才导致了这场灾害。我们已经向皮质素集团发出求助，他们是这种有毒物质的生产商。两者都答复说，他们正在咨询专家，会考虑这件事，我们会及时收到他们的回复。这还不够好。因此埃娃·沙茨恩格尔姆教授被任命为一个团队的负责人，他们正在自主研发清理毒气的技术，我们会选出一名代表，在普罗文近期举办的理事会联合国大会上，为昂桑克仗义执言。事实就是，理事会亏待了昂桑克。他们根据每天二十五小时的节律，倡导实行十进制历法，已经有好长时间了。他们承诺要给我们送来新的钟表，于是我们轻率地废除了旧的钟表，结果新的钟表至今仍未送到。我当年还是个年轻人，我承认，像大多数人一样，我并不在意。每个人都喜欢觉得，他们有的是时间；没有人喜欢看到，时间过得有多快。但没有时钟，我们无法解决公共紧急状况，于是我们设立了一个新部门，我们自己的计时部门。这个部门征用了一个电视频道——就是这个电视频道——我会让你们看到，它会播送什么内容。

斯拉登朝墙上的一只挂钟走去，这是一只摆钟，它的表身是一个小木屋形状的盒子。

“真他妈不可思议。”麦克菲说，他又打开一罐啤酒。

海伦说：“你不觉得你喝得够多了吗？”

> 这是最近从博物馆、杂物间和古玩商店发掘出来的许多钟表之一。也许它看起来平平无奇，但它是第一只修复完好的。等其他钟表修好之后，它们会被安装到我们的重要部门的总部，它们每一只都会用这只来同步校准。

斯拉登指向松果形状的钟锤。

> 注意，这个钟锤已经上好发条，放在这个盒子下面的小架子上。在这次通告的结尾，我会把它挂上，这只钟表会敲响午夜的钟点：正是旧的一天结束，新的一天开始的时候。警局和工厂的警报会把钟表报时的声音放大，明天中午，警报会再次拉响。计时部门的员工还接管了九十二座教堂钟楼，从现在起，他们也会播发这个小钟的报时信息。
>
> 我知道，享受内心清静的人会觉得，这是对他们隐私权的野蛮侵扰；知识分子

会说，在我们没有阳光的时候，回到太阳历的时间进制，等于是把钟表往后拨，而不是往前拨；从事体力劳动的工人们，他们靠脉搏自己衡量时间，会觉得整件事跟他们毫不相干。没关系。这只钟表可以让我做出确切的承诺。到明早八点，每间住宅、机动屋、办公室和工厂，都会收到一包塑料垃圾袋。等到十点，第一批免费的塑料管道黏结剂就可以从当地邮局领取到。每过一小时，我，或者另外某个政府议员，就会在这个频道露面，告诉你们进展如何。现在——

斯拉登说着，把钟锤拿在手上——

我祝你们大家度过一个美好的夜晚。对大昂桑克来说，漫无休止的等待临近尾声。**时间**即将开始。

他挂上钟锤。钟摆向左荡去，发出“嘀”的一声，然后向右荡回来，发出“嗒”的一声。表盘越来越大，最后几乎占满了整个风挡玻璃。两根指针都竖直指向数字刻度上面的一扇小门，它一下子翻开了。一只胖乎乎的木头鸟跳出来喊道：“布谷！布谷！布——”麦克菲转动一个旋钮，风挡玻璃变透明了。他们三个坐在一排车座上，透过风挡玻璃望着变黑的停车场。可以听到外面的警笛声、汽笛声和遥远的当当声。海伦打开了灯。

“一个疯子！”麦克菲说，“那人是个疯子。”

“哦，不。”拉纳克说，“我认识他很久了，他不是疯子。就个人来说，我信不过他，不过看起来，他已经彻底掌控住了政治局面。那场演讲在我听来挺真诚的。”

“他是你朋友？”

“不，是我妻子的朋友。”

麦克菲俯身揪住拉纳克的翻领，说：“到底怎么回事？”

“吉米！”海伦喊道。

拉纳克喊道：“出什么问题了？”

“我还问你呢！你有理事会护照，对吧？你还为社会稳定局工作，对吧？你认识斯拉登，对吧？所以告诉我，你们这帮人想干啥！”

拉纳克的一半身子被拽过了海伦的衣襟，他的耳朵压在海伦的大腿上，令人舒心的暖意隔着衣服透了过来。他迷迷糊糊地说：“我们试图扼杀昂桑克。我们中的一部分人。”

“天哪，这可不是什么新闻。我们在工场里，好多年前就知道了！‘行啊，’我说，‘只要我的娃娃没事，这地方完蛋也罢。’但现在你们这些杂种真要落井下石了，是吗？**是吗？**”

麦克菲换了一只手捏住拉纳克的鼻孔，捂住他的嘴。拉纳克发现自己正望着自己面孔鼓凸的映像，麦克菲的另一只手搁在几英寸远的架子上的一个亮闪闪的水壶旁边。映像忽闪着变暗了，他估计等它完全变黑，自己也就失去知觉了。他并没感到痛苦，因此他不太担心。这时他听到掴耳光的声音，还有海伦气喘吁吁的声音："松开，松开他。"他被放开了，然后听到了更响亮的耳光声。海伦呻吟着，然后喊道："走，先生！离开我们！让我们单独待着！"

他摸到把手，一拉，手脚并用地从旁边爬出车门，把它猛地带上了。他在机动屋旁边犹豫了一会儿，机动屋轻轻摇晃着。前座传出沉闷的声音，后座传出细微的小孩啼哭声。他的目光被山墙上的一张灯光照亮的海报吸引了过去，上面有一对身材健美、身穿泳装的男女在跟两个笑哈哈的孩子玩海滩球。海报上的文字写道："金钱就是时间。时间就是生命。从量子无限为你的家人购买更多生命吧。(他们会因此而爱你。)"

第39章　离婚

“只要我的娃娃没事，这地方完蛋也罢。”吉米的话让拉纳克不无惶恐地想起了桑迪。拉纳克从停车场奔跑起来，他沿着一些空空荡荡的街道跑着，试图原路返回。温暖的大雨从天而降，排水沟很快就灌满了水。周围的房子很陌生。他转过一个街角，来到一处栏杆跟前，用目光越过好几层高速公路，俯瞰着黑暗的塔楼和明亮的大教堂尖顶。他如释重负地叹了口气，爬上栏杆，手忙脚乱地爬下草地湿滑的斜坡。公路边缘的积水差不多有两英尺深，湍急地流向一侧，就像一条河。他蹚着水，走向干燥一些的车道。他看到的唯一一辆车是一辆军用吉普，它吱吱地画了个弧，搞得水花四溅，然后减速，停在他身旁。

“过来！”一个粗哑的声音喊道，“我有枪，所以别要花招。”

拉纳克走到近前。一个胖子穿着上校的军服，坐在司机旁边。胖子说：“你们有多少人？”

“一个人。”

“你以为我会信？你要去哪儿？”

“大教堂。”

“你知不知道，你在非法侵入？”

“我只不过在过马路。”

“哦，才不是！你在穿越高速公路。高速公路仅供由燃烧精炼石油的引擎驱动的有轮车辆使用，别忘了……天哪，你是拉纳克，对吗？”

“对。你是麦克帕克？”

“当然。进来。你刚才说，你要去哪儿？”

拉纳克解释了一下。麦克帕克说：“带我们过去，卡梅伦。”然后他把身子往后一靠，哧哧地笑了起来。“我看到你的时候，还以为我们碰上了一场骚乱呢。我们正留神盯着呢，你明白吗，在这种时候。”

吉普车拐了个弯，往大教堂广场驶去。拉纳克说：“我想，丽玛跟你说过亚历山大的事吧？”

麦克帕克摇了摇头。“抱歉，我只认识一个丽玛。以前在‘精英’的时候，她经常跟斯拉登厮混。我得到过她一次。那女人真棒！我想，你去研究所之后，她也去了。”

“抱歉，我有些糊涂了。”拉纳克说。

他坐在那儿，陷入了一种不快的亢奋状态，直到吉普车把他放在大教堂大门那儿为止。在门口，他听到了管风琴的旋律，里面的地上散布着一些老年人和中年人（我就是中年人，他心想），他们站在一排排椅子中间，唱道："时间，就像一条翻腾不息的河流，将她所有的儿子卷走，他们飞逝，被人遗忘，宛如天光破晓时分的梦"。[1]他从他们身旁匆匆走过，用嘴巴发出无声的谴责，他打开那扇小门，冲上旋转楼梯，沿着窗台，穿过管风琴阁楼，从阁楼的那些小隔间旁边走过。每个隔间里都没有丽玛和亚历克斯的身影。他冲进厨房，直勾勾地盯着弗朗姬和杰克，正在打牌的他们抬起头，吓了一跳。他说："他们在哪儿？"一阵尴尬的沉默，然后弗朗姬小声说："她说她给你留了一张字条。"

他匆匆赶回去，找到那个空无一人的隔间。一张字条放在精心铺好的床上。

亲爱的拉纳克：

我们走了，但愿你发现这一点时，不会感到惊讶。最近情况不算太好，不是吗。我和亚历山大会跟斯拉登一起生活，像我们商量好的那样，经过通盘考虑，你还是不来为好。请不要尝试寻找我们——亚历克斯自然被这件事弄得有点不安，我不想让你把他变得更糟。

你可能以为，我跟斯拉登走，因为他有大房子，还有名气，在大多数方面都是比你更好的情

1　出自英国公理会牧师、赞美诗作者艾萨克·沃茨（Issac Watts，1674—1748）的《千古保障歌》（"O God, Our Help in Ages Past"）。

人，但这并不是真正的原因。听到斯拉登比你更需要我，你可能会感到惊讶。我认为你不需要任何人。不论事情变得多糟，你都会步履维艰地前行，不在乎别人的想法和感受。你是我认识的最自私的人。

亲爱的拉纳克，我不恨你，但每当我试图写一些友善的话，它就会变得难听，也许是因为，如果你把小指递给魔鬼，他就会咬掉你的整条胳膊。但你常常对我很好，你其实并不是魔鬼。

爱你

丽玛

又：我会回来收拾衣服物品。或许到时再见。

他缓缓脱下衣服，上了床，关上灯，马上就睡着了。他醒了几次，觉得好像发生了什么可怕的事，他必须告诉丽玛，然后他才想起究竟是怎么回事。他灰心丧气地躺在那儿，清醒着，有时听到大教堂敲钟报时。有一次，敲的是五点，晚些时候他再醒来时，敲的又是三点，这说明对时间进行正儿八经的标记，并未让它的流速减慢多少。

最后，他睁开眼睛，看到电灯的灯光。她站在床边，悄悄取出抽屉柜里的衣服。他说："哈啰。"

"我不是有意要吵醒你的。"

"桑迪还好吗？"

“我觉得，他很安静，但很快乐。他有足够的地方跑来跑去，当然，斯拉登住在危险区域以外，所以那边没有臭味。”

“这里没有臭味。”

“我能肯定，再过二十四小时，就连你也会注意到它了。”

她把手提箱啪地扣上，说：“我本想在离开之前，把这些打包好，但我担心你突然进来，变得歇斯底里。”

“你什么时候见过我歇斯底里？”他急躁地问。

“我不记得了。当然，那多半是你的烦心事，不是吗？斯拉登经常跟我谈起你，他觉得，要是你知道怎样释放情绪，你会成为一个非常有价值的人。”

他一动不动地躺着，双拳紧握，咬紧牙关，不让自己大喊大叫。她把手提箱放在床脚，坐在上面，手里绞着一块手帕。她说：“哦，拉纳克，我不喜欢伤害你，但我必须解释我离开的原因。你觉得我贪得无厌、忘恩负义，更喜欢斯拉登，是因为他是个好得多的情人，但并不是因为这个。女人们可以跟笨拙的情人生活得十分舒心，只要他能用别的方式让她们快乐。但你一直以来太过严肃了。你让我普普通通的小小感受显得像尘土一样琐碎无用。你把生活变成了职责，某种有待研究和纠正的东西。你还记得吗，我怀孕的时候，我说我想要个女儿，你说你想要个儿子，这样就总有一个人喜欢宝宝了？你总想要**平衡**我，就好像我是一艘漂浮不稳的船。你既没有给我的喜悦增添快乐，也没有给我的痛苦增添悲伤，你把我变成了世界上最孤独的女人。我对斯拉登的爱并不比对你的爱更多，但跟他在一起生活，似乎无拘无束，自由自在。我确定亚历克斯也会从中受益。斯拉登肯陪他玩耍。你只会向他解释事物。”拉纳克什么也没说。她说：“但我们也有过快活的时候，不是吗？你一直都对我很友好——我不后悔遇到你。”

“我什么时候能去看桑迪？”

“我还以为，你很快就要去普罗文了。”

“除非桑迪也去。”

“只要你先给我们打电话，就可以随时过来。弗朗姬有号码和地址。我们会需要有人来带孩子。”

“告诉桑迪，我很快就去看他，我会经常去看望他。再见。”

她站起来，拎起手提箱，犹豫了一下，说：“我能肯定，如果你多发发牢骚，你会更快乐一些。”

“抱怨能让你喜欢我，留下来吗？不，那只会让你更容易离开。所以别以为——”

他张着嘴巴，说不下去了，因为巨大的悲伤哽住了他的喉咙，然后爆发成响亮无泪的呜咽，令他透不过气来，就像剧烈地打嗝，或者一只木头钟表缓缓地走动。泪水涌了上来，湿润了他的眼眶和脸颊。他向她伸出一只手，她温柔地说：“可怜的拉纳克！你真的很痛苦。”然后她动作轻柔地走了出去，动作轻柔地关上了身后的房门。最后呜咽声停息了。他平躺着，胸口好像压了铅块。他很想一醉了之，或者砸毁家具，但不管做什么，好像都很累人。铅块般的重量让他一直平躺着，直到他睡了过去。

后来，有人把一只手放在他的肩膀上，他睁开眼睛，高声说道："丽玛？"

弗朗姬站在床边，用托盘端着食物。他叹了口气，向她道谢，她看着他吃东西。她说："我把你的衣服拿走了——它们脏得可怕。不过楼下法衣室里有一套新西装和内衣，是给你的。"

"哦。"

"我觉得你需要刮刮脸，理个发了。杰克以前是理发师。我让他过来好吗？"

"不用。"

"可以让斯拉登过来跟你谈谈吗？"

他用眼睛瞪着她。

她脸红了，说："我是说，如果他来看你，你不会大发脾气，攻击他吧？"

"我肯定不会丧失尊严，因为我面对的是一个没有尊严的人。"

她咯咯地笑着说："好。我会转告他的。"

她带走了托盘，过了一会儿，斯拉登进了屋，坐在床边，说："你感觉如何？"

"我不喜欢你，斯拉登，但我喜欢的唯一一个人离不开你。告诉我你想怎么样。”

“行，稍等一下。你同意见我，我很高兴，不过当然，我知道你会同意的。我和丽玛欣赏你的地方，正是你本能的自制力。这让你变成了一个非常非常有价值的人。”

“告诉我你想怎么样，斯拉登。”

“毕竟我们都是讲道理的现代人，不是为美人的爱进行决斗的骑士。我敢说，这位美人在某个地方选中了你，但你对她来说太沉重了，于是她丢下了你，又选中了我。我是个轻浮的人。女人喜欢把我带走。但你是由更坚固的材料造就的，所以我过来了。”

“请告诉我，你想怎么样。”

“我想让你停止自怜，从床上起来。我想让你担负起艰难的重任。是委员会派我过来的。他们请求你去普罗文，在理事会的联合国大会上为昂桑克发言。”

“你在开玩笑！”拉纳克说着，坐了起来。斯拉登没有吭声。

“他们为什么请我去？”

“我们想找的是透彻了解研究所，又熟悉理事会议事走廊的人。你为奥藏方工作过。你跟蒙博多有过交流。”

“我跟前者发生过争吵，我不喜欢后者。”

“那就好。在普罗文站直了，为我们谴责他们吧。现在我们不想让一个有外交手腕的人代表我们，我们想要一个并不圆滑的人，一个能告诉外国代表这里究竟在发生什么的人。用你的鼻子闻闻看，把我们的臭气带回它的发源地去。”

拉纳克嗅了嗅。空气中有种令人不快的熟悉气味。他说：“派格兰特去吧。他懂政治。”

“谁都不信任格兰特。他是懂政治，这不假，但他想要改变政治。”

“里奇-斯莫利特。”

“他根本就不懂政治。他相信他在会议上见到的每一个人都尽心尽力了。”

“高。”

“高有皮质素集团的股份，就是把我们这里搞臭的那家公司。他说出了挑衅的话，但他只是装出一副跟理事会做斗争的样子而已。”

“那你呢？”

“要是我离开城市一个星期以上，我们的政府就会垮台。不会有人掌控全局，反倒有很多公务员想要尽快离开。我们正处于强有力的内外夹击之下。”

“所以我会被选中，是因为其他人互不信任。”拉纳克说。一股令人陶醉的振奋感充满了他的心，他用蹙眉来加以掩饰。他仿佛看到自己站在讲台上，或者基座上，用朴素而强劲有力的寥寥数语，向广大会众宣讲着真理、正义和兄弟情谊，在他们心中铸造着敬畏。他突然说：“我怎么去普罗文？”

“坐飞机。”

“我是不是要穿越一片区域，我是说，一片历间区域，我是说——”

“一片历法间区域？会的。”

“那岂不是会让我变老很多？”

“有可能。”

“我不去。我想留在桑迪身边。我想帮他长大成人。”

“这我能理解，”斯拉登严肃地说，“但如果你爱你的儿子——如果你爱丽玛——你就应该到普罗文去，为了他们，做好工作。”

“我的家人现在并不在危险区域。他们跟你在一起。”

斯拉登痛苦地微笑着，站了起来，在小隔间里踱着步子。他说：“我告诉你一件事，这件事除了我，只有另外一个人知道。在你到普罗文之前，你必须严加保密，不过等你到那儿之后，一定要告诉全世界。整个大昂桑克地区都处于危险之中，危险不只来自传染性的伤寒，虽说这也有引发危险的可能。沙茨恩格尔姆太太分析了毒素的样本——为了帮她取得样本，牺牲了两名消防员——她说，毒素已经开始渗透进二叠纪岩层。你大概知道，尽管各个大陆是不连续的，但它们漂浮在一大块超密的熔化——”

“别拿科学唬我，斯拉登。”

“如果不清除污染，我们将迎来地震，沉没到地壳以下。”

“那必须采取行动！”拉纳克惊骇地喊道。

“对。该如何行动的知识属于研究所。而实施行动的机械设备属于造物。只有理事会才能迫使他们一起采取行动。”

“我去。”拉纳克小声说，在很大程度上是说给自己听的，“不过我必须先去看看儿子。”

“去小礼拜室穿好衣服，我带你去见他。”斯拉登干脆地说，“顺便说一句，如果你不反对，我们将宣布你是市长：大昂桑克的市长大人。这并不意味着什么——我仍然是高级执行官——但你会置身于那些有头衔的人中间，你有自己的头衔，也会帮你给那些人留下深刻印象。”

拉纳克穿上那件晨衣般的旧大衣，赤着脚蹬进泥巴结块的鞋子，跟着斯拉登下了楼，来到小礼拜室。他的感受在这两者之间来回拉扯着：一边是对桑迪怀着揪心而悲伤的挚爱，一边是对自己身为市长和代表的重要身份怀着兴奋的喜爱。没有什么能介入这两种爱的对话之中。洗澡的温水已经准备好，洗完澡之后，他穿着浴袍坐在那儿，杰克给他刮了脸理了发，弗朗姬给他修剪了指甲。他穿上干净的新内衣、袜子、衬衫，戴上深蓝色的领带，穿上三件套的浅灰色粗花呢西装，还有锃光瓦亮的黑色鞋子。然后他回到厕所，往安装在马桶里的塑料便盆里排了便，有种清空肠道的舒适感。封堵好的厕所水槽上有一面镜子，对面墙上挂着一个药橱，药橱的小门也是一面镜子。通过拨转那扇小门，他看到了自己的侧脸。杰克给他刮掉了下巴上的胡子，修剪了八字胡。他那头花白的头发让出了额头，梳到了耳后：看上去颇有政治家风度，令人印象深刻。他把双手放在髋部，低声说："当蒙博多大人表示，理事会已经为昂桑克倾尽全力时，他是在欺骗我们——或者蒙受了别人的欺骗。"

他回到小礼拜室，斯拉登陪他出来，来到大教堂门口的一辆长长的黑色轿车那儿。他们上了后座，斯拉登对司机说："回家，安格斯。"

他们在城区中飞速驶过，拉纳克满腹心事，没怎么留意窗外的景象，只是在车子从一座壮观的崭新混凝土桥穿过河床的时候，无处不在的臭气变得异常浓烈。大堆鼓胀的黑色塑料袋散落在干裂的泥地上。斯拉登闷闷不乐地说："没地方倾倒它们了。"

"你在电视上说，这些袋子是防臭的。"

"它们是防臭的，只不过很容易爆开。"

他们来到一处私家住宅区，里面都是一模一样的漂亮小房子，每座房子正面都有小花园，侧面都有车库。轿车停在一座房子前面，房门外有一对老式的装饰性铁质路灯杆。斯拉登领他来到正门，摸索了一会儿钥匙。拉纳克想到，他又要见到丽玛了，他的心怦怦直跳。透过侧面没拉窗帘的平板玻璃窗，他看到一个生着壁炉的客厅，四个人坐在里面，在壁炉前的矮几旁边呷着咖啡。拉纳克认出了其中的一个人。

他说："吉尔克里斯特在里面！"

“那就好。是我邀请他过来的。”

“可吉尔克里斯特是站在理事会那边的！”

“在卫生问题上不是。在这个问题上，他站在我们这边，在跟记者们打交道的时候，要展现出一条宽广的战线，这很重要。别担心，他很欣赏你。”

他们走进小小的门厅。斯拉登从放电话的小桌上拿起一张字条，看了看，皱起了眉头。他说：“丽玛出去了。亚历克斯在楼上的电视机室。我想，你愿意先去看看他，对吧。”

“对。”

“从顶层你右手边的第一扇门进去就是。”

他登上铺着厚地毯的狭窄楼梯，悄悄打开一扇门。他走进的是个小房间，里面有三把扶手椅，正对着角落里的一台电视。两个娃娃穿着不同种类的军装躺在地上，四周是散落的塑料玩具武器。一张桌子上摆着大富翁游戏的棋盘，还有一些画了画的纸。亚历山大坐在中间那把扶手椅上，抚摸着蜷曲在座位上的一只猫，看着电视。他没有转过身来，就说：“哈啰，丽玛。”然后他转身一看，又说：“哈啰。”

“哈啰，桑迪。”

拉纳克来到桌前，看着那些画。他说：“这些是什么？”

“一棵会走路的花，一架起重机把一只蜘蛛吊过一堵墙，很多不同的外星人入侵了一片太空。你愿意坐下陪我看电视吗？”

“好啊。”

亚历山大把猫从座位上推下去，拉纳克坐了下来。亚历山大倚在他身上，他们看起了一部电影，跟拉纳克在麦克菲的机动屋看过的那一部很像，只不过这些互相杀戮的人是士兵，而不是公路客。亚历山大说：“你不喜欢这些关于杀戮的电影吗？”

“不，我不喜欢。”

“我最喜欢有关杀戮的电影。它们非常真实，不是吗？”

“桑迪。我要离开这座城市很长时间。”

“哦。”

“我希望我能留下来。”

“妈妈说，你会经常来看我。她不介意我们做朋友。”

“我知道。我跟她说，我会常来看你的时候，我还不知道，我必须离开。”

“哦。”

拉纳克感到泪水涌上了眼眶，意识到自己的嘴巴正在忍着，以免号啕大哭。他觉得，要是让男孩记住，自己有个可怜兮兮的父亲，那未免太糟了，于是他别过脸去，控制住面部肌肉，把悲伤留在心里。亚历山大转过脸去，望着电视。拉纳克站起身，动作笨拙地往门口走去。他说：“再见。”

“再见。”

“我一直都喜欢你。我今后也会喜欢你。”

“好啊。”亚历山大盯着电视屏幕说。拉纳克走出房间，坐在楼梯上，用双手用力地揉着脸。斯拉登出现在楼梯底端，说：“抱歉，不过记者们着急了。”

“斯拉登，你会照顾好他吗？”

斯拉登往他这边登上几级台阶，说：“别担心！我知道我年轻时很荒唐，但我一直喜欢丽玛，也过了总想另寻新欢的年纪了。亚历克斯跟我在一起，不会有问题。如今的我**需要**家庭生活。”

拉纳克仔细看着斯拉登的脸。它的轮廓似乎一如从前，但它的实质发生了变化。这是一个背负重担、关怀体贴的男人热切、略有几分绝望的脸。怀着一阵遗憾，拉纳克意识到，斯拉登以后很难跟丽玛过上安稳的家庭生活。拉纳克说：“我不想跟记者交谈。”

“别担心。只要在他们面前露个脸就差不多了。”

壁炉架上的一盏有灯罩的灯，把椭圆形的柔和灯光洒向壁炉架前面的小群体。斯拉登、吉尔克里斯特、一个貌似安静的男人、一个貌似鲁莽的男人，坐在正对着炉火的长皮沙发上。拉纳克在教士会礼堂见过的一位头发花白的女士坐在一把扶手椅上，腿上搁着一只公文包。拉纳克把自己的椅子尽量往后面的阴影里推。斯拉登说：“这两位先生完全理解当前形势。他们站在我们这边，所以用不着担心。”

安静的男人安静地说：“我们对细致的性格特征什么的不感兴趣。我们只想传达：合适的任务已经有了合适的人选去完成。”

“一名新人大步走上政治舞台。”鲁莽的男人说，“他来自何处？”

“来自昂桑克。”斯拉登说，“我和他原本是亲密的朋友。我们在同样放浪不羁的人群中寻欢作乐，用咖啡勺测量着我们的人生，试图找到某种意义。那时，我一事无成，但拉纳克，值得嘉许的是，创作出了自传体散文兼社会评论的最佳片段之一，我曾有幸对它做过评论。”

“这对我们的读者来说没有用处。”鲁莽的男人说。安静的男人说：“我们能用得上。后来发生了什么？”

“他进入了研究所，与奥藏方共事。尽管身为能量部门的业务骨干，但他的才干并未得到赏识，最后，他厌倦了官僚化的蠢笨作风，回到了昂桑克。不过，是在他向理事长兼所长大人表达了自己强烈的个人不满之后。”

“这里可以写一点戏剧化的细节。”鲁莽的男人说，“你跟奥藏方争吵，具体是因为什么？”

拉纳克努力回忆着。最后他说：“我没有跟他争吵。他跟我争吵过，跟一个女人有关。”

“这段最好略去。”斯拉登说。

“好吧。”安静的男人说，“他回到了昂桑克。后来呢？”

“我可以告诉你后来发生了什么。”吉尔克里斯特和蔼可亲地说，“他在就业、稳定和环境总中心工作，致力于公益事业。我是他的上司，我很快意识到，他有点像圣人。面对人们的苦难，他完全无法忍受那些繁文缛节。老实说，对我来说，他的步调总是太快，所以他才是这个地区所需要的市长大人。我想象不出哪里还有比他更优秀的政治家，能在即将召开的联合国大会上代表大昂桑克。”

“好！”鲁莽的男人说，“我想知道，拉纳克市长是否愿意说点值得引用的话，说说他要在普罗文大会上**做**些什么？”

思考片刻之后，拉纳克大胆地说：“我会尽力说出真相。”

“你能不能说得更引人瞩目一些？”鲁莽的男人说。

“你能不能说：‘不论地狱还是洪水，都不能阻止我向世界说出**真相**’？”

“当然不行！”拉纳克不快地说，“水跟我的普罗文之行没有任何关系。”

“无论如何，世人都会听到真相。”安静的男人喃喃地说，“我们会这样引用你的话。”

“很好，先生们！”斯拉登说着，站了起来，“我们的市长要离开了。这是一趟非常普通的旅程，所以你们就不必观看了。如果你们想要一张照片，吉尔克里斯特先生的秘书能提供。抱歉，我太太不在家，没能给你们提供更提神的饮品，不过你们会在外面的电话桌上找到一瓶雪利酒和半瓶威士忌。你们可以在闲暇时尽情享用。吉尔克里斯特先生会开车送你们回城。”

所有人都站了起来。

斯拉登把吉尔克里斯特和记者们送了出去。头发花白的女士叹了口气，说："跟媒体沟通是我永远也没法弄懂的学问。这个手提箱，拉纳克先生，装着护照、身份证明文件和三份有关昂桑克地区的报告。在你到普罗文发言之前，我建议你吃透它们。有一份是地震学报告，论述了毒素对梅罗维克尼克不连续面的污染效应。有一份卫生报告，论述了暴发伤寒和相关传染病的可能性。有一份社会福利报告，涵盖了所有老城区的状况——没有哪个像我们这么大的地方有这么多的失业者，学校里采用这么多的体罚，有这么多由政府照管的儿童，这么多的酗酒者，这么多的成年犯人，这么缺少住房。都是老生常谈，但我们应该对人们多加提醒。地震学报告是唯一一份完全用科学语言写就的报告，因为其中包含着对某二叠纪岩深层样本的分析，样品或许有商业价值。我把一本科学术语辞典放在了包里，帮你读懂。"

"谢谢你。"拉纳克说，他接过箱子，"你是沙茨恩格尔姆太太吧？"

"埃娃·沙茨恩格尔姆，没错。还有一件私事，事关你个人。"她压低了嗓门说，"从空中穿过历法间区域时，我想，你会很快地度过更年期障碍。"

"什么？"拉纳克惊恐地说。

"不用担心。你又不是女人，所以不会有什么大变化。不过你可能会有很奇怪的收缩与膨胀的体验，这些事后不需要提起。不用为这些事担心。不用担心。”

斯拉登看了看房门周围，说：“安格斯已经设置好了灯光。我们去机场吧。”

他们穿过厨房，来到后门，顺着蜿蜒延伸的电缆走上一条小径，小径两旁是脏兮兮的卷心菜断茬。

“记住，”斯拉登说，“你的最佳策略就是公开谴责。其他代表不在场的时候，向理事会的首脑们诉苦无济于事，反之亦然。在其他代表到场的情况下，那些领导人必然会因为羞愧，许下实实在在的承诺。”

“我希望是你去。”拉纳克说。他们走到一道过于繁茂的女贞树篱跟前，它顶端的叶子在淡淡红光的映衬下，显得乌黑。先是斯拉登，然后是拉纳克，再后面是沙茨恩格尔姆太太，他们挤进一道缺口，来到机场。这里太过狭小，简直无法称为场地，只是小丘顶部的一片绿草茵茵的三角形地面，小丘周围环绕着屋后的花园。草地上铺着一片防水帆布，周围装有三盏电灯，在防水帆布中间，在分得很开的脚和弯曲的短腿上面立着一样东西，像是一只鸟。尽管与鹰相比未免太大了些，但它有着同样的外形和略带棕色的金色羽毛。它胸口那儿印着“U-1”字样。在后面，收拢的两翼中间，有个大约十八英寸宽的开口，但层层叠叠的羽毛让它显得更窄。拉纳克能看到里面垫着蓝色的绸缎。他说：“这是鸟，还是机器？”

“都有点。”斯拉登说，他从拉纳克手中接过手提箱，扔进空腔里。

“它内部是空的，怎么能飞？”

“它会汲取乘客的生命能量。”沙茨恩格尔姆太太说。

“我没有让这东西飞到另一座城市的充足能量。”

“信用卡会允许它从你的未来汲取能量。你有信用卡吗？”

“这儿。”斯拉登说，“我从他的另一件西装里拿的。安格斯，请摆好椅子。”

司机从黑暗中拿来一把厨房的椅子，把它放在鸟儿旁边。拉纳克无力地抗议着，斯拉登扶着他踩到椅子上。

“我不喜欢这么做。”

“进去吧，代表先生。”

拉纳克把一只脚放进空腔，然后放进另一只脚。他滑落进去的时候，鸟儿晃了晃，又稳定下来，然后鸟儿抬起了头，把头彻底调转过来，用巨大的弧形鸟嘴尖端正对着他。“把这个给它。”斯拉登说着，把信用卡递给他。拉纳克捏住边角，小心翼翼地往鸟嘴那儿送了过去，它啪地一下咬住。它的玻璃眼睛里亮起一道黄光。鸟头转了过去，垂落到视线之外。沙茨恩格尔姆太太说：“你要把大半个身子塞进去，它才会起飞。记住，你心里想的事情越少，它就飞得越快。别担心你这身好衣裳，它里面有消毒效果，它会在你睡觉时，洗好衣服，修剪毛发。”

鸟儿内部光滑而结实的绸缎支撑着拉纳克的身体，让他觉得自己就像坐在椅子上，但等他把胳膊收进来，绸缎就拉直了他的身体，尾翼部位向下沉落，直到他感到，自己伸在鸟颈部位的双脚已经比自己的脸还高了。他的脸正对着棕色两翼之间的开口，两翼开始越升越高。他眯起眼睛往前看，能看到一座平房的屋顶，还有一扇黄色的方形窗户。能看到某人头和肩膀的黑色轮廓，那人在往窗外看，如果那扇窗是斯拉登家的，那么在那儿观看的人肯定就是桑迪，忽然间，作为代表和市长，乘坐这架怪诞而脆弱的飞行器离开，似乎是对世间最真实的事物所做的愚蠢逃避，“不！”他喊道，开始挣扎起来，想要出去，但就在这时，两侧的弧形翅翼开始向下拍击，伴随着雷鸣般的“嗡嗡嗡”，他双脚在前，像标枪一样被往前掷去，一股寒冷气流猛轰在他的前额上，将他震得失去了知觉。

第40章　普罗文

他在寂静的怀抱中醒来，望着明亮的满月。周围的天空中挂着几颗大星星。他眼睛花得厉害，于是他望着发光体之间的深邃空间，但别的星星也开始闪烁，然后是满天星斗。他没法找到一处空间——不论多小——没有某个星系的银尘在里面闪耀。他的飞行器张开翅翼，略微倾斜地停在星辰组成的天花板与从地平线铺展到地平线的平坦云层组成的地面之间，云层的色彩是所有色彩中最神秘壮美的，一种被暗淡的光照亮的白色。云层变薄了，在他下方张开了缺口，有那么一瞬间，飞行器似乎倒转了，因为明亮的月亮透过缺口照了过来。他在俯瞰的原来是映在一片圆形湖泊里、经过放大的天空，因为月亮下半部分上的那个黑点，显然是他搭乘的这架鸟形飞行器的倒影。这片湖尽管显得幽暗，也有它自己的色彩。一道乌黑的光晕围绕在月影周围，一圈点缀着星光的深蓝色湖水围绕在光晕周围。左右两侧是像云彩一样呈珍珠白色的纯净沙滩，圆形的湖和它的沙滩被两片弧形的陆地所环绕，它们组成了一只眼睛的形状。拉纳克看出，它的确是一只眼睛，随后他心里萌生出一种感觉，这种感觉太过新奇,还没有名字。他的嘴巴和心灵都大张着，心里只剩一个念头：它有没有看到自己——飘浮在那个巨大瞳仁前面的一粒微尘。他试图想点别的事，便抬头仰望群星，但几乎马上再次俯瞰，现在那只眼睛离得更近了，他能看到映在瞳孔深处的群星。耳朵里有个声音,就像遥远的雷声,或者风的呼吸声。“**是**……**是**……**是**……”它说，“**是**……**若是**……**是**……”他知道一半星星在望着另一半星星微笑，并不知晓孰上孰下，也无分彼此。然后，他被无限弄得眼花缭乱，并没有陷入睡眠，却好像飘入了睡眠之中。

他在暗淡寒冷的蓝天上再度醒来。他处于一片雪云之上，有一团蓝色的、像是鸟儿的阴影从云层上掠过，阴影时而在这一侧，时而在另一侧，比天际线高不了多少的地方，有一轮破晓的小太阳，当他瞥向它的时候，它似乎在向他的眼睛发射金线。有时，他从喷泉般的鸟鸣声中穿过，它们从云彩的缝隙中迸射上来，有时他朝下方大概一英里远的草地和岩石俯瞰片刻,但唯一稳定的声音,就是鹰形机器悄然振翅的声音,稀薄的空气把它的声音变弱了不少。他的身体躺在稳固的绸缎上，松弛而温暖。他的脸浸在一泓凉爽的空气里,像浸在凉水中一样清爽。他看到,前方地平线上,有堆积如山的一团白云，就像摆在光秃秃的桌子边缘的一大壶牛奶。一个鸟儿形状的黑点投下一小团阴影，似乎正从它的侧面穿过。又过了一会儿，那座云山的顶峰和峭壁飘浮在他上方的时候，迎着阳光的部分是炫目的奶油色，远离阳光的部分色调转为蓝色的阴影，他看到云层延伸至此就结束了，云山下面有一座真正的大山。它有着尖尖的顶峰和花岗岩的峭壁，是从石楠丛生的紫色沼泽中隆起的锯齿状山脉中最高的一座。它兼具巨像的宏伟与精雕细琢的细节。幽谷背光的一面里有一片漂移物，慢慢变成了一群鹿。沼泽地上的一个小湖，边缘溢出一道瀑布，边上有个垂钓客，站在齐膝深的水中。拉纳克看到，湖岸边有五颜六色的田野和白色的农舍，一处湖湾里的沙子在浅浅的湖水下呈现出柠檬黄色，沙子上是发红的水草组成的花园。远处的水面被巨浪犁出道道纹路，被细浪搅扰得尽是皱褶，在阳光下泛着粼粼波光。一艘长长的油轮在前面行驶着，带起一片淡绿色、缓缓泛着泡沫的三角形尾流，他从上面飞了过去。这时他的鹰形机器内部传来了话语声，他把头从阳光里收了回来。

他脚趾旁边有个细小的声音说："……说明身份。普罗文航空局向来自昂桑克的U-1航班发起通话。重复：请乘客说明身份。完毕。"

"我是大昂桑克地区的市长大人，"拉纳克坚定而得意扬扬地说，"兼理事会的联合国大会代表。"

“请重——请重——请重复。完毕。”

拉纳克又说了一遍。

“来自昂桑克的U-1航班可以按照计划飞往汉普登，位于光波坐——光波坐——光波坐标零流动率零逆氦43分19.07秒表氦如前排——如前排——如前排除动力逆流22.02——02——02——02——02，位于国际神经——国家神经——国家神经——回路——十进制——历法——皮质素——量子——时钟上的魁巴斯天二分点之上。讯息是否了解？完毕。”

“在我听来完全莫名其妙。”拉纳克说。

“按照计划前进。重复：按照计划。重复：按照计划。完毕。”

“咔嗒”一声之后，安静下来。他躺在那儿，思考着自己为何总是被迫采取某些行动，别人在跟他说话时，为何总像是把那些行动当成他精心策划的结果。但方才这段讯息，或许并不是说给他，而是说给他这台飞行器听的。听起来很像机器之间的通话。他重新把头探出机身，沐浴在阳光里。

他飞行在一片宽广而迤逦的海湾上方，海湾有几处各不相同的海岸线。右侧是绿油油的农田、树丛和山谷中的几座水库，水库由湍急的水流衔接在一起。左侧是有着银亮积雪的山脊和高峰，阳光把山间的咸水湖照得金光闪闪。他看到，两岸都有避暑胜地，其中有商店、教堂塔尖和人流如织的广场，还有铿锵作响的港口，港湾里停满船只。一艘艘油轮、货轮和张着白帆的游艇在海上航行着。一艘明轮汽船冒出的烟雾像一根弯曲的长翎指向他这边，能听到明轮汽船翻搅海水的声音，这艘船正向一座大岛驶去，岛上有一片松鸡沼泽[1]、两片树林、三个农庄、一个高尔夫球场和一个沿海兴建的小镇。这座岛看起来就像一件色彩鲜艳的玩具，他好像可以把它从泛着微波的海上提起来，他好像认出了这座岛。他心想："我有过一个妹妹？我们是不是在绿草如茵、丛生着黄色荆豆的那个崖顶玩耍过？没错，就在海洋观测站后面那道悬崖上，那是暑假里跟今天差不多的一天。我们是不是把一个铁皮盒子埋在一棵荆豆的根下面，一个兔子洞里？盒子里有一枚半克朗的硬币、一枚当年发行的六便士银币、我们母亲的一件珠宝，还有一个廉价的小笔记本，上面有段话，写给长大之后的我们。我们是不是许诺，要在二十五年之后把它挖出来？结果两天后就把它挖了出来，为的是确认它没有被人偷走？我们那时不是孩子吗？我那时不是很快乐吗？"

海岸变得更加陡峭，林木繁茂，挨得更近，被它们夹在中间的海湾变成了一条有浮标和灯塔标记的航道。在某些位置，一座座船坞筑起围堤，有的正在建造船只，有的正用起重机吊臂给船只卸货。随后高高

1　松鸡沼泽（grouse moor），纳入人工管理下的沼泽或荒地，往往用于捕猎松鸡。

的陆地向着左右两侧隆起，他来到一个山谷里，这是一处宽阔的盆地，容纳着一座城市，一条河蜿蜒流向市中心，那里有尖塔、塔楼和白色的高楼。鹰形机器离开河道，轰鸣着画出长长的弧线，越过倾斜的小山，飞向南边，然后飞向东边，然后又飞向北边。它越过一片片廉租公寓，它们有着干净的石砌围墙，孩子们在围墙内的花园里玩耍，挂在绳子上晾晒的衣物在微风中缓缓飘拂。这座城市正在享受假日，因为空气清新透明，玩滚木球的绿地和网球场上满是球手。这片风景的广阔与美丽，它在阳光下的清晰可辨，似乎不仅壮观，还颇为熟悉。他心想："我这辈子，没错，我这辈子都想要这个，可我好像对它很熟悉。虽然说不出名字，名字已经从脑海里消失了，但我认得这些地方。如果我真的在这儿生活过，也感到幸福，那我又是怎样失去它的？为什么我直到现在才回来？"

有时，他听到像是缓慢爆炸的声响，市中心传来巨大而柔和的咆哮声，他往那边望去，看到一些小鸟形状的设备飞来飞去。一道阴影与他发生了接触，他抬头望去，只见偏东的上空有一只巨鹰从他的航线飞过，胸口下方有"Z-1"的字样。他意识到，自己的飞行器正沿着螺旋形的路线向市中心飞去，每时每刻都在不断下降。它轰鸣着飞进另一条河长满树木的峡谷，这是一条小河，连接着几座公园，公园里满是散步和晒日光浴的游人。一道草坡上的孩子们向他挥舞着手帕，他心想："我很快就能看到大学。"片刻之后，他向下望去，看到了一对四方院，被加装了小尖塔的屋顶围拢着。他心想："很快我们就会抵达有内港大码头、起重机和仓库的那条河。"但这次他弄错了。那条小河汇入了主河道，主河道又岔分出几条平静的支流，但它们遍布在环围着一座巨型体育场的条条小路和树木之间。一道道身影在绕着跑道赛跑和跳跃，身穿各色服装的运动员们在中间那片色彩鲜艳的草坪上休息，拥挤的阶梯看台上传来一阵喧嚣的喝彩声，又演变成欢呼声。拉纳克的飞行器跟盘旋在体育场上方的另外五六架飞行器会合到一起。每隔一段时间，就会有一架落到摊放在主席台前的白色方形帆布上，帆布上画着红蓝黑三色的标靶圆环。扩音器里有个声音说道："……现在波斯基、波德戈尔内、帕莱奥洛格和诺恩正在进入最后一圈。刚刚降落，正中靶心的是斯基泰[1]人民共和国的科斯托格洛托夫总理。诺恩和帕莱奥洛格正在超过，没错，超过波德戈尔内，获得第二名的位置，几乎是齐头并进，他们与波斯基之间的差距正在迅速缩小"——这时响起一阵巨大的欢呼——

"蒂亚瓦纳科[2]的托尔特克落向靶心，与此同时，波斯基落入第三位，此时诺恩领先，然后是帕莱奥洛格，再然后是波斯基，波德戈尔内屈居第四。现在飞过来的是昂桑克的市长——抱歉，是**大**昂桑克的市长

---

1 斯基泰人（Scythian），公元前 7 世纪至公元 3 世纪占据黑海以北地区的游牧民族。

2 蒂亚瓦纳科（Tiahuanaco），南美洲古代文明。

大人——他落向靶心，与此同时，诺恩，好，诺恩，好，图勒[1]的诺恩冲过了终点，紧随其后的是特拉布宗的帕莱奥洛格和克里米亚鞑靼的波斯基。”

拉纳克的鹰形机器振翅降落在帆布上，立住了，微微摇晃着。六名身穿防尘衣的男子抓住它，把它挪到几码开外的一排类似的机器那儿，那些机器靠在一处又长又窄的站台上。拉纳克抓住手提箱，被一个身穿鲜红短上衣和裙子的姑娘搀扶着登上站台，她急匆匆地说："昂桑克的代表，对吗？"

"对。"

"这边请，您比时间表晚到了半分钟。"

她领着他走下一段台阶，穿过成群正在放松休息的运动员，跨过一段暂时裸露着的煤渣跑道，走进主席台的阶梯看台下方的一个门洞。从开阔的露天环境，小步跑进人工照明的狭窄过道，未免令人感到困惑不解。他决定不管发生什么事，都保持沉默、怀疑、不为所动。他们来到一个大厅，墙边是一排打开的电梯。姑娘把他领进一部电梯，说："往上走，到行政走廊，他们正在等你。把你的行李留给我吧，我保证会把它送到你在代表休息村的房间。"

"不用了，抱歉，这些文件至关重要。"拉纳克说。他看到一块抛光的金属板上有一排按钮，便按下"行

---

1 图勒（Thule），古代欧洲人认为存在的某个极北之地。

政走廊”字样旁边的那个。电梯开始上行，他满意地望着自己映在抛光金属板上的身影。尽管变老了一些，但他现在看起来，要比当初在小礼拜室厕所里平添了几分威严。他长出了尖而浓密的、领导者才有的那种白色髭须，他的面颊光滑而红润，整个人显得仪表整洁而又干练。电梯门打开了，威尔金斯——看起来跟拉纳克记忆中一模一样——握了握他的手，说：“斯拉登市长！对吗？”

“不，威尔金斯。我叫拉纳克。我们以前见过。”

威尔金斯眯起眼睛仔细看了看，说：“拉纳克！天哪，是你。斯拉登出什么事了？”

“眼下他正在处理十分危险的卫生问题。大昂桑克地区委员会认为，由我来代表这座城市更为明智。”

威尔金斯露出狡诈的笑容，说：“那人是只狐狸，一只第九代生态狐狸。别管这个了。来排队，来排队吧。”

“威尔金斯，我们那儿的卫生问题正在造成各种灾难性的后果。我这手提箱里有不止一份报告，表明用不了多久，就会有人死去，还有——”

“这是联谊招待会，拉纳克，公共卫生议题的讨论在周一进行。来排队，跟我们的东道主打个招呼吧。”

“东道主？”

“普罗文的执行官蒙博多大人及夫人。来排队，来排队吧。”

他们来到一条宽敞而弯曲的走廊，一端装有玻璃对开门，一队人正在稳步穿过。拉纳克注意到，有个女人穿着银色的莎丽，还有个褐色皮肤的男人穿着白色托加袍，但多数人穿的是庄重的制服或商务西装，他们有着身份显要者机警的神情，没有表露出友善，时刻准备着审慎地回应他人表露的友善。他可以轻松地加入这些人当中。玻璃门旁边，有个洪亮的声音在向前面的人宣布来宾的身份："新亚拉巴马州的塞纳切里布参议员。朗格多克和阿普利亚地区[1]的圣殿骑士团头领布里安·德布瓦·吉尔贝。西亚特兰蒂斯的冯内古特总督……"

他来到门口，听到一声令人愉悦的宣告："大昂桑克的拉纳克市长大人。"他跟一名双颊凹陷的人握了握手，后者说："普罗文的特雷弗·威姆斯。很高兴你能来。"

一个仪态高贵、身穿蓝色斜纹呢礼服的女人握了握他的手，说："旅途愉快吗？"

拉纳克盯着她看了一会儿，说："催化师。"

"还是叫她蒙博多夫人吧。"站在女人身边的奥藏方说。他神采奕奕地握了握拉纳克的手。"时间改变了所有人的头衔，你本人也证明，情况的确如此。"

一名身穿鲜红色裙子和短衫的姑娘挽着拉纳克的胳膊，领他走下几级台阶，说："你好，我叫莉比。我想，你需要吃点东西提提神。我去餐台给你取些小吃好吗？某种肉酱？某种胸肉？蝗虫和蜂蜜？"

1　朗格多克（Languedoc），法国南部地区。阿普利亚（Apulia），意大利东南部地区。

“莫非奥藏方……？莫非奥藏方……？”

“他是新任的理事长兼所长大人，你没听说吗？他看起来是不是很适合这个职位？不知道他太太干吗要穿那件毛茸茸的礼服？也许你不饿。我也不饿。我们开怀畅饮吧，酒多的是。你先到那儿稍坐片刻。”

他在一张长长的皮沙发尽头坐下，困惑地东张西望。

他在四层地面中最高、最大的一层上，四层地面呈阶梯状向下延伸，尽头是一道俯瞰体育场的玻璃幕墙。站在四周的人似乎有一半是各地代表，他们三五成群地站在一起，低声交谈。那些红衣姑娘给他们增添了不少活力，她们迈着娇俏的轻快步伐，端着餐盘往来于一组组人中间，墙边那些警觉伫立的沉默壮汉中和了她们的风情，壮汉们身穿黑色西装，端着一杯杯威士忌，但根本不喝。在沙发旁边的一张玻璃面的桌子上，摆着一捆题为《大会日程》的小册子。拉纳克拿起一本打开。他读到一封印刷好的信，写信人是特雷弗·威姆斯，他代表普罗文人民欢迎代表们的到来，相信他们会在这里度过一段愉快的时光。这里不会有危及性命或身体的危险，因为安保人员是从量子-皮质素集团租赁来的最新型产品，不过红衣姑娘们是真人，她们乐于帮助代表们排忧解难。后面六页是参会地区名单，按照字母表顺序排列，从阿摩里卡[1]排到津巴布

1 阿摩里卡（Armorica），法国西北部地区的古称，尤指布列塔尼地区。

韦。拉纳克看到，大昂桑克代表那儿印的是斯拉登市长。下一页打头便是：

第一天

11时。代表们抵达，由蒙博多大人与夫人接待。

后面罗列着新闻发布会、午餐、“社交和非正式游说良机”、牧羊犬选拔赛、管乐队竞赛、穿插着数场演说的晚餐、盖尔人剧团表演珀泽的《埃尔芬[1]的不幸》、焰火表演和派对。拉纳克不耐烦地翻过一页，看到一些不那么轻浮无聊的内容。

第二天

8.50时[2]。早餐。游说。

10时。世界教育辩论。

主席：蒙博多大人

开场演说《由逻各斯到混乱》。盖尔人代表兼社会智者奥丁·麦克托克，分析识字能力给受教育程度低下者带来的灾难性影响。

演说。提议。投票。

15时。午餐。游说。

1 埃尔芬（Elphin），威尔士神话中的人物，其经历在中世纪诗文中有所提及。

2 此为十进制的时间表示方式。

17时。世界食品辩论。

主席：蒙博多大人

开场演说《由粪便到营养品》。波希米亚代表兼沃斯塔特集团的研究者迪克·奥托曼，解释如何对多种有机污染物进行预先加工，使其在人体内活化彼此。

演说。提议。投票。

22时。晚餐。游说。

第三天

8.50时。早餐。游说。

10时。公共秩序辩论。

主席：蒙博多大人

开场演说《革命的壅滞》。帕夫洛戈尼亚[1]人民共和国代表兼社会韵律学者卡多·莫特尼克，描述短神经回路在25以下和40以上的频谱范围里，在疏导力比多方面的应用。

演说。提议。投票。

15时。午餐。游说。

17时。世界能源辩论。

主席：蒙博多大人

开场演说《生物扭曲》。南亚特兰蒂斯代表兼性虐狂集团经理蒂蒙·柯达克提出，基因扭曲才是矿物燃料枯竭的解决之道。

---

1 帕夫洛戈尼亚（Paphlogonia），古代地名，靠近黑海海岸。

演说。提议。投票。

22 时。晚餐。游说。

第四天

8.50 时。早餐。游说。

10 时。世界卫生辩论。

主席：蒙博多大人

开场演说《善意、亲族与能力》。汉萨同盟[1]的代表兼社会治疗专家莫·达钦解释，为何某些健康标准只能靠摧毁另外一些健康标准，才能得以保全。

演说。提议。投票。

15 时。非正式社交午餐会。

17 时。各个附属委员会做报告。投票。

21 时。记者招待会。

22 时。晚餐。演说。

司仪：特雷弗·威姆斯

开场演说《过去、现在和未来》。由大会主席、扩张工程主持人、研究所所长兼理事长蒙博多大人总结六千年来的成就。普罗文盆地的首席执行官特雷弗·威姆斯将致谢辞。特洛伊和特拉布宗的总督托阿迪·蒙克，会将谢词转达给东道主。

25 时。代表们离场。

1　汉萨同盟（Hanseatic League），中世纪晚期的欧洲商业同盟。

在读到这些之前，拉纳克的心情一直被一股漫无目的的巨大兴奋所裹挟。自打那天早上，他在飞行器上被阳光照醒，他就觉得自己正在接近一桩盛事的中心，接近这样一个地方：在这里，他只要公开说出一句话，就能改变这个世界。看到威尔金斯、催化师和奥藏方-蒙博多，也没有破坏这份心情。他感到惊讶，但他们也同样惊讶，这让他感到心满意足。但大会日程让他感到心神不宁。感觉就像在看一台巨型发动机的设计图，他需要驾驭这台发动机，却发现自己对工程学一窍不通。“演说。提议。投票”是什么意思？什么是“游说”，为什么要在吃饭时进行？其他代表明白这些事吗？

这时走廊已经变得颇为拥挤，沙发另一端坐着两名男子，他们小口喝着品脱玻璃杯里的黑啤，遥望着下方阳光下的运动场上活动着的小人。其中一个开心地说：“看着这一切发生在普罗文，真是棒极了。”

“是吗？”

“哦，得了，奥丁，为了成功举办这次大会，你工作得跟别人一样卖力。”

另一个男人愁眉苦脸地说：“面包和马戏。面包和马戏。在他们剥削压榨我们的时候，给我们一小段时间的合理工资和长长的假期，然后‘轰’，粉碎机来了。普罗文会变成另一个不能宣之于口的大什么什么地区。”

拉纳克急切地说："打扰了，你是在抱怨这座城市条件不佳吗？"

愁眉苦脸的男人有着浓密的白发，体格像摔跤手，略带粉色的面孔伤痕累累，像拳击手的脸一样。他面色不善地看了拉纳克一会儿，然后说："我认为我有权利这么做。我在这里生活。"

"那你不知道你有多么幸运！我来自一个有着异常危险的卫生问题的地区，在我看来，普罗文是条件最棒——"

"你是一位代表？"

"是的。"

"这么说你刚坐飞机过来。"

"是的。"

"那就别跟我谈论普罗文。你正处于格列佛情结的早期阶段。"

拉纳克冷淡地说："我不明白你的意思。"

"第一次有案可查的空中勘测，发生在莱缪尔·格列佛这个平凡而明白事理的人，获准踏足小人国首都旁边的土地时。他看到精心耕作的农场环绕在十分忙碌的小人们的住宅、街道和公共建筑周围。统治者、官员和工人的智巧与进取心令他深受触动。又过了两三个月，他才发现他们愚蠢、贪婪、堕落、好妒、残忍。"

"你们这些悲观主义者总是落入幻灭的陷阱。"那个开心的男人开心地说，"隔着某个距离看，一样事物显得光明；隔着另一个距离看，它又会显得阴暗。当你用相反的观点取代了欢快的观点时，你认为自己发现了真相，但富有深度的真相将所有可能的观点都融合在一起，既有光明也有阴暗。”

愁眉苦脸的男人咧嘴一笑，说：“既然差不多每个人都抓着美好的幻想不肯撒手，有那么一两个我们这样的人，不惮于查看下水道的状况，未尝不是一件幸事。”

“抱歉，久等了。”红衣姑娘说，她把餐盘放在桌上，“我想，尝尝盖尔人的咖啡，或许挺有意思。”

“我很高兴你提到了下水道。”拉纳克热切地说，“我来自昂桑克，那里的下水道出了麻烦。事实上，整个地区的未来都受到了这场大会的威胁——我是说，都要由这场大会来决定，我被派来做申辩发言。但这份日程”——他把它挥舞了几下——“根本没告诉我，应该在何时何地发言。你能不能给我些建议？”

“在第一天，没必要这样严肃。”红衣姑娘说。

“瘫痪地区的未来，”愁眉苦脸的男人慢条斯理地说，“通常由一个附属委员会来敲定。”

“哪个附属委员会？它的会期和会址是什么？”

“这是联谊招待会！”红衣姑娘说，她看起来颇为苦恼，“所有这些沉重的事情，就不能留到后面再说吗？这样的事会有**很多很多**。”

“闭嘴，亲爱的，”愁眉苦脸的男人说，“威尔金斯熟知所有的程序。你最好去问他。”

“听着，”红衣姑娘说，“我带你去见纳斯特勒。他知道所有事情的所有情况，他正在收场白房间等着尽快见你。他是这么跟我说的。”

“谁是纳斯特勒？”

“我们的国王。在某种程度上是这样。但他一点也不威严。”红衣姑娘躲躲闪闪地说，“这很难解释。”

愁眉苦脸的男人大笑着说：“他就是个小丑。你从他那儿什么也得不到。”

拉纳克打开手提箱，把大会日程塞进去锁好，站了起来。

“据我了解，你被聘请过来，是为帮我排忧解难。”他对红衣姑娘说，“我想跟威尔金斯和这位纳斯特勒两个人谈谈。我可以先见谁？”

“哦，当然是纳斯特勒。”红衣姑娘说，看起来好像松了口气。

“他是个病人，任何人都可以在任何时间去见他。不过你不先把咖啡喝完吗？”

“不了。”拉纳克说，他向愁眉苦脸的男人道了谢，便跟着红衣姑娘走入人群之中。

威姆斯和蒙博多夫妇还在跟门边排队的人握手，现在队伍已经没那么长了。拉纳克从他们身边走过时，播音员说道：“仙那度[1]的傅主席。玻璃岛的首席长老格里菲思-波伊斯。津巴布韦的穆尔坦总理。”

---

1 柯勒律治的诗作《忽必烈汗》(*Kubla Khan*)中提到的行宫，系人间仙境的代名词。

红衣姑娘领他走过外面的走廊，来到一块白色的嵌板跟前，嵌板上没有铰链或把手。她说："那是一道门。进去吧。"

"你不来吗？"

"如果你打算谈政治，我就在外面等。"

拉纳克按向那个表面的时候，他注意到，上面有个大大的词：

收场白

拉纳克走进一个房间，这里与他刚刚离开的那栋建筑风格迥异。门的这一侧有深压模的嵌板和门把手，天花板的边缘加装了带叶形装饰的精美檐板，高高的凸窗外面是一棵栗树顶部的枝叶，再远处是一栋古老的石砌住宅。房间的其他部分被擎着巨画的画架所遮挡，画上是室内的景象。画作似乎比实景更明亮、更干净，一名留着长长金发的高个子漂亮姑娘在画里斜倚着身子，有时是裸体，有时穿着衣服。姑娘本人要比画上更忧心忡忡，更不修边幅，她站在门口附近，穿着一条屠夫穿的围裙，上面沾着颜料。她正在用一支很小的画笔，给风景画上窗外的树木添加叶子，但她停下来，绕过画作的边缘，指了指后面，告诉拉纳克："他在那儿。"

一个声音说："对，过来，过来。"

拉纳克来到画的后面，看到一个矮胖男子倚靠在矮床上的一堆枕头上。他的面孔被未经梳理的翅形与角形的乱发围拢在中间，看起来就像雕像般轮廓分明而又高贵，只是脸上有种惴惴不安、相当怯懦的神情。他在睡衣上装外面穿了一件羊毛针织衫，两件衣裳都不干净，他膝头的床单上乱扔着书本和纸张，他手里拿着一支钢笔。他狡黠地乜斜了拉纳克一眼，用钢笔指了指一把椅子，说：“请坐。”

“你是这地方的国王？”

“普罗文的国王，没错。也是昂桑克的国王。也是你称为研究所和理事会的那些套间的国王。”

“那你也许能帮到我。我来这儿——”

“是的，我大致知道你想要什么，也愿意帮忙。我甚至愿意给你一杯喝的，但这本书里已经有太多的醉酒了。”

“书？”

“我是说，这个世界。你瞧，我是国王，不是政府。我布设好了风景，在里面装上人，我还会偶尔展现奇迹，但执政要留给蒙博多和斯拉登这样的人去做。”

“为什么？”

国王闭上眼睛，微笑着说：“我让你过来，就是为了让你问出这个问题。”

“你会回答吗？”

“现在还不行。”

拉纳克大为气恼。他站起身，说：“跟你说话简直是浪费时间。”

“浪费时间！”国王说着，睁开了眼睛，“你显然还不明白我是什么人。我自称为国王——这只是个象征性的称号，其实我重要得多。读读这个，你就会明白。

评论家们会指责我自我放纵，但我不在乎。”[1]

他用一个鲁莽的姿势，从床上把一张纸递给拉纳克。纸上遍布着孩子气的字迹，许多字被画掉了，或者插入了小箭头。其中有不少字似乎是对话的内容，但拉纳克的目光被一个黑体字写成的句子吸引住了，它说的是：“**其中有不少字似乎是对话的内容，但拉纳克的目光被一个黑体字写成的句子吸引住了，它说的是：**”

拉纳克把纸递还回去，问：“这又能证明什么？”

“我是你的作者。”

拉纳克盯着他看。作者说：“请不要感到难堪。这并不是某种史无前例的处境。冯内古特在《冠军早餐》里这么做过，耶和华在《约伯记》和《约拿书》里也这么做过。”

“你在伪装上帝？”

“现在没有。不过以前，我曾是上帝的一部分。不错，如今我是部分的部分，而那个部分原本是整体。但我出了问题，被排泄了出来。如果我能复原，就有可能在死掉之前获准回归，所以我不断地把我的鸟嘴扎进我腐烂的肝脏，把它吞掉，排泄出去。可它还会再长出来。创作会在我体内引发溃疡。此刻，我正在把你和你的世界排泄出来。这些擦屁股纸”——他翻搅着床上的那些纸——“就是整个过程的一部分。”

1　会遭到不出所料的反对，并非对其避而不提的理由。——原注 1

“我并不虔诚，”拉纳克说，“但我不喜欢你把宗教和排泄混为一谈。昨天晚上，我看到了你说的那个人的部分面貌，它一点也不污秽。”

“你看到了上帝的一部分？”作者喊道，“那是怎么发生的？”

拉纳克解释了一番。作者激动万分。他说：“把那些字再说一遍。”

“‘**是……是……是……**’，然后稍加停顿，然后，‘**是……若是……是……**’”

“若是？”作者喊道，他坐直了身子，“他真的说了若是？他没有自始至终都简单地咆哮着‘是，是，是，是，是’吗？”

拉纳克说：“我不喜欢你说‘他’的语气。我所看到的或许并没有什么男性化的地方。也许它并非人类。但它肯定没有咆哮。你怎么了？”

作者用双手捂着嘴巴，像是在憋笑，但他的眼睛湿润了。他大口喘息着，说：“一个‘若是’和五个‘是’！如此充沛的自由，简直令人难以置信。我能相信你吗？我的确把你创造成了诚实的人，但我能相信你的判断力吗？在很高的地方，‘是’和‘若是’听起来肯定很像。”

“你好像很重视文字。”拉纳克带着一丝轻蔑说道。

“对。你不喜欢我，但这无济于事。我首先是一名文人。”作者说，他的话里隐隐带有些许鼻音。说完，他哧哧窃笑起来。

高个金发姑娘从那幅画的边缘转了过来，在围裙上擦着画笔。她用挑衅的口吻说："我画完树了。我现在可以走了吗？"

作者靠回枕头上，甜甜地说："当然，玛丽昂。你什么时候想走都行。"

"我需要钱。我肚子饿了。"

"为什么不去厨房？我相信，冰箱里有一些凉的鸡肉，我能肯定，帕特也不介意你给自己做点小吃。"

"我不想吃小吃，我想跟一个朋友去饭店吃饭。然后我想去看电影，或者去酒吧，或者去做头发，如果我心情好的话。抱歉，我需要钱。"

"当然，是你应得的。我欠你多少？"

"今天一共五个小时，每个小时五十便士，这样就是两镑五十便士。再加上昨天、前天、大前天，一共是十镑，不是吗？"

"我这脑筋做不了算术，不过也许你是对的。"作者说着，从一个枕头下面摸出几枚硬币递给她，"眼下我手头只有这些，接近两镑。明天再来吧，看看我能不能再弄到一点。"姑娘沉着脸，看着自己手里的硬币，然后看了看作者。他正在用一个小小的手泵往自己嘴里喷药。她猛地走到画的后面，他们听到门砰地带上了。

"一个奇怪的姑娘。"作者喃喃地说，叹了口气，"我竭尽所能地帮助她，但这事并不容易。"

拉纳克一直两手托腮地坐着。他说："你说，你正在创造我。”

“没错。”

“那我怎么会有你不知道的经历？当我告诉你，我从飞行器上看到了什么，你感到惊讶。”

“这个问题的答案格外有趣。请听好。等《拉纳克》完成之后（我用你的名字来命名这部作品），它大概会有二十万个词，四个大章，分为第三卷、第一卷、第二卷和第四卷。”

“为什么不是一二三四？”

“我想让人用一种顺序来阅读《拉纳克》，但最后用另一种顺序来思考它。这是一种古老的手法。荷马、维吉尔、弥尔顿和斯科特·菲茨杰拉德都用过。[1]在第一卷前面有一篇开场白，中间有一篇幕间剧，在结局的两三章之前有一篇收场白。”

“我觉得收场白应该排在结局后面。”

“通常是这样，但我的收场白太重要，不能放在那儿。尽管故事情节并不需要，但它能提供某种有趣的消遣，这正是叙事极度需要的。它还可以让我表达出一些美好的情感，我总不能将这些托付给区区一个人物。其中还有至关重要的注释，可以省却学究们多年的苦工。事实上，我的收场白十分重要，这本书还剩近四分之一没写的时候，我就已经在创作收场白了。此时此地，在我们交谈的当口，我就正在创作它。不

---

1 以上四位作者，每一位都从中间开始撰写大部头作品，但他们都没把片段按合乎逻辑的顺序标上数字。——原注 2

过你还要经历我尚未考虑清楚的好几个章节，才能来到这个房间，所以你了解一些故事的细节，而我还不了解。当然，我对总的大纲是了解的。大纲是我早在多年之前就已经安排好的，不容更改。你来自我笔下的毁灭之城——它很像格拉斯哥——在某种世界议会上陈情，它的承办地是一座理想的城市，以爱丁堡、伦敦，或者巴黎为原型，倘若我能从苏格兰艺术委员会[1]骗取一笔资金，让我去巴黎的话。告诉我，你今天早晨降落的时候，有没有看到埃菲尔铁塔？或者大本钟？或者上面有城堡的巨岩？”

“没有。普罗文很像——”

“停！不要告诉我。我所做的种种虚构往往比作为其来源的种种经验来得更早，但身为作者，不应该依赖这些东西。”

拉纳克深感不安，他站起身走到窗前，去理清自己的思路。在他看来，作者是个油滑的人，但是太虚荣、太聒噪，没法给他留下什么深刻印象。他回到床边说：“我的故事结局是怎么样的？”

“灾难性的。索的故事表明，一个男人因为不善于爱而死去。它被你的故事包裹在内，你的故事表明，文明也会由于同样的原因而崩溃。”

“听着，”拉纳克说，“我从未试图成为代表。我从

1 1973年，在诗人埃德温·摩根（Edwin Morgan）的倡议下，作者从苏格兰艺术委员会领到一笔300镑的资金，用于资助他完成本书，但谁也没想到，作者会用这笔钱去寻觅异域的地方特色。——原注3

未想要获得些许阳光、些许爱意、些许平凡的幸福之外的任何东西。每时每刻，我都会被种种组织和事情所阻挠，它们将我推向相反的方向，如今我差不多是一个老人了，我活着的理由已经缩减到站在公众面前，为我认识的寥寥数人说句好话。而你告诉我，那句话不起作用！是你把它**安排**成不起作用的。”

“对，”作者热切地点着头说，“对，正是这样。”

拉纳克望着那张傻傻点头的面孔，目瞪口呆，他突然觉得，这张面孔就像长在可怕的腹语师操控的玩偶头上。他举起攥紧的拳头，又下不了手。他转过身，一拳打中画架上的一幅画，两者都噼里啪啦地倒在地上。他推倒门口的另一幅画，来到角落里的高大书橱那儿，将它举了起来。高处架子上的书像瀑布般洒落，砰地砸在地上，砸得整个房间都晃了一晃。墙边还有长长的矮书架，放着书、文件夹、瓶子和一管管颜料。他抡起胳膊，把它们扫到地上，然后转过身来，喘着粗气，瞪着床那边。作者坐在那儿，看起来有些沮丧，但那些画作和画架回到了原位，拉纳克环顾四周，只见书橱悄然回到了角落，那些书、文件夹、瓶子和颜料又回到了书架上。

“一个魔法师！”拉纳克憎恶地说，“一个该死的魔法师！”

“是的，”魔法师谦卑地说，“对不起。请坐，容我解释为什么故事必须这样发展。我说话时，你可以吃些东西（你肯定饿了），之后你可以告诉我，你觉得我有什么可以改进的地方。请坐。”

床边的椅子小小的，但加装了舒适的坐垫。一张桌子出现在椅子旁边，一个托盘上摆着几个盖着的盘子。拉纳克感到疲惫甚于饥饿，但坐了一会儿之后，出于好奇，他揭开一个盖子。底下是一碗暗红色的牛尾汤，于是他拿起勺子，吃了起来。

“我就先从，”魔法师说，“你生活的这个世界的物理学讲起吧。你过去和今后所体验到的一切，从你第一眼看到精英咖啡馆的景象，到你手里的金属勺子，再到你口中的汤的味道，都是由一样东西所造就的。”

“原子。”拉纳克说。

“不。是印刷。有些世界是由原子造就的，但你的世界是由整齐地列队行进的细小符号[1]造就的，它们就像昆虫军团，穿过一页又一页的白纸。我说这些队列正在行进，只是打个比方。它们是完全静止不动的。它们没有生命。**它们**如何才能再现博罗季诺战役[2]的动荡与喧嚣、撞击轮船的白鲸、坠落火湖的天使呢？”

“通过被人阅读。”拉纳克不耐烦地说。

“正是如此。你作为人物的存活，还有我作为作

1 这是一种错误的对比。印刷过的纸张像其他物品一样具有原子构造。用“文字”这个词要比“印刷”更好，它的定义不那么实。——原注 4

2 博罗季诺（Borodino），俄国莫斯科以西的村庄。1812 年，拿破仑的军队在此击败俄军。

剽窃索引

这本书里有三种文学剽窃：**整块式剽窃**，将别人的作品印刷成截然不同的排版单元；**嵌入式剽窃**，将窃取来的文字隐藏在叙事的主干之中；**弥散式剽窃**，将窃取来的场景、人物、情节或小说构思中能指明出处的原文改头换面一番。为节省篇幅，后文将它们简称为“块剽”、“嵌剽”和“弥剽”。

佚名
ANON.
第29章第2节。题写在纪念碑上的诗的末尾两句，这座纪念碑如今矗立在格拉斯哥市芒克兰高速公路和大教堂街交叉路口天桥下的人行道旁。

佚名
ANON.
第30章第12节。块剽自克莱德河口阿伦岛上布莱克沃特富特村附近斯特林路旁的荒地石冢上的铭文。

佚名
ANON.
第43章。奥藏方的演说。块剽自中古英语史诗《高文爵士和绿衣骑士》的第一诗节，删去了第三和第四行：“编织背叛之网的那个奸佞小人/因其确凿无疑的通敌背叛而受审”。（译者亦为佚名。）

黑色安格斯
BLACK ANGUS
见**安格斯·麦克尼凯尔**。

者的存活，都要靠我们把一个活生生的灵魂引诱到我们的印刷世界，把它困在这儿足够长的时间，好让我们窃取想象的能量，这种能量能为我们赋予生命。为了对这名陌生人施展魔法，我要做一些可憎的事。我把我最神圣的记忆贱卖成最平凡合理的词句。当我需要最打动人心的句子或点子的时候，我就从别的作家那里剽窃，我通常会将它们改头换面，跟我的混在一起。最糟的是，我把自己生来便被赐予的这个伟大的世界——原子构成的世界——当成一盘由各种形状和色彩组成的大杂烩来使用，好让这一档二手娱乐节目看起来更有趣。”

“你好像在抱怨。”拉纳克说，“我不明白这是为什么。没人强迫你用印刷来工作，再说所有的工作都包含着某种自我贬低。我想知道，你那些读者到底为什么要看到我一事无成，才会感到愉悦。”

“因为失败者正是人们喜闻乐见的。坦白说吧，拉纳克，你太冷漠、太平凡，没法作为一名成功人士来实现娱乐效果。不过你别生气，大多数英雄人物最后都跟你差不多。不妨想想写特洛伊的那部希腊作品。为了弥补一场因通奸而破裂的婚姻，一个文明用十年的时间，摧毁了另一个文明。两边阵营里的英雄们明知争斗无济于事，但他们还是继续进行，因为他们认为，在战斗中心甘情愿地赴死，能够证明人的伟大。书中却丝毫不曾暗示，战争没有任何意义，只会给幸存者带来伤害。

“还有一部写埃涅阿斯的罗马作品[1]。埃涅阿斯率领一群难民寻找和平的家园，在地中海两岸散播着痛苦和战火。他到过地狱，但又回到了人间。这个故事的作者对和平的家园满怀柔情，他想让罗马在战争中获胜，施行统治，把人间缔造成所有人的和平家

威廉·布莱克
BLAKE, WILLIAM
第 19 章第 1 节。嵌剽自《经验之歌》中的《土块与卵石》一诗。
第 35 章最后一节。嵌剽。里奇–斯莫利特的话引用了《经验之歌》中的《流浪儿》。

豪尔赫·路易斯·博尔赫斯
BORGES, JORGE LUIS
第 43 章，奥藏方的演说。块剽自短文《野蛮人与城市》（“The Barbarian and the City”）。

克里斯托弗·博伊斯
BOYCE, CHRISTOPHER
第 38 章第 16 节。“漂亮的红色敞篷汽车”与摩托骑手们的遭遇战，嵌剽自短篇小说《分镜头剧本》（“Shooting Script”）。

乔治·道格拉斯·布朗
BROWN, GEORGE DOUGLAS
第一卷和第二卷从长篇小说《有绿色百叶窗的房子》（*The House with the Green Shutters*）中获益良多，在这部小说里，沉重的家长作风迫使一名意志软弱的青年陷入生存的恐惧、幻觉和罪行之中。

约翰·班扬
BUNYAN, JOHN
第 9 章第 10 节。块剽自《全能之神为夺回世界都城而对魔鬼发动圣战的记录，或灵魂城的失而复得》第一节。

1 指维吉尔的《埃涅阿斯纪》（*Aeneis*）。

园，但他用最后的词句描述的是埃涅阿斯在激烈的战争中，为了复仇杀死了一名无助的敌人。

“还有一部写摩西的犹太作品。它跟写埃涅阿斯的那部罗马作品很像，所以我会继续说说那部写耶稣的犹太作品。他是个没有家庭、没有老婆的可怜人。他说自己是上帝的儿子，跟所有男人称兄道弟。他教导说，爱是一种伟大的善，它会因为争夺财物而败坏。他被钉死在十字架上，去了地狱，然后去了天堂（很像埃涅阿斯的和平世界），天堂并不在这本书的视野之内。耶稣教导说，爱是最大的善，爱会因为争夺财物而毁坏，可要是（就像那首歌里唱的）‘他是为了让我们变好才牺牲的’，那他也是个失败者。那些崇拜他的国家变成了全世界最贪婪的征服者。

“只有意大利的那部作品里，描绘了一个活人游历天堂的经

罗伯特·彭斯
BURNS, ROBERT
罗伯特·彭斯那富有人情味和抒情韵味的理性主义，对本书的完成并无影响，这一事实比任何一条仅仅曝光出处的内容都要可怕。另见**爱默生**。

托马斯·卡莱尔
CARLYLE, THOMAS
第 27 章第 5 节。“我无法相信”等内容，嵌剽自这位埃克尔费亨镇出身的贤者年幼时询问母亲的话：“万能的主是不是真的下凡，在一家店里做手推车？”给一部沉闷的虚构作品增添沉闷的索引，这一手法是从《旧衣新裁》里学来的。

刘易斯·卡罗尔
CARROLL, LEWIS
第 41 章第 3 节。“白色彩虹”的味道弥剽自《爱丽丝漫游奇境》中有“喝我”标签的那瓶饮料的味道。

乔伊斯·卡里
CARY, JOYCE
第 28 和 29 章。弥剽自长篇小说《马嘴》(*The Horse's Mouth*)。邓肯·索经常是这两个人组成的混合体：格利·吉姆森（爱引用布莱克、穷困潦倒、在废弃教堂里绘制圣经《创世记》壁画的画家）与他那缺乏才能、工人阶级出身的学徒诺西·巴尔邦。

詹姆斯·哈德利·蔡斯
CHASE, JAMES HADLEY
第 9 章第 1 节。块剽自《没

历。他跟着埃涅阿斯和耶稣穿过地狱，来到天堂，但他先是失去了心爱的女人和家园，然后又目睹了自己政治希望的破灭。

“还有那部讲巨型婴儿的法国作品。取悦自己是他们唯一的行为准则，于是他们在一个快活的男性家庭中痛饮和排泄，他们家的人嘲笑一切成年人称之为文明的事物。女性只是作为给他们按摩和挠痒的人而存在。

“还有那部讲愁容骑士的西班牙作品。一个贫穷的老单身汉看了一些你愿意置身其间的那种书，里面尽是轻易就能大获成功的英雄人物，结果他着了魔，离开了家，跟农民和客栈老板打来打去，争夺从不在眼前的美人，结果遭到愚弄和伤害。在临终前，他清醒过来，告诫朋友们要抵制那些令人陶醉的文学作品。

“还有一部讲亚当和夏娃的

有给布兰迪什小姐的兰花》前两段。

塞缪尔·泰勒·柯勒律治
COLERIDGE, SAMUEL TAYLOR

第41章第12节。此处提到上帝、孤儿和地狱，是对《古舟子咏》中“孤儿的诅咒能使/高高在上的灵魂坠入地狱”低劣的嵌剽。

第26章第10节。听了那位善良修女的话，一股暖意涌入索的胸膛，使他摆脱了祈求上帝杀死玛乔丽时出现的那股压抑感，这是对以下内容的弥剽：水蛇让老水手感到“爱意涌动”，使他摆脱了杀死信天翁后生不如死的噩梦。

约瑟夫·康拉德
CONRAD, JOSEPH

第41章第6节。科达克的演说包含对长篇小说《诺斯特罗莫》中的名称和名词的分散式嵌剽。

华特·迪士尼
DISNEY, WALT

在第三卷里，拉纳克的手臂发生的变化，还有人们变成了龙，弥剽自电影《匹诺曹》中，主人公的鼻子发生变化，还有坏孩子变成驴子的情节。还有第6章末尾数节中，通过吞噬进行净化的过程。（另见**上帝**、**荣格**。）

T. S. 艾略特
ELIOT, T. S.

第10章第4节。“我是个总是遭到伤害的普通人”是对《序曲》（“Preludes”）中“意英国作品。它描述了一位颇有英雄气概、立志开疆拓土的撒旦，一位超乎道德之外、不无讽刺、拥有无穷创造力的上帝，许许多多的战争（但并无杀戮），这些战争全部围绕一对已婚夫妇，还有他们的房舍花园的状况展开。他们违反了房东的命令，因而遭到驱逐，但房东向他们许诺，只要他们在悔悟中生活和死去，他就允许他们入住他的家园。成功又一次被撇在这本书的视野之外。最后我们看到，他们前往一个世界生儿育女，他们知道这些孩子将会手足相残。

“还有那部讲浮士德的德国作品，这个老医生借助魔法恢复了青春。他先是爱上一个姑娘，后来又对她置之不理，姑娘发了疯，杀死了他尚在襁褓中的幼子。他变成皇帝的银行家，诱拐了特洛伊的海伦，生下另一个象征性的儿子，结果后者爆炸身亡。他从农民手中攫取土地，缔造合乎

念中某种无限温柔，/ 无限痛苦的事物”乏味的弥剽。

拉尔夫·沃尔多·爱默生
EMERSON, RALPH WALDO
拉尔夫·沃尔多·爱默生未遭剽窃。

玛塞拉·伊娃里斯蒂
EVARISTI, MARCELLA
第45章[1]第3节。“别用刀割那片叶子”出自歌曲《莴苣流血了》（*Lettuce Bleeds*）。

F. 斯科特·菲茨杰拉德
FITZGERALD, F. SCOTT
“收场白”第1节。“你不喜欢我”云云，这话出自《夜色温柔》第一卷中麦基斯科与罗斯玛丽·霍伊特在床上的对话。
第10章[2]第6节。“我们觉得许多新朋友”云云，是对迪克·戴弗在海滩上对罗斯玛丽说的话的模仿。

西格蒙德·弗洛伊德
FREUD, SIGMUND
每一章都有弥剽。只有病态地沉迷于弗洛伊德博士所有精神-性欲分析专著的作家，才会在小说里塞满难以尽述的口部、肛门、呼吸的象征，与快乐-现实 / 爱欲本能-死亡本能代替品之间俄狄浦斯式的相遇，以及对出生创伤的再现。（另见**迪士尼、上帝、荣格**。）

1 原文如此，索引中会多次出现书中不存在的章节。

2 原文如此，应为第41章。

自己心意的帝国，通过海盗行为给它提供资金。他抛开他厌倦的一切，夺取他想要的一切，在死去时，他相信自己是公众的恩主。他像那个意大利人一样被接往天堂，因为‘人必须奋斗，在奋斗时必定会犯错’，还因为‘奋斗不息的人可以得救’。哈！在这本书里，唯一苦苦奋斗过的人就是可怜的魔鬼，所有活儿都是他干的，还被向他卖弄屁股的天使合唱队骗光了报酬[1]。这本书的作者因为运气太好，变得堕落了。他展现出了统御现代世界的那类人，却没有展现出那些人是多么可鄙无能。你不需要那种成功。

“说到那部有关鲸鱼、颇为

1 “从后面看——这些淘气包还真是迷人”只是行不算长的诗。译者路易斯·麦克尼斯（Louis MacNeice）把它当作无关痛痒的内容，在他的译本里略去了这一句，因为它有损魔鬼的尊严。作者对歌德刻薄得惊人，也许是为了掩饰他对歌德亏欠良多。详见剽窃索引中的歌德和威尔斯词条。——原注 5

约翰·格拉尚
GLASHAN, JOHN
第 38 章第 13 节。玛欣小姐头颅中发出的咔嗒声，嵌剽自《大麦斯节》(*The Great Meths Festival*)里社会福利合唱团演唱的《大山上的蠼螋》("Earwigs Over the Mountains")里的《咔嗒歌》。

上帝
GOD
第 6 章第 11、12、13、14 节。通过吞噬进行净化，是对诗剧《约拿书》的弥剽。(另见**迪士尼**、**荣格**。)

约翰·沃尔夫冈·冯·歌德
GOETHE, JOHANN WOLFGANG VON
第 35 章第 1 节。“无论是谁，他肯全力奋斗”云云，出自诗剧《浮士德》第五幕第七场中天使的合唱。贝亚德·泰勒将这个句子翻译为“无论是谁，只要不知疲倦地攀登，终将得到救赎”；约翰·安斯特翻译为“他只要不知疲倦，努力向前 / 我们就能拯救他”；霍普顿·厄普克拉夫特翻译为“只要你不自甘软弱 / 就能活得伟大”。
收场白第 1 节。“如今我是部分的部分，而那个部分原本是整体”，嵌剽自《浮士德》第一幕第三场中魔鬼梅菲斯特的话：“我是部分的部分，原先是整体。”

威廉·戈尔丁
GOLDING, WILLIAM
参见原注 6。

真诚的美国作品，让人松了一口气。一位船长想杀死这头鲸鱼，因为他上次企图这么做的时候，鲸鱼咬掉了他的腿，逃之夭夭。他招募了一帮四海为家的船员，他们不喜欢居家度日，宁愿出海赚钱。他们勇敢、老练而又顺从，他们满世界追捕那头鲸鱼，结果全部溺水身亡：除了故事的叙述者，全死光了。他形容说，这个世界依然川流不息，就好像这些人从未存在过一样。这本书里没有妇孺，只有一个被他们意外弄疯了的黑人小男孩。

“然后还有那部有关战争与和平的俄国作品。其中写到了战争，但战争令我们满心惊讶：人们竟然可以如此鲁莽、如此决绝地执意去死。你瞧，这位作家真的打过仗，他相信耶稣的某些教诲。这本书里还有”——魔法师脸上露出惊奇的表情——“几场可信的幸福婚姻，家里的孩子得到了悉心的照料。不过我已经讲

古德曼勋爵
GOODMAN, LORD
第 38 章第 9 节。“贪婪不是什么好事，但嫉妒要恶劣得多”，轻度弥散式地嵌剽自这位伟大的企业律师的演说，他在演说中将力求获得分红的股东，与力求获得工资的工人做了一番比较，并宣称在道德上，他更偏向前者。

《卫报》
GUARDIAN
第 36 章第 8 节。此处的报纸摘录是对 1973 年 7 月 9 日华盛顿发来的财经报道改头换面的块剽。

海因里希·海涅
HEINE, HEINRICH
第 34 章第 5 节。“尖叫、嘶叫、号叫、咆哮、哀鸣，磕绊、震颤、吱嘎、刺啦、叽喳和呱嗒的巨响”云云，其中有对《游记》利兰译本第一章里描述的地狱声响的嵌剽。

阿奇·欣德
HIND, ARCHIE
“收场白”第 14 节。在长篇小说《亲爱的绿城》(*The Dear Green Place*)里，有对宰牛和会计工作的磨炼戏剧化的描绘。

托马斯·霍布斯
HOBBES, THOMAS
第三卷和第四卷是对霍布斯那富有魔力的隐喻之书《利维坦》的弥剽，《利维坦》开篇写道：“名为联邦或国家（拉丁文：Civitas）的这个庞然大物，是用艺术造就的，它不过是个人

得够多，足以表明尽管男人和女人若不彼此相爱、维系家庭，就会统统灭绝，但世界上最伟大的故事[1]，大多表明他们搞得一塌糊

造的人。”将一个国家或部落描述成一个人，这种做法与人类社会本身一样古老——普鲁塔克在他为科里奥拉努斯所写的传记中，就曾这样做过——但霍布斯有意将这一隐喻变成一个畸异的巨怪。他笔下的国家就像弗兰肯斯坦制造的东西：机械却又活泼；缺乏思想，却由狡诈的头脑们指引；品德和形体都颇为笨拙，却充满力量，这力量来自被迫填满其肚子——市场——的人民。在那张有名的扉页上，这个国家被描绘成用战争和宗教象征威胁全世界的样子。霍布斯对它的命名出自诗剧《约伯记》，在其中，上帝将它描述成水中的巨怪，他为自己创造了它而感到特别自豪，因为它是“所有令人骄傲的儿女中的王”。《白鲸》的作者认为，它与自己笔下的主人公不无关系。（参见**梅尔维尔**。）

菲利普·霍布斯鲍姆博士
HOBSBAUM, DR. PHILIP
第 45 章第 6、7、8 节。布猴与铁丝猴之战弥剽自《猴子难题》（*Monkey Puzzle*）：

铁丝猴浑身都是臂肘、膝
　盖和牙齿。
布猴可以让人倚靠。

铁丝猴忍受、驱逐入侵者。
布猴欢迎所有来客。

人们用铁丝猴来检测幼崽
　的饥饿，
用布猴来检测它们的孤独。

1　索引表明，《拉纳克》建立在维多利亚时代的儿童故事这一稚拙的基础上，不过其最终形态源于本世纪 40 到 60 年代之间出版的英文小说。主人公死后的人生经历，在温德姆-刘易斯的三部曲《人的时代》（*The Human Age*）、弗兰·奥布莱恩的《第三个警察》（*The Third Policeman*）和戈尔丁的《品彻·马丁》（*Pincher Martin*）中都有出现。现代人的身后世界总是地狱，从不是天堂，大概是因为现代人的世俗想象力比起提升，更善于贬低。几乎在本书的每一章里，都有一场主人公（索或拉纳克）与社会地位更高者（父母、更有经验的朋友或可能雇用他的雇主）之间的对话，谈及道德、社会或艺术。这一手法的主要用处，就是让一个自学成才的苏格兰人（对他来说，“教师”就是社会生活的最高体现）向世人表达他对世界的观感；但这些插话的愁闷滋味，不免让人想起失望的社会主义者们写就的三部作品，它们在二战之后面世，围绕着我称作“处于威胁之下的对话”的这一核心展开，它们是：阿瑟·库斯勒的《中午的黑暗》（*Darkness at Noon*）、乔治·奥威尔的《一九八四》，以及诺曼·梅勒的《巴巴里海岸》（*Barbary Shore*）。说完这个，有人难免要问，“魔法师”为何要用冗长乏味的世界文学简史，来给自己的作品做解释说明，（转下页）

涂，一样也做不好。”

“这表明，”拉纳克说，他正在吃沙拉，“世界上最伟大的故事，大多是一派胡言。”

魔法师叹了口气，揉搓着一侧脸颊。他说：“我是不是应该把你想要的结局讲给你听？想象一下吧，当你离开这个房间，回到宏伟的大厅，你会发现太阳已经落下，在大窗外面，杜伊勒里花园上空正在举行焰火表演。”

（接上页）就好像在概括某种伟大的传统，这种传统在他本人那里达到了顶峰！前面提到的十一部伟大巨著中，只有一部对《拉纳克》有所影响。蒙博多在《拉纳克》的最后一部分里所做的演说，是对《失乐园》末卷里大天使米迦勒的历史演讲所做的沉闷戏仿，也由于同样的原因而归于失败。哪怕是从阔佬那儿窃取的财物，也未必总有价值。也正因为从弥尔顿那里窃取（没有致谢）来的这一手法，我们见识到了小说人物与小说作者的对峙，这是从弗兰·奥布莱恩那里学来的。一位身处了无生气的现代地狱、对过去一无所知的主人公，这也是从弗兰·奥布莱恩那里学来的。还有从T. S. 艾略特、纳博科夫和弗兰·奥布莱恩那里学来的，借诡异膨胀的脚注，进行连番离题的炫学。——原注6

铁丝猴会喂奶，给予食物。布猴则一毛不拔。

幼崽一旦受到惊吓就会把头埋进柔软温暖、凸起的布料乳房里。铁丝猴则伫立着抵御着冲击。

每个人都喜欢布猴。

大卫·休谟
HUME, DAVID
第16章第9节。块剽自专著《人类理解研究》。

亨里克·易卜生
IBSEN, HENRIK
第三卷和第四卷。这两卷从诗剧《培尔·金特》中获益良多，它展现出了一个小资产阶级的世界，与戏仿和批判前者的超自然地区之间的相互影响。（另见**卡夫卡**。）

《苏格兰帝国地名词典》
IMPERIAL GAZETTEER OF SCOTLAND, 1871
第25章第1节。它并非表面看来的简单块剽。它合并了“芒克兰运河”词条与在它前面的“芒克兰和柯金蒂洛赫铁路”词条的摘录内容。

詹姆斯·乔伊斯
JOYCE, JAMES
第22章第5节。有志成为艺术家的主人公，向颇有耐心的学生朋友道出的这段独白，是对《青年艺术家的画像》中类似独白的粗糙弥剽。

卡尔·荣格
JUNG, CARL
本书几乎每一章都是对那

“那是一个体育场。”拉纳克说。

“别打断。一场派对正在举行，许多非正式的游说正在代表们之间展开。”

“什么是游说？”

“请别打断。你走来走去，跟任何愿意聆听的人讨论昂桑克的种种灾难。你那未经训练的口才带来的效果超出了你的预期，先是打动了女人，然后打动了男人。众多代表发现，他们的国土也处于跨国公司的威胁之下，他们意识到，若不尽快采取一些措施，理事会也不会给他们提供援助。于是明天，当你在大会堂里为你的国土或城市（我还没搞清楚应该是哪个）起立陈情时，你也是在为全天下的大多数国土和城市陈情。你说，大企业正在破坏大地。它们将国家的财富变成了武器和毒剂，却罔顾了人类最基本的需求。是时候……等等。你在一片寂静中坐下，它比最疯狂的欢呼分量还重，理事长兼所

部迷人却并无实用性的专著《心理学与炼金术》中所描述的神话式“英雄的暗夜旅程”的弥剽。这一点在第6章末尾处，通过吞噬进行净化的情节里，体现得尤为明显。（另见**迪士尼**、**上帝**、**弗洛伊德**。）但主人公拉纳克，通过被霍布斯的利维坦吞噬，获得了一种非荣格式的政治维度。（参见**霍布斯**。）

弗朗茨·卡夫卡
KAFKA, FRANZ
第39章最后一节。窗上的黑色轮廓出自《审判》的最后一段。

吉姆·克尔曼
KELMAN, JIM
第47章。上帝的行为，以及他为此所做的道歉，是对短篇小说《酸液》（*Acid*）的扩展式弥剽：

在英格兰北方的这家工厂里，酸液是必不可少的。它被盛放在大桶里。

大桶上方铺设了通道。在这些通道的安全措施彻底就位之前，一个青年脚朝下掉进了一只大桶里。他那痛苦的尖叫声响彻整个部门。除了一个老家伙，多数工人都惊呆了。一瞬间，这个老家伙——他同时也是这名青年的父亲——爬了上去，手拿一根长杆跑进通道。抱歉，休吉，他说。然后他把青年戳进了液面下面。显然，老家伙必须这么做，因为只有脑袋和肩膀……事实上，方才露在酸

液上面的部分，已经是青年的整个身子仅存的部分了。

查尔斯·金斯利牧师
KINGSLEY, REVEREND CHARLES

《拉纳克》的大半篇幅都是对《水孩子》的扩展式弥剽，它是一部维多利亚时代的儿童小说，如今被认为难以卒读，除非是删节版。《水孩子》是一本有双重内容的书。前半本是半现实主义风格、经过高度感情渲染的记录，记录下了工业贫民窟出身的小烟囱清扫工与上流社会女孩的邂逅，女孩让他认识到，自己身上有着种种缺憾。感情上备受打击之后，他在半清醒半谵妄的情形下，登上一片高沼地，落下悬崖，淹溺在水中，那个章节的内容不免让人想起本书第二卷的结尾。后来他在一个隐约有些达尔文主义色彩，又有几分佛教意味的炼狱里重获新生，失去了从前的记忆。主人公窃取了糖果，一度变得多疑、愠怒、像海胆一样浑身是刺！这与龙皮之间的联系显而易见。他与那个上流社会的女孩的再次相见，挽救了他的良知，女孩死于伤寒，主人公踏上朝圣之旅，他走过一个怪异的地方，那里充满维多利亚时代英国社会的种种乱象。（另见**麦克唐纳**。）

阿瑟·库斯勒
KOESTLER, ARTHUR

参见原注 6。

长大人亲自起身做出回应。他表达了全心全意的赞同。他解释说，理事会的领导们已经制订了种种计划，来遏制造物的权力，只是不敢贸然公布，因为他们还不确定，他们能否赢得大多数人的支持。他当场宣布了这些计划。所有只是转移财富的工作将被废止，所有伤害或杀戮人们的工作将被叫停。所有的利润都将收归国有，没有哪个国家比瑞士的一个州大，没有哪个政客的工资高于务农的劳工。事实上，所有人的工资都会被降低或提升到全国平均线，之后再统一到国际平均线，这样就可以让人们转行从事自己最拿手的工作，无须再有体面或丢脸这些不自然的感受。股票经纪人、银行家、会计师、地产商、广告商、公司律师和侦探们，如果找不到其他有用的工作，就去学校当老师，每个老师的每个班上，学生数量都不能超过六个。海军和空军会被派去给世界各地的孩子们提供免费的食物。

陆军会去挖沟种树。所有的人类粪便将会回归大地。我不知道蒙博多会如何提议启动这套新的制度体系，不过我可以让实务方面的细节淹没在阵阵欢呼声中。不管怎样，能见证这个黎明的到来，本身就是一件幸事，大会投票通过：投入大笔财富和技术援助，帮昂桑克恢复正常运转的秩序。你乘上飞行器往家乡飞去，因为如今你已经把昂桑克看作自己的家乡。太阳也升起了。它比你更快地越过天空；中午时分，你跟太阳一起出现在市中心上空。你降落之后，跟丽玛破镜重圆，她厌倦了斯拉登。皆大欢喜的结局。怎么样？”

拉纳克已经放下了刀叉。他低声说：“如果你给我一个这样的结局，我会认为你是一个很了不起的人。”

“如果我给你这样一个结局，我就跟另外一万个廉价的幻术师一样了！我会像已故的 H. G. 威

D. H. 劳伦斯
LAWRENCE, D. H.
参见原注 12。

汤姆·莱昂纳德
LEONARD, TOM
第 50 章第 3 节。“马上，亲爱的”嵌剽自诗作《窥淫狂》（“The Voyeur”）。
第 49 章。亚历山大将军献给丽玛的哀歌，块剽自诗作《胎盘》（“Placenta”）。

莉兹·洛克黑德
LOCHHEAD, LIZ
第 48 章第 25 节。女神发现了机器人，是对《白斑》（*The Hickte*）的弥剽。

当我看到
肯定是我刚才与你欢好时
　留下的
那个印痕
我在镜子里做了个抱歉的
　口型。
说句没事并不难
通奸
就像渎神之于信徒，但
哪怕是在我们的
处境里，单纯的礼节规定
爱情不应该在我们身上留
　下痕迹。
你只是别人借给我的就像
　图书馆里的书
对此我们都心知肚明。
好吧，就算你爱我们两个人
但我们两个人都不能表现
　得太过明显。

在我水汽朦胧的镜子里
你检查着两道牙印
在你肩头的皮肤上，当然
你差不多很快就
为我露出了爽朗的笑容
就好像这没关系。

我们又成了朋友，一起在
　这个卫生间里
洗完了澡，洗去了爱情。

布莱恩·麦凯布
McCABE, BRIAN
第 48 章第 2 节。火星人校长出自短篇小说《有羽毛的唱诗班男童》(*Feathered Choristers*)。

诺曼·麦凯格
MacCAIG, NORMAN
第 48 章第 22 节。连笔书写的加法部分出自诗作《运动》(*Movements*)。

休·麦克迪尔米德
MacDIARMID, HUGH
第 47 章第 22 节。亚历山大少校的话“不完备的地图也好过没有地图，起码它们表明，陆地是存在的”窃取自《我想写的那种诗》(*The Kind of Poetry I Want*)。

乔治·麦克唐纳牧师
MacDONALD, REVEREND GEORGE
第 17 章“答案”，是对维多利亚时代的儿童故事《金钥匙》的弥剽。第 33 章里，拉纳克和丽玛一路穿过雾蒙蒙的平原这一情节，也出自这个故事，还有主人公中途死亡和重生（另见**金斯利**）也是，还有以惊人的速度，在短短的篇幅内随意让人变老这一手法。

卡尔·麦克杜格尔
MacDOUGALL, CARL
第 41 章第 1 节。“一文不值的废物”是口语体诗剧《屋顶的风景》(*View from the Rooftops*) 里的麻絮起绒工

尔斯一样糟！我会比歌德还糟。[1] 任何对生活或政治稍有认识的人，连一分钟都不会相信我。”

拉纳克什么也没说。魔法师用双手疯狂抓挠着头发，用抱怨的口吻说：“我理解你心里的愤恨之情。十六七岁的时候，**我**也想要这样的结局来着。你瞧，我曾在丹尼斯顿公共图书馆找到蒂利亚德研究史诗的专著，他说，只有当新的社会给人更大的自由可能性时，才能写出史诗。我下定决心：《埃涅阿斯纪》对罗马帝国意味着什么，我的史诗对苏格兰合作批发共和国——（我觉得）等所有大帝国和大企业以崩溃告终之后，就会涌现出上千个小型、和平的社会主义共和国，它就是其中之一——也要有同样的意义才行。那是 1950 年前后的事。好吧，我很快就放弃了这个想法。魔法师最拿手的戏法，就是给观众原样展现一个变动不居的世界

1　这话太荒唐可笑，在此无须多加评论。——原注 7

模型，观众自己也置身其间，而这个世界并未变得更加自由、平等和友爱。于是我直面了这样的事实：我的世界模型也会是一个无望的世界。我还知道，它会是一个工业化-苏格兰西部-小资产阶级的世界，但我不认为这是什么缺点。只要制作者拿定了主意，总有现成的素材可用。

“我在念美术学校的第一个暑假，写出了第12章和第29章的发狂-幻视-谋杀那部分。我的第一位主人公以我自己为原型。我原本想找个不那么特定的人，但我唯一从里到外都熟悉的人就是我自己。我相当冷血地写死了可怜的索，是因为尽管他以我为原型，但他比我强硬、比我诚实，所以我讨厌他。还有，他的死让我有机会把他挪入更广阔的社会背景之中。你是被剔除了神经质想象力的索，这股想象力被用于装点你所处的这个世界。[1]这让你

1　但事实依然是：索和拉纳克两部分的故事情节彼此独立，全靠印刷（转下页）

最爱骂的脏话。

汤姆·麦格拉思
McGRATH, TOM
第48章第22节。机器人转弯抹角地引诱上帝，出自戏剧《机器人回路》（*The Android Circuit*）。

安格斯·麦克尼凯尔
MacNEACAIL, AONGHAS
见**安格斯·尼科尔森**。

托马斯·曼
MANN, THOMAS
第34章第5节。“尖叫、嘶叫、号叫、咆哮、哀鸣，磕绊、震颤、吱嘎、刺啦、叽喳和呱嗒的巨响”云云，其中有对长篇小说《浮士德博士》中魔鬼所讲的地狱声响的嵌剽，小说由H. T. 洛-波特翻译。

诺曼·梅勒
MAILER, NORMAN
参见原注6。

卡尔·马克思
MARX, KARL
第36章第3、4节。格兰特的长篇大论弥剽自《资本论》中所体现的有害的阶级斗争历史论。

赫尔曼·梅尔维尔
MELVILLE, HERMAN
参见原注12。

约翰·弥尔顿
MILTON, JOHN
参见原注6。

蒙博多勋爵
MONBODDO, LORD
第32章第3节。在文中提及蒙博多勋爵詹姆斯·伯内特（James Burnett），表明《拉纳克》在寓言和讽

更有行动能力，爱别人的能力也略有提高。

“时间来到了现在”——魔法师瞥了一眼手表，打了个哈欠，躺倒在枕头上——“来到了1970年，尽管这部作品还远远没有完成，但我看得出，它会在好几个方面令人失望。书里有太多的对话和牧师，太多的哮喘、挫折和阴影，没有足够多的乡野风光、善良女性、诚实苦干。当然，描写诚实苦干的作家并不算多，只有托尔斯泰和劳伦斯写过割晒干草，特雷塞尔写过建造房屋，阿奇·欣德[1]写过簿记工作和屠宰牲口。我担心到了更健康的时代，人们会认为我写的故事是古怪无聊的寄生虫们编出来唬人的玩意

喻的环节还是稍显单薄。“研究所”似乎代表了研究学问的官方团体，起初是古代的司祭团和雅典的学园，之后被天主教会所垄断，再后来开枝散叶，成为众多高校和研究机构。但如果说“理事会”代表的是政府，那么“理事会”和“研究所”最引人注目的联合发生在1662年，当时查理二世特许设立了皇家艺术和科学促进学会。蒙博多地方的詹姆斯·伯内特属于爱丁堡通信协会，它以促进科学事业为宗旨，却得不到官方承认，直到1782年获颁皇家特许状为止。他是最高法院的法官，国王乔治的朋友，一位学识渊博的形而上学家，相信萨堤耳和美人鱼的存在，但他之所以没有湮没无闻，是因为鲍斯威尔的《约翰逊传》对他的理论——人是由猿猴演化而来——做了谴责。将他的名字照搬过来，安到一个科学化的凯撒王朝上，作者这样做只能是出于对苏格兰的盲目热爱，或者对响亮的名号更为偏爱。更适合充当政府、科学、贸易与宗教化身的，是罗伯特·玻意耳，科克郡伯爵之子，现代化学之父。他是皇家学会的奠基人，他强烈的宗教原则还让他为东印度公司谋得一份特许状，他期待着东印度公司能在东方传播基督教。

（接上页）排版方面的设计，而不是靠真正的必要性，固定在一起。一个可能的解释是，作者认为，比起两本轻飘飘的书，一本沉甸甸的书会激起更大的水花。——原注 8

1 阿奇·欣德（Archie Hind，1928—2008），苏格兰作家。

儿，就像拉德克利夫夫人[1]、托尔金和默文·皮克[2]的作品一样。也许我的世界模型太过紧凑，缺少一些无忧无虑的安宁时刻，它们是维系这个忧患重重的世界的重要组成部分。也许我开始写这部作品时，还是太年轻了。那时候，我以为光之所以存在，就是为了展现事物，空间只是我与我恐惧或渴求的身体之间的沟壑。如今看来，实体就像车站，我们经由它们，得以进入空间和光本身。或许幻术师的主要职责，就是上演一场极其令人信服的争论，让不安的观众变得精疲力尽，直到他们看清我们真正赖以生存的那些简单的事物：阴影在太空中旋转的天体周围的运动，生命在通往死亡的途中衰朽堕落，爱情的迸发孕育出纯洁的新生命。也许我能做到的最棒的事，就是写出

1 安·拉德克利夫（Ann Radcliffe，1764—1823），英国哥特小说家。

2 默文·皮克（Mervyn Peake，1911—1968），英国作家、艺术家、诗人。

卡特里奥娜·尼克古马雷德
NicGUMARAID, CATRIONA
像所有低地苏格兰文人一样，“魔法师”对他本土的盖尔语文化，全然缺乏理解。第13章——这本书里最没有说服力的一章——里的麦克费德伦牧师的性格和背景，似乎是为弥补这一欠缺而做出的努力。我把一位真正的盖尔人写的诗句印在这里，作为检验“魔法师”成败的试金石。另见**安格斯·麦克尼凯尔**。

如果我有刀，
我会切掉苹果上
褐色的腐烂部分，
它伤害和困扰着我。

但遗憾的是，
我的刀并不锋利，
因此我也无法切除
你体内腐烂的部分。

安格斯·尼科尔森
NICOLSON, ANGUS
见**黑色安格斯**。

弗兰·奥布莱恩
O'BRIEN, FLANN
参见原注6。

乔治·奥威尔
ORWELL, GEORGE
第38章。海报标语和社会稳定中心，弥剽自《一九八四》中的英社海报和爱情部。

李鹏[1]
PENG, LI
第三卷和第四卷。它们从

1 应为吴承恩。《猴》为《西游记》英译本的书名。

《猴》(*Monkey*)中获益良多，它是兼容并包的中国经典喜剧小说，最初被阿瑟·韦利译为英语，它展现了这两者的相互影响：一方面是世俗的朝圣之旅，一方面是对其加以嘲弄的天堂与地狱般的神异世界。(另见**卡夫卡**。)

西尔维娅·普拉斯
PLATH, SYLVIA
第10章第10节。“我会跟我燃烧的毛发一起上升，像吞吃空气那样吞吃人”一语，嵌剽自《拉撒路夫人》(“Lady Lazarus”)最后两句，用“燃烧的”替换了“红色的”。

埃德加·爱伦·坡
POE, EDGAR ALLAN
第8章第7节。“又大又高的房间”一语，嵌剽自短篇小说《厄舍府的倒塌》。
第38章第16节。前三个长句嵌剽自《安海姆的领地》(*The Domain of Arnheim*)。用“珍珠般的”卵石取代“雪花石膏般的”卵石，出自坡在《埃莉奥诺拉》(*Eleonora*)中对河水下方卵石所做的另一处描述。

亚历山大·蒲柏
POPE, ALEXANDER
第41章第6节。蒂蒙·柯达克的话“秩序是天堂的第一法则”，出自饶有诗意的《人论》。

亨利·詹姆斯·普林斯牧师
PRINCE,
REV. HENRY JAMES
第43章，蒙博多的演说。“跟

这样一篇故事：故事里‘普通’‘平凡’这样的形容词，有着早期喜剧作品中‘辉煌’和‘神圣’这些词的重要意义。你怎么想？”

“我想，你是想让读者们欣赏你精妙的遣词造句。”

“抱歉。不过当然，正是如此。”魔法师生气地说，“现在你应该知道了，我不得不多多少少地逢迎取悦[1]他们。你瞧，我就像圣父，而你是我牺牲掉的儿子，读者就像圣灵，他将一切维系在一起，一路前行。你有多痛恨我正在写的这本书都没关系，在我放你离开之前，你无论如何都逃不掉。但要是读者们对它心生痛恨，他们就会把书合上，抛到脑后。你会轻而易举地消失，我会变成一个普通人。我们绝不能让这一幕发生。所以我抓住这个机

1 在此处，“butter up”意为“谄媚奉承”。这一短语乃是基于这样一种可怜的谬见：因为面包涂抹黄油之后，吃起来更香甜，所以面包喜欢被人抹上黄油。——原注9

会，好让我们就结局达成一致意见，这样我们就能步调一致地走向结局。”

“你知道我想要的那个结局是怎样的，你不同意采用它。”拉纳克用阴郁的口吻说，“既然你和读者们绝对掌控着这个世界的大权，那你只要说服他们就好。我的意愿无关紧要。”

“原本**理应**如此，”魔法师说，“但不幸的是，读者们认同的是你的感受，而不是我的，要是你对我的结局深恶痛绝，那我很可能会受到指责，而不是受到应有的崇敬。所以才有这次会面。”

“首先，我想让我们都承认，漫长的人生故事不可能有皆大欢喜的结局。不错，我知道威廉·布莱克在临终的病榻上歌唱；法兰西共和国的一位总统在办公室沙发上通奸时死于心力衰竭[1]；1909

1　此处说的总统是费利克斯·福尔（Felix Fauré）。1909 年，他死于爱丽舍宫温室里的沙发上，而不是办公室（转下页）

我一起站在六千年前的太阳上”一语，出自《普林斯致兰彼得市圣大卫学院基督教教友们的信》。

丹·普罗佩尔
PROPPER, DAN
第 28 章第 7 节。麦卡尔平所说的普罗佩尔法则，篡改式地嵌剽自《最后一小时的寓言》（*The Fable of the Final Hour*）：“在最后一小时的第三十四分钟，反向包含法则被重新发现，人们宣称一个火柴盒是囚禁整个宇宙的监狱，放在里面的两只跳蚤是狱卒。”

马库斯·法比尤斯·昆体良
QUINTILIANUS MARCUS FABRICIUS
第 45 章第 5 节。格兰特的话“仅次于打喷嚏的自我表达方式”，嵌剽自约翰·布尔沃（John Bulwer）在他的《手势学》（*Chironomia*）中翻译的《演说术原理》第 11 卷。

威廉·赖希
REICH, WILHELM
第三卷。感染了前六章的龙皮，弥剽自赖希称为“盔甲化”的肌肉紧绷。

蒂娜·里德
REID, TINA
第 48 章第 15 节。机器人清洁床铺的方法，弥剽自《把床舔干净》（*Licking the Bed Clean*）里的《机械爪吉尔》（*Jill the Gripper*）。

让-保罗·萨特
SARTRE, JEAN-PAUL
第 18 章第 6 节，第 21 章

年，在新南威尔士州的翁比吉，一名牙病患者在吸入一定剂量的笑气之后遭遇雷击[1]。一旦发生这种事，人们就会对真实世界的上帝产生信仰，但没有哪个正儿八经的娱乐表演者敢在印刷品中想象出这样的事。我们可以用各种煞费苦心的方法愚弄人们，但我们说的最重要的那些事，必须看起来像模像样，最像模像样的死亡就是乘坐“剧痛的战车”（卡莱尔语）告别尘世，或者在不省人事的恍惚中飘然逝去，而好医生很容易找到。不过既然死亡有着孤独这样令人沮丧的一面，那就让我们用这样的描述让读者感到振奋吧：你是在众人的陪伴下

（接上页）的沙发上。——原注 10

1 翁比吉（Wumbijee）小镇位于昆士兰州南部，而非新南威尔士州，即便在今天（1976 年），也是个很小的地方，不可能有本地的牙医。1909 年，它还不存在呢。因此笑气事件有可能是凭空杜撰的，不过就算真有其事，也会给事关准则的严肃说辞平添一丝滑稽。这会让读者们（这位作者假装很看重他们）拿不准，该如何看待他的整部作品。——原注 11

第 12 节。它们弥剽自《恶心》的主人公消极的顿悟。

唐纳德·古德布兰德·桑德斯
SAUNDERS, DONALD GOODBRAND

第 46 章。亚历山大中士率领的维和部队被上帝阻挡在一片陆地上，那里的地形和色彩出自《攀登》（*Ascent*）：

白色的轮廓是菲昂湖，
它的边边角角早已熟稔于
心。
从这里，休尔文山的山麓
望去，
白色的轮廓是菲昂湖。
绿色的轮廓是格伦卡尼斯
普，
点缀着一块块山岩，
从这里，休尔文山的山肩
望去，
绿色的轮廓是格伦卡尼斯
普。
蓝色的轮廓是大海。
蓝色的轮廓是天空。
从这里，休尔文山的山顶
望去，
我收回来的网闪闪发亮。

威廉·莎士比亚
SHAKESPEARE, WILLIAM

第一卷和第二卷从戏剧《哈姆雷特》中获益良多。剧中，沉重的家长作风迫使一名意志软弱的青年陷入生存的恐惧、幻觉和罪行之中。

伊迪丝·西特韦尔
SITWELL, EDITH

第 41 章第 12 节。“仅就我个人而言”一语，还有许多宗教性的感受，嵌剽和弥

死去的。我们把结局变成世界末日，因为如今，的确有可能发生这样的灾难。其实，我最担心的就是人类还没来得及欣赏我的末日预言，就先行灭亡了。它将是某种隐喻性的描述，就像圣约翰的描述一样，但不会有人质疑究竟发生了什么。听好了！

“你离开这个房间之后，没能联系到任何一位能帮得上忙的官员或委员会成员。明天，当你在大会上发言时，你会博得喝彩，却得不到关注。你会发现，其他地区大多跟你们那里同样糟糕，甚至还要更糟，但这一局面并没有让领导人们达成齐心协力的意愿，而且理事会光是维持自身的存在，就已经费尽心力了。蒙博多能给你的只有留在普罗文的私人邀请。你拒绝了，回到了昂桑克，那里的地貌已经倾斜到一定的角度，暴徒正在袭击钟楼，城里很多地方都着了火。委员会成员正在被私刑处死，斯拉

剽自组诗《门面》(*Facade*)的片段，其开头是：“别去约旦河里洗澡，戈登。”

W. C. 史密斯
SMITH, W. C
第 28 章。块剽自赞美诗《不朽的，隐匿的，唯一英明的神》(“Immortal, Invisible, God Only Wise”)，最后一句有篡改。

艾伦·斯彭斯
SPENCE, ALAN
第 45 章第 9 节。优美的色彩取自其文选《它的色彩优美动人》(*Its Colours They Are Fine*)。

威廉·梅克皮斯·萨克雷
THACKERAY, WILLIAM MAKEPEACE
第 11 章第 5 节。包和逐一列举的包内物品，嵌、块、弥剽自《玫瑰和戒指》中的黑杖仙女的包。

狄兰·托马斯
THOMAS, DYLAN
第 29 章第 5 节。包含着对散文诗《爱的地图》(“The Map of Love”)的小块嵌剽和弥剽。
第 42 章第 5 节。拉纳克在小便时说的话，是对诗作《悲叹》(“Said the Old Ramrod”)改头换面的嵌剽。

比尔·普赖斯·特纳
TURNER, BILL PRICE
第 46 章第 1 节。“波浪的滑动构造”一语，出自《眼的原基》(*Rudiment of an Eye*)。

登已经逃之夭夭，你和丽玛站在公墓的高地上，望着成群的大嘴扫荡着街道，看上去就像巨鸟的影子，它们将行经之处的人们吞噬殆尽。突然，爆发了地震。突然，大海淹没了城市，海水通过那些大嘴灌进了理事会和研究所的走廊，把所有设备都弄短路了。（这里听起来有些让人迷惑不解，我还没把细节琢磨清楚。）不管怎样，你望着约翰·诺克斯的雕像——它象征着心灵的专制，象征着经过延长的男性勃起，可以屈服于死亡，但不能屈服于温柔——最终合上了眼睛，雕像与柱身一起翻倒在海浪里，海浪就像……之前好长时间一样，继续翻腾不休。这样的结局怎么样？”

“烂透了。”拉纳克说，“我读过的书没你多，我始终没有时间，不过我二十来岁的时候去过图书馆，一半科幻故事都有这样的场景[1]，通常是在结尾。这些陈

1 倘若拉纳克的文化素养再深厚一些，他就会看出，这一结局比起科幻（转下页）

阿莫斯·图图奥拉
TUTUOLA, AMOS
第三卷和第四卷。它们从《棕榈酒鬼》（*The Palm-Wine Drinkard*）中获益良多，这也是一个主人公的追求将他带到与世俗共处同一层面的亡灵和超自然存在之中的故事。（另见**卡夫卡**。）

琼·尤尔
URE, JOAN
第48章第8节。勤务兵的妻子在阅兵式上唱的《也许某些事因它而起》（*Something may come of it*），是她自己的版本：“没什么好唱的 / 日子过得 / 平淡无奇。/ 飞机上的人 / 唱着他们的歌 / 不断从我上方飞过。/ 有什么是他们有，而我没有的？ / 有什么是我有，而他们没有的？ / 没什么好唱的。/ 没什么好唱的。”

库尔特·冯内古特
VONNEGUT, KURT
第43章，蒙博多的演说。其中将地球描绘成一个“潮湿的蓝绿色球体”，出自长篇小说《冠军早餐》。

P. 哈特利·沃德尔牧师
WADDEL,
REVEREND P. HATELY
第37章第4节。无意中听到的祷告，出自沃德尔牧师所译的《诗篇》第23篇的低地苏格兰语译文。

赫伯特·乔治·威尔斯
WELLS,
HERBERT GEORGE
第三卷和第四卷里写到的

腐老套的世界毁灭，除了能证明那些人头脑贫乏，想不出更好的内容之外，什么也证明不了。”

魔法师目瞪口呆，涨红了脸。他开始用一种尖锐的低语说话，低语渐渐转为咆哮：“**我写的不是**科幻小说！科幻故事里没有真实的人物，我写的所有人物都是真实的、真实的、真实的人！也许我令人目眩地采用了一些旨在压缩和加速情节的戏剧化隐喻，让公众感到惊讶，但那不是科学，而是魔法！魔法！至于我写的结局是否陈腐老套，等你置身其间的时候你就知道了。我要告诫你的是，我的整个想象力需要留心克制，否则便有可能造成灾难。你根本不知道，我那不加限制的力量释放到‘结局’这样的主题上，会造成怎样的破坏。”

“桑迪怎么样了？”拉纳克冷冷地说。

（接上页）小说更像《白鲸》，而且更像劳伦斯评论《白鲸》的文章，胜过前两者。——原注 12

研究所，是任何一家大型医院、任何一所大型大学、伦敦地铁和 BBC 电视中心的结合体，但总体规划剽窃自《沉睡者苏醒》中二十一世纪的伦敦和《月球上的第一批来客》中塞利奈特人的月下王国。鉴于这一事实，“魔法师”在“收场白”中针对 H. G. 威尔斯的说辞似乎是乌贼排出的可恶墨汁，目的是混淆评论家的视线。参见原注 5。

汤姆·沃尔夫
WOLFE, TOM
第 41 章第 6 节。这一节里歇斯底里的竞赛俚语，嵌剽自文选《新新闻主义》的导言。

色诺芬
XENOPHON
第 45、46、47、48、49 章。这些章节里的伪军事远行，是对《远征记》的扩展式弥剽。

斯蒂克利·扬哈斯本上校
YOUNGHUSBAND, COL. STUKELY
第 49 章第 49 节。“乘电车进入维苏威火山的火山口”一语，出自《战壕格言集》（*Quips from the Trenches*）里道格拉斯·黑格（Douglas Haig）将军的话。

琐罗亚斯德
ZOROASTER
第 50 章第 1、3、5、7、9、11、13、15、17、19、21、23、25、27、29、31 节，都是从赫尔米普斯（Hermippus）辑录、弗里德里

希·尼采翻译的玄妙的希腊伪书[1]中采集来的少许调味品。但披着葡萄藤的西比玛百花之谷与死海之滨的以利亚利城[2];阳光、风和闪耀的水花;加拉提亚的胜利,与她和格兰特的婚礼;奇鸟怪兽军团的溃败;上帝笑着放弃;明灰色的蓟开出的花朵;云中国度的建立;云雀的叫声、鲁特琴、大提琴、紫罗兰和婚礼上的怒火;克莱德河上的免费大型游船;安德鲁的喜悦和佳作;库尔特的回归,麦卡尔平的到来,艾特肯·德拉蒙德的复活;处女埃米·安妮·莫拉·特蕾西·卡特里娜·韦罗妮卡·玛格丽特·英奇·玛丽安·贝丝·莉兹·贝蒂·达妮埃尔·安杰尔·蒂娜·珍妮特·凯特的神化与加冕;最后回落到健康的平庸日常中,在那副皮囊里找到一个如绸缎般柔滑的你,块剽、嵌剽、弥剽自威廉·布莱克和威廉·透纳为造福有用而美好的事物的制造者们,而转化为珍贵画面和庄严描述的《天堂与地狱的婚姻》

1 即《扎拉图斯特拉如是说》,旧译《苏鲁支语录》。

2 语出弥尔顿《失乐园》第410—412行,译文参考朱维之先生译本。

"桑迪是谁?"

"我儿子。"

魔法师目瞪口呆地说:"你没有儿子。"

"我有个儿子,叫亚历山大,他是在大教堂出生的。"

魔法师露出困惑的神情,在床上的纸张里翻找着,最后拎起一张纸说:"不可能,你看这儿。这是我还没写的九章或十章内容的大纲。只要你读一读,就会明白,丽玛没时间在大教堂生孩子。她很快就跟斯拉登离开了。"

"等你写到大教堂,"拉纳克冷冷地说,"你会写她用更快的速度生下了一个儿子。"

魔法师看上去闷闷不乐。他说:"对不起。的确,我能看得出来,这个结局对你来说格外痛苦。一个孩子。他多大了?"

"我不知道。你笔下的时间过得太快,我估计不出来。"

一阵沉默之后,魔法师满腹牢骚地说:"我现在已经不能更改我的总体规划了。为什么我应该比我的世纪更仁慈？数百万儿童遭到邪恶的谋杀，这个世纪——**别打我！**”

（*The Marriage of Heaven and Hell*）。

拉纳克只是绷紧了肌肉，但魔法师从床上滑落下来，扯着铺盖蒙住了头。铺盖渐渐沉落下去，最后平铺在床垫上。拉纳克叹了口气，用手捂住了脸。空中有个细小的声音说：“保证不动用暴力。”

拉纳克不屑地哼了一声。那些铺盖膨胀起来，变成人形的鼓包，但魔法师并未露面。衣物下面有个瓮声瓮气的声音说：“我用不着玩这种把戏。我只用一个句子，就能把你变成我最恭顺的仰慕者，但那样一来，读者就会反对我们两个人……我希望我能让你对死亡多一点喜爱。死亡是了不起的防腐剂。若是没有它，最可爱的事物也会慢慢沦为闹剧，如果你执意要多活些时间，你也会发现这一点。但我拒绝跟你讨论家庭事务。带着它们去找蒙博多吧。请离开吧。”

“我刚来的时候，”拉纳克拎

着手提箱站起身，说，“就说过，跟你交谈简直是浪费时间。我说错了吗？”

他往门口走去，听到被褥下面传出含混的低语声。他说：“什么？”

“……知道一个叫穆尔坦的黑人……”

“我听过他的名字。怎么了？”

“……也许有用。我突然想到的。也可能没用。”

拉纳克绕过那幅画着栗树的画，打开门走了出去。[1]

---

1 由于本篇“收场白”承担了介绍整部作品的职责（那篇所谓的“开场白”根本不是开场白，而是一篇单独的短篇小说），因此发现“魔法师”疏于礼数，没有提及下述事宜，不免令人伤心。故补记在此。弗洛伦丝·艾伦（Florence Allan）太太为他打印和再次打印了手稿，经常在没有报酬的情况下等候数月之久，她也毫无怨言。安德鲁·赛克斯（Andrew Sykes）教授允许他免费使用复印机，获得秘书的帮助。他收到了詹姆斯·克尔曼（James Kelman）的批评建议，这让他得以将至关重要的第一章打磨得更为顺畅。查尔斯·怀尔德（Charles Wild）、彼得·希恩（Peter Chiene）、吉姆·哈奇森（Jim Hutcheson）、斯蒂芬妮·沃尔夫·默里（Stephanie Wolfe Murray）参与了大面积的词汇查对，以确保成书之后表面看来前后一致。还有田纳西州金斯波特市金斯波特出版社雇用的排字工人们呢？是他们完成了这本该死的书的排版工作。但以上只是成千上万提供援助者中的寥寥数人，我还没有向其他那些人致谢，没有提到他们的名字。——原注 13

第 41 章　高潮

他惊讶地俯视着莉比，她躺在墙面和地毯形成的夹角里，双腿蜷曲在身子底下，看上去完全不省人事。她是个丰满而不失优雅的黑发姑娘。她的裙子比他记忆中的还短，短上衣比他记忆中的更有光泽，她那气呼呼的睡脸看上去比她那身穿着稚嫩得多。她睁开眼睛说了声“什么？”，便坐了起来，瞥了一眼腕表。她并无责备之意地说：“你在里面待了好几个小时。很久很久。我们错过歌剧了。”

她伸出一只手，他扶她站起来。她说：“他请你吃饭了吗？”

“他请了。现在我想跟威尔金斯谈谈。”

“威尔金斯？”

“或者蒙博多。我又想了想，我更想见蒙博多。这有可能吗？”

她盯着他看，说：“你从不休息吗？你从不找点乐子？”

“我不是来这儿休息的。”

“抱歉我刚才那样问你。”

她沿着走廊往里走去。他跟了上去，说：“听着，如果我粗鲁无礼，那我道歉，但我现在非常担心。而且不管怎么说，我一向不擅长享乐。”

“你这可怜的老人。”

“我并不是想抱怨。”拉纳克辩解说，“其实，我也经历过一些很美好的事。”

“比方说，在什么时候？”

拉纳克想起桑迪出生的时候。他知道他当时肯定很快乐，否则他不会去敲响大教堂的钟，但他想不起快乐的滋味是怎样的了。突然之间，他的过去仿佛变成了一片巨大而乏味的荒野。他疲惫地说：“不久前。”

在电梯门旁边的门厅里，她停住脚步，面朝着他坚定地说：“我不知道此时此刻蒙博多和威尔金斯在哪儿。我期待着过些时候派对开始时，他们会过来，所以我给你一些忠告吧。要冷静一些。我看得出，你心里不好受，老爹，但第一天并不适合搞硬性推销，这时候每个人都还在互相摸底呢。真正急迫的说客们要到第二天，在启动前的准备环节进行到一半时，才开始大显身手。还有一件事，我想告诉你。不论我是否陪同在你身边，普罗文行政部门都会给我发薪水。如果你想让我消失，只要你说一声‘消失’，我就消失了。或者过来陪我喝一杯，聊聊这场该死的大会以外的**任何事**。就连他们说的话都让我觉得是一文不值的废物。”

拉纳克盯着她看，发现她是那么迷人。这一幕令他深为痛苦。他知道，如果她允许他亲吻她那娇嗔的嘴巴，他不会有温暖或激动的感觉。他审视着自己的内心，只找到一片饥饿、狭隘的寒意，一片痛苦的空虚，它既不能给予什么，也不能接受什么。他心想：“我差不多是个死人了。这是怎么发生的？”他喃喃地说：“请不要消失。”

她挽着他的胳膊，领他往眺望台走去，她狡黠地说：“我敢打赌，我知道你喜欢一样东西。”

“什么？”

“你肯定喜欢出名。”

“我没有。”

“这是谦虚吗？”

“不是，不过我也不出名。”

“想想看，如果你是一名普通代表，我还会在纳斯特勒门外等这么久吗？”

拉纳克茫然不解，不知该如何回答。他指了指玻璃门两侧的一帮悄然无声、身穿黑西装的男保安，说：“他们在这儿干吗？”

“他们站在外面，好让派对显得不那么吓人。”

尽管几乎空无一人，眺望台上还是震动着轻盈而富有节奏的音乐。窗外的夜空里，群星之中，有几朵大菊花的金色花心里伸展出有着粉色尖梢的花瓣，向着探照灯照亮的体育场沉落下来，人们小小的身影聚集在阶梯看台上，聚集在中央场地两侧各有一个的舞台上。菊花渐渐隐没不见，一颗鲜红的火星射穿了它们，勾画出一根长长的羽管，上面分生出白色和绿色的耀眼羽毛。窗边的地上成堆摆放着巨大的彩色坐垫。再往上一层，一侧有一支十二人的管弦乐队，不过此时只有一名吹单簧管的在演奏一支幽默的小曲，一名鼓手在用钢丝刷轻轻擦拭镲片。再往上一层，侧面有四个丰盛的自助餐台，顶层有许多空着的小桌椅，两端各有一个吧台，四个姑娘坐在一个吧台旁边的凳子上。莉比带着拉纳克走到她们面前，说："玛莎、佐尔法伊格、乔伊，还有另一个乔伊，这位是从昂桑克来的，你们知道他是谁。"

玛莎说："不会吧。"

佐尔法伊格说："你看起来让人肃然起敬。"

乔伊说："我帮你把公文包放在吧台后面好吗？那儿很安全。"

另一个乔伊说："我母亲是你的一个朋友，确切地说，她说她以前是。"

"她叫南希对吗？"拉纳克闷闷不乐地说，把公文包递过去，坐了下来，"如果是她的话，那我在你还是婴儿的时候见过你。"

"不，她叫盖伊。"

"别让他想起自己的年纪。"莉比说，"你自己都是做母亲的人了，给我们调两杯白色彩虹。（她很擅长调白色彩虹。）”

佐尔法伊格是姑娘们当中身材最高大的，另一个乔伊是身材最娇小的。她们都差不多大，有着同样随意而友善的神情举止。拉纳克没大觉得她们是各不相同的人，不过身为她们当中唯一的男人这一事实，令他感到平静安心。莉比说：“我们得说服拉纳克相信，他很有名。”

她们都笑了，另一个乔伊正在测量滴进银罐的液体，说：“可他知道呀。他肯定知道。”

“我有什么出名的地方？”拉纳克说。

“你是无缘无故就能干出怪事来的人。”玛莎说，“蒙博多在指挥弦乐四重奏的时候，你砸毁了他的荧光屏。”

“你因为一个龙女贱人跟他争吵，堵塞了整个研究所的气流。”佐尔法伊格说。

“你把你对他的看法原原本本地告诉了他，然后径直走出了理事会的议事走廊，走进了历法间区域。还是步行！”乔伊说。

“我们很想见识一下，你今晚要做些什么。”另一个乔伊说，“蒙博多很怕你。”

拉纳克开始解释当初真实的情由，但他的嘴角已经翘了起来，挤压着他的脸颊，让他眯起了眼睛。他想绷起脸却忍不住，他的舌头被大大的傻笑堵住，最后他摇了摇头，笑了出来。莉比也笑了。她伏在吧台上，她的臀部擦过他的大腿。玛莎告诉他："莉比在利用你，让她男朋友吃醋。"

"不，我没有。好吧，我是有那么一点。"

"谁是你男朋友？"拉纳克微笑着问。

"那边戴眼镜的男的。那个鼓手。他可吓人了。要是他的音乐出了什么岔子，他看什么都不顺心。"

"随你高兴，让他嫉妒我好了。"拉纳克拍了拍她的手说。另一个乔伊递给他一只高玻璃杯，里面装着一种清澈的饮品，他小口喝下的时候，她们都仔细盯着他看。第一口尝起来口味绵柔，有种毛茸茸的口感，之后像是凉凉的牛奶，之后像薄荷一样清淡而刺激，之后有股杜松子酒般的苦味，之后像巧克力一样浓郁而温暖，之后像柠檬般酸涩又像柠檬汽水般甜蜜。他又喝了一小口，这次流过舌头的那串滋味变得截然不同，因为舌尖品尝到的是黑醋栗味，舌头中间尝到的是一种怡人的儿童止咳糖浆味，流入喉咙时变得像是纯净的牛肉汤汁，最后留下烟熏牡蛎的模糊余味。他说："这东西的滋味太奇怪了。"

"你不喜欢吗？"

"喜欢，很美味。"

她们笑了起来，仿佛他说了什么妙语。佐尔法伊格说："音乐奏响的时候，陪我一起跳舞行吗？"

"当然。"

"那我呢？"玛莎问。

"我打算跟每个人都跳一支——另一个乔伊是例

外。我打算跟另一个乔伊跳两支。”

“为什么？”

“因为格外善待某人会给我一种大权在握的感觉。”

所有人又都笑了起来，他小口呷着酒，感到自己世故老练又风趣诙谐。一个长着大鼻子的小个子男人走了过来，说：“你们好像很开心，介不介意我加入你们？我是格里菲思-波伊斯，玻璃岛的阿瑟·格里菲思-波伊斯。你是昂桑克来的拉纳克，对吗？我今天上午没遇上你，但我听说你下了不少功夫。知道有人正在抨击这种冷漠的局面，真让人欣慰。我们早就受够了。但愿你明天的发言能振聋发聩。”

走廊里的年长者越来越多，他们显然是代表或代表夫人，其他人三十来岁，好像是秘书和记者。红衣姑娘也多了起来，不过这时，她们很少还有穿着整套红色制服的。人们组成了一个个小圈子，但围拢在拉纳克周围的圈子最大。粉红面色、愁眉苦脸的男子奥丁走过来问：“觐见国王陛下还算顺利？”

“很糟。其实他根本不是什么国王，只是个变戏法的。”

“年轻人准会觉得，当今世界很让人困惑。”波伊斯像慈父一般，轻轻拍着玛莎的胳膊说，“那么多单身人士有着不同的姓氏，那么多不同的人却有着相同的姓氏。就拿蒙博多来说吧。我们大家至少认识两个姓蒙博多的人，下一个很可能还是女的。就拿我来说吧！

去年，我是卡米洛特[1]和卡德伯里[2]的大祭司。今年，因为世间的压力和地域的划分，我变成了玻璃岛的首席长老，而我还是同一个人，做着同样的工作。”

奥丁低声说：“敌人来了。”

五名高矮不一的黑人男子走了进来，两人穿着商务西装，两人穿着军装，个子最高的那个穿着土耳其长袍，戴着土耳其毡帽。玛莎颤抖着说：“我讨厌黑人群体——他们从来不喝比柠檬汽水更烈的东西。”

“唔，我爱他们。”莉比坚决地说，“我觉得他们很有魅力。塞纳切里布参议员成夸脱地喝威士忌。”

“我受不了该死的穆尔坦那自命不凡的神气。”奥丁说，“我知道，我们贩卖和鞭笞过他的祖先，这证明我们品性邪恶，但这并不意味着他有多善良。”

“那就是穆尔坦吗？”拉纳克说。黑人们去了下面那层，正站在一个自助餐台旁边。“失陪一会儿。”拉纳克说。他从另外几伙人中间快速穿过，走下三四级台阶，来到那些黑人身边。“请问，”他对头戴毡帽的高个男子说，“你是津巴布韦的穆尔坦吗？”

“这位才是穆尔坦将军。”高个男子指着一名身穿军装的矮个男子说。拉纳克说：“可以跟你谈谈吗，穆尔坦将军？有人跟我说，你……我们或许可以彼此帮助。”

1　卡米洛特（Camelot），传说中亚瑟王的宫殿所在地。

2　卡德伯里（Cadbury），位于英格兰南部萨默塞特郡，相传为卡米洛特所在地。

穆尔坦用一副彬彬有礼、被人逗乐的态度打量着拉纳克。他说:“谁告诉你的,伙计?”

“纳斯特勒。”

“不认识这位纳斯特勒。他是怎么说我们对彼此有用的?”

“他没有这么说,不过我们那边——大昂桑克——正面临着——嗯,很多困难。几乎举步维艰。你们那边怎么样?”

“哦,当然。我们的草原放牧过度,我们的灌木缺乏照料,我们的矿产被外国人占有,理事会把飞机、坦克和推土机输送给我们,我们的税收流入到性虐狂和沃斯塔特集团,以采购使用这些设备的燃料和零配件。哦,是的,我们也有难题。”

“哦。”

“我并不指望你们这些人能提供什么帮助,伙计,不过我对你的话洗耳恭听。”

穆尔坦一只手端着一盘甜玉米和肉排,靠另一只手优雅地吃了一两分钟,一边端详着拉纳克,拉纳克这时能听到舞池里传来乐队大声奏响的乐曲,因为附近的几伙人已经陷入了沉默,走廊别处传来人们留意观察这边的窃窃私语声。拉纳克感到自己涨红的脸变得越来越烫。穆尔坦说:“要是你无话可说,为什么还站在这儿?”

“因为尴尬,”拉纳克低声说,“是我挑起的话头,可我不知道该如何收场。”

“我来帮你解套吧，伙计。过来，翁法勒。”

一名高挑优雅的黑人女子走了过来。穆尔坦说：“翁法勒，这位代表需要跟一名白人女性谈谈。”

“可我是黑人。跟你一样黑。”女人用清晰而透着嘲讽的声音说。

“当然，但你有白人的嗓音。”穆尔坦说完便走开了。拉纳克与女人面面相觑，然后拉纳克说：“你愿意跳舞吗？”

“不愿意。”女人说完，跟在穆尔坦身后走了。

突然，伴着一声嬉笑，所有人又开始高声谈笑。拉纳克红着脸转过身去，看到两个乔伊在毫不掩饰地取笑他。她们嘴里说着“可怜的拉纳克！”和“他干吗要离开喜爱他的朋友们呢？”。两人各挽着他的一只手臂，领着他走下台阶，来到舞池一侧，奥丁、波伊斯、其他几个姑娘和一些新来的人围聚在这里。他们颇为亲切友善地迎接他，让他很快便恢复了笑容。

“我本该早些告诉你，跟那个杂种交谈没什么用处。”奥丁说，“来支雪茄。”

“难道这不令人激动吗？”莉比说，“每个人都期待着有大事发生。我不知道会是什么事。”

“也许是一座洲际高架桥的揭幕典礼。”波伊斯打趣道，“在大洋之上，揭开一块象征兄弟之情的地毯，所有种族的人类齐聚在桥上，汇合成一个人种，降落伞把乌托邦和他们的早餐牛奶一起送到他们中间，不是这样吗？”

“祝贺你！你干得很不错。”威尔金斯握了握他的手说，“遭到拒绝也没关系。重要的是你把球光明正大地放到了他们的球场上，而且他们也知道了。哪个姑娘给这位端杯酒。”

“威尔金斯，我想跟你谈谈。”拉纳克说。

“行，越早越好。有一两件事的进展出乎意料，我们必须谈谈。明天早上，我们先在代表休息村共进早餐，行吗？”

“当然。”

“你不介意早起？”

“一点也不。”

“好。那我七点前给你的房间去电话。”

“先生，请问，”佐尔法伊格十分谦卑地说，“请问我可以与你共舞吗，你之前答应过的，拜托了，拜托。”

“稍等片刻，亲爱的。让我先把酒喝完。”拉纳克和蔼地说。

他小口喝着第二杯白色彩虹，仰望着烟花绽放的星空，烟花给下方体育场里成千上万仰望的面孔染上了紫色、白色、橙色和绿金色。他倚在防止观众坠落到最低又最窄的楼层的防护栏杆上，也从窗上看到了自己明晰的暗影，他是以轻松姿态站在高处，头顶烟花而又凌驾于众人之上的这伙人的领导核心。他冲着下面的人群点了点头，心想：“明天，我会捍卫你们所有人的利益。”他把雪茄送到唇边，转身仔细环顾着走廊。围在他身边的人依然是最多的，尽管威尔金斯已经离开，去了其他人那里。拉纳克甚至还看到，他停下来跟穆尔坦聊了两句。他大度地想：“我必须盯紧那个家伙，他是只狐狸，一只一流的生态狐狸……狐狸？生态？一流？通常，我不会用这些字眼来思考，不过看起来，它们用在这儿挺合适的。没错，明天我要跟威尔金斯谈一谈。会有一些狡诈的讨价还价，但决不妥协。决不妥协。我会随机应变。我会激动、冷漠或者使出阴招，全看对方会动用哪些招数。我会发挥出我身上每一分热量，但我决不妥协！倘若要把哪个地区丢进鳄鱼群，那它绝不是昂桑克，我对此确信不疑。蒙博多怕我，这可以理解。让排名见鬼去吧，至高的地位要靠实力来争夺！所有的赌注都作废了，赔率都取消了，这是所有人的比赛！马匹全被人下了药，赛道是玻璃的……我的用词出了什么问题？是这支雪茄，它让人迷醉。好在我发觉了：掐灭它，保持镇定，小口喝酒……我知道这种酒为什么叫白色彩虹了。它像水一样澄澈，但到了舌头上，它就会分散成各种各样的滋味，就像画家的多彩调色盘（形容得有些拙劣）。它所包含的口味之多，一如鲍鱼壳那珍珠质地的内壁上的色彩。就像诗一样。我要不要告诉另一个乔伊？是她调出了这杯酒，她就站在那儿，真是一个聪明迷人、身材娇小……我以前更喜欢身材高大的女人，不过……哦，如果我能把手放进她那小小的……”

“很高兴见到你，先生。”一名嗓门不高、戴着无框眼镜的秃顶男人握了握拉纳克的手，这样说道，“柯达克，南亚特兰蒂斯的蒂蒙·柯达克。天知道他们干吗选我当代表。给性虐狂集团搞研究才是我的正职。不过能到其他大陆游历，也不失为一桩美事。我母亲家的人就是昂桑克出身的。”

拉纳克点了点头，心想：“她在冲我笑，就像莉比的笑容一样。我觉得，莉比有勾引我的意思，但她已经有男朋友了。所有那些年轻、迷人、健康的姑娘，都有年轻、迷人、健康的男朋友。我以前听说，年轻姑娘更喜欢老男人，但我从未见过这样的事。”

“你们有个很棒的女人。”柯达克说。

拉纳克直勾勾地盯着他看。柯达克说：“那个上了年纪的小个子教授。她叫什么来着？沙茨恩格尔姆。她提交给理事会的报告可真不一般。你知道的，就是写二叠纪岩层深层污染样本的那份初步报告。我们在性虐狂集团听说这份报告的时候大为惊诧。哦，是的，我们有自己的消息渠道。”

拉纳克含笑点头，喝了一小口酒。他心想：“当然，是她的表情让我冲她微笑的，对吧？它透着那样明显的快乐和聪慧，那么容易感到惊喜，被人逗乐。我会面露笑意，但不会太明显。领袖应该充当观众，而非表演者。他手下的众人应该感到，他正在观察、评价、欣赏他们，只不过，他处在一个执掌权力的位置上。”

柯达克说：“当然，让我们感兴趣的是她**最终的**报告，给出了地点的那份。我相信，你明天会跟威尔金斯见面。他是一个非常非常精明狡诈的人，理事会最出色的雇员。我们这些性虐狂集团的人很尊敬威尔金斯。迄今为止，我们始终比他领先一两步，但这是一场激烈的角逐。顺便说一句，我们性虐狂集团有好多人觉得，理事会对昂桑克很不公平。你和斯拉登采取了独立的路线，我们并不觉得惊讶。但愿你们能一帆风顺！私下说一句，据我所知，通克-本质和量子-皮质素那些人也抱有同感。不过我想，他们已经跟你说过了吧？”

拉纳克严肃地点了点头，心想："如果她知道，她那副不同寻常、富有生气的面庞让我有何感想，还有我是多么嫉妒她牛仔裤上的那条缝线——它从她的腹部一路向下，越过她大腿之间的那个小丘，从后面翻转上去……如果她知道，我有多么不配做一名领袖，我准会让她感到生厌。我得像冲我身边这个暗示着什么的秃顶男人微笑一样，把同样的微笑呈现给她：这种会心的微笑会告诉他们，我知道的要比他们知道我知道的还要多。"

“嘿！”柯达克哧哧地笑着说，“看到那边望着你的那朵小郁金香了吗？我敢跟你打赌，她肯定像炸弹一样够劲儿。没错，我能肯定，威尔金斯会想方设法拿到你那份最终报告。如果他知道有这么一份报告的话。他知道吗？”

拉纳克直勾勾地盯着他看。柯达克笑了起来，拍了拍拉纳克的肩膀，说：“终于还是直截了当地问出来了，不是吗？对不起，不过尽管政府和产业紧密相连，但我们还没有**完全**紧密相连。目前还没有。我们彼此扶持，是因为秩序是天堂的第一法则，还记得科斯塔瓦那[1]吗？还记得西方共和国从中分裂出来吗？要是没有我们的扶持，这种事绝不会发生。当然，那时候我们还不叫性虐狂集团，那时我们还是古老的物质利益股份公司。哦，**他们**可真是一帮海盗！那里的矿产是银，它不像另一种矿物那么坚挺，你懂我的意思吗？”

拉纳克露出苦楚的笑容，心想：“她带给我的唯一感受，就是像石头一样坚硬的痛苦，只有少许生机地活在一个大腹便便、头发稀疏的衰老躯壳内的那种痛苦。但身为领袖，需要一副死气沉沉的做派。人民需要坚实的纪念碑可供他们依附，而不是像他们自己一样迷茫的人。斯拉登派我来是明智的。**我**永远也不会软化。”

“你的杯子空了。”柯达克说着，拿了过来，“我找个姑娘把它斟满，我自己也要喝一杯。”

“别跟我要花招，拉纳克。”另一个乔伊在他面前微笑着说，“你答应过我，要跟我跳两支舞的，还记得吗？你肯定可以跟我跳一支了吧？”

她没有等他回答，而是把他拉进了跳舞的人群中。

1 科斯塔瓦那（Costaguana），约瑟夫·康拉德所著长篇小说《诺斯特罗莫》中虚构的南美洲共和国，政局不稳，战乱频仍，民不聊生。

苦楚从他身上褪尽了。她紧箍着他手腕的手指给他带来了轻松和自由。他笑了起来，揽住她的腰，说：“盖伊是你母亲？她手上的伤口痊愈了吗？”

“她受过伤吗？她什么都没跟我说过。”

“她现在在做什么？”

“她是记者。我们别谈她的事了，你有我还不够吗？”

起初，很难把她搂在怀里，因为音乐那么急促，其他男女在跳舞时都没触碰彼此。拉纳克随着整个房间里更沉缓的声音跳着，主要是人们嘈杂的谈话声。众人的喧哗听起来就像滔滔流入水池的瀑布，让乐队的奏乐显得如同兴奋的昆虫发出的鸣叫。起初，其他跳舞的人会跟他碰在一起，但后来他们挪到了舞池旁边，开始鼓掌喝彩。乐队稀稀落落地停止了奏乐，安静下来，另一个乔伊突然离开，跑进了人群中。他跟在后面，穿过人们的笑声，来到自己那伙人身边，发现她正跟别的姑娘聊得热火朝天。她面朝着他，问：“这是不是近乎乱伦？”

他直勾勾地盯着她看。她说：“你是我父亲，对吗？”

“哦，不！斯拉登才是。或许是他。”

“斯拉登？我母亲什么都没跟我说过。斯拉登是谁？他成功吗？他相貌英俊吗？”

拉纳克和蔼地说：“斯拉登是个很成功的人，女人觉得他很有吸引力。或者说，以前是这样。不过我今晚不想谈他的事。”

他难过地背过身去，望着站满人的走廊，舞池里又开始跳起舞来。他从所有这些陌生人的脸上，看到了那么多熟悉的神情：担忧、勇敢、快乐、顺从、希冀和失败，他觉得自己仿佛与它们毕生相熟，但它们又有那么多的变化，多得让人吃惊。每一种神情都仿佛自成一个世界，有它自己的岁月、气候和风景。有的清新如春，有的丰饶如夏。有的温和如秋，有的枯寂冰冷，悲戚如冬。有个人站在他的身旁，她的陪伴让他得以心平气和地欣赏这些世界，而不想征服或跻身其中。他听到她叹息着说："真希望你能更谨慎一些。"他转过身，看到了蒙博多夫人。她的面容比他记忆中的更年轻、更严肃，也更孤独。她的乳房变得更加丰满，身上那条曳地的硬质织锦长袍上有着狮子和独角兽的图案，让她看上去像是一根柱子。拉纳克高兴地说："催化师！"

"那是我的工作，不是我的名字。我认为你应该离开这儿，去睡觉，拉纳克。"

"我会的，如果我可以跟你一起走的话。"拉纳克说着，用一只胳膊搂住了她的腰。她冲他皱起眉头，仿佛他的脸是一页纸，她想看清上面的字。他尴尬地缩回手臂，说："抱歉，我是不是太贪心了，但我不觉得这些小姑娘有多喜欢我。你和我以前几乎是很好的朋友。"

"对。我们本可以一起做各种我们喜欢的事情。但你跑去找那个变龙的贱人了。"

“但结果是好的！”拉纳克热切地说，“她很快就摆脱了龙身，如今我们有了一个儿子。以他的年龄来说，他长得高大健康，好像也很聪明，等他长大成人之后，或许是个很不错的人。”

她还在盯着他的脸看，仿佛在读上面的字。他移开目光，不自在地说：“不用为我担心。我没醉，如果你想的是这件事的话。”

等他回首望去时，她已经离开了，玛莎站在那儿，递给他一杯酒，说：“这一杯是我调的。它的滋味不算太好，但很够劲儿。拜托了，先生，还没轮到我跟你跳舞吗？”

“你们这些姑娘干吗一直换来换去？”拉纳克闷闷不乐地说，“我都来不及了解你们中的任何一个呢。”

“我们觉得许多新朋友在一起，要比两个老朋友在一起更开心。”

“那你什么时候离开我？”

“也许我会留下陪你。今晚。”玛莎说，面无笑意地望着他。

“也许吧！”拉纳克有些怀疑地说，喝起酒来。

起初，这酒甜得让人恶心，后来又苦得惊人，他赶忙把它咽了下去。他能听到波伊斯在某个地方说：“……想让理事会取缔鞋子的生产制造，因为你们瞧，大地就好比母亲的身体，能直接接触她，我们才能保持健康和理智。他说，近期战争和犯罪的增长就是由合成橡胶鞋底引起的，这种鞋底将我们与地气隔绝开来，任由我们遭受阴气的折磨。当然，换作是以前，我会哈哈大笑，但现代科学重新证实，我们原先视为迷信的很多东西其实确有其事。看起来，刺猬**确实**会去吮吸奶牛的乳头……”

拉纳克四肢摊开，躺在最低楼层的一堆靠垫上。有人脱掉了他的鞋，他的双脚温柔地探索着一具裹着绸缎的躯体的柔软部位。他的脸颊贴在另一个人身上，每只手都夹在裹着帆布布料的大腿中间，暖暖的，还有一个人在爱抚着他的脖子。走廊上的种种声音和奏乐声渐渐低沉、远去，但他能听到，有两个人在他的头顶上方说话。

“很高兴看到女人们携手合作，让一个男人觉得自己颇有名气。”

“胡说。她们把他变成了一个酒鬼。”

“我相信，他出身的那个地区，性交经常在昏迷不醒时达成。”

“错过性交的机会也一样多。”

“我讨厌这些声音。”拉纳克说。一阵低语声之后，他被缓缓抬起，在搀扶下向前走去。某个地方的一扇门关上了，所有噪声戛然而止。

他大声说：“我在沿着……一条走廊行走。”

有人低声说：“睁开你的眼睛吧。”

“不。触觉告诉我，你在我身旁，但眼睛会透露我们之间的距离。”

又一扇门关上了，他在落叶般的低语声中躺了下来，感到有人脱掉了他的衣服。有人低声说“瞧！”，他睁开了眼睛，睁开的时间足以看清黑发中间的一张薄嘴唇、露出微笑的小嘴巴。他温柔而悲伤地重游了一片熟悉风景里的山丘和谷地，四肢的侧面在甜美的丰腴中拂过，其中有着硬度惊人的尖梢，他的肢体末梢在一处湿润伤口的褶皱中划动着，伤口打开了，变成了一个沼泽般的洞穴，细微的呻吟声像黑暗中的紫罗兰般绽开。有种潮湿的气味，甚至有一丝粪便的气味。他迷离恍惚地仰面躺着，觉得自己仿佛也是一片风景，一片枯燥而沉闷的风景，围拢在一座竖立的塔周围，这座塔刺入了一片黝黑而沉重的天空。在上面的黑暗中，他感觉到，有人攀登到了他的塔上，伴着富有韵律的喘息或尖叫声，在那里旋转摇摆着。他希望她们能感到快活，并为她们的陪伴感到欣慰，他用亲吻和爱抚传达着这份心意，然后一切都翻转过来，他变成了沉甸甸的天空，将塔按进下面的大地，但他感觉越发迷离，知道这座塔可以挺立数个小时之久，也不会发射出来。有人小声说：“你就不能来一次吗？”

“我做不到。我有一半的力量被困在恐惧和憎恨里面了。”

“为什么？”

“我不记得了。”

“你怎样才会出来？”

“我想要……我不能说。你们会感到反感的。”

“告诉我们。”

“我想要……我不能告诉你们。你们会笑的。”

“试试看。”

“我想要你们也憎恨和恐惧我，却又无法逃脱。我想要你们被俘虏和捆绑，在完美的恐惧中无助地等待我的鞭挞、我的烙铁。等到那时，在你们的恐惧达到顶点时，只有赤身裸体的我进入你们体内——啊！那时，你们必定会……感……到……喜……悦。”

大地和地基融化了，他在尖叫的果冻般的肉体中冲刺着、咬啃着、哼叫着、抓取着，就像一头长着手指的食肉猪。后来，感到精疲力竭，他满怀善意地再度躺下，轻轻地扎根于柔软的裂隙中，在光滑的表面上摇晃着、漂移着，漂浮和沐浴在温软之中。他紧搂住一个人的腰，他的阴茎栖息在两个温柔的小丘之间，一种善意的、莫可名状的感受充盈着他的心。

他的膝盖隐没在冰凉而湍急的小河中，小河从大大的圆石上汩汩流过，圆石有的发黑，有的发灰，有的斑斑点点，就像燕麦。他从水里拽出一些石头，把它们小心地扔到岸上，河岸上游一两码处，差不多有十岁、皮肤晒成褐色、穿着红色短衬裤的亚历山大，正在用这些石头搭建一座水坝。炎热的阳光照在拉纳克的脖子上，冰冷的河水冲在腿上，肩背的酸痛表明他这样干了好长时间了。他拽出一大块滴着水的黑色圆石，抛进石楠花丛，然后爬上河岸，仰面躺在花丛旁边，剧烈地喘息着。他正对着深邃的蓝天闭上眼睛，阳光透过眼睑，显现出炙热的暗红色。他能听到水声和石头的咔嗒声。亚历山大说：“这股水流老是从里面流出来。”

“用苔藓和碎石把空隙塞住吧。”

“我不相信上帝，你知道的。”亚历山大说。

拉纳克瞥了瞥周围，然后望着他从河岸上拧下土块来。他说：“哦？”

“上帝不存在。祖父告诉我的。”

“哪个祖父？每个人都有两个祖父。”

“一战中在法国打仗的那个。多给我一些那种苔藓。”

拉纳克没有坐起身，从身边那片湿润的苔藓中拔了几把，懒洋洋地丢了过去。亚历山大说：“我觉得，一战是最有意思的，尽管一战没有希特勒和原子弹。你瞧，它基本上发生在一个地方，而且它杀死的士兵比二战还多。”

“战争唯一有意思的地方，就是它们能表明，我们能愚蠢到何种地步。”

“这种话随你怎么说，”亚历山大用亲切的口吻说，“但它不会改变我。不管怎么说，祖父说上帝并不存在。他是人们发明出来的。”

“人们也发明了汽车，汽车是存在的。”

“这只是文字游戏而已……我们去走走好吗？如果你愿意，我可以带你去见丽玛。”

拉纳克叹了口气，说："好啊，桑迪。"

他站了起来，亚历山大从小河里爬了出来。他们的衣服摊放在一块平坦的岩石上，他们必须先抖掉衣服上的小红蚂蚁，然后才能穿到身上。亚历山大说："当然，我的真名叫亚历山大。"

"丽玛叫你什么？"

"亚历克斯，但我的真名叫亚历山大。"

"我会努力记住的。"

"那就好。"

他们沿河而下，小河流入荒地上的一道斜坡之后便消失了，他们来到斜坡那里。拉纳克看到，小河从他的脚下流过一块发红的岩石，流进一道幽深峡谷尽头的水潭，峡谷里长满灌木和树木，大多是桦树、花楸树和小橡树。一对男女躺在水潭边的草地上，一部分身体被一棵歪倒的花楸树树根遮住了。女人好像睡着了，拉纳克看到更多的是那个男人，他正在读报。拉纳克说："那不是斯拉登。"

"不是，那是柯克伍德。如今，我们看不到斯拉登了。"

"为什么看不到了？"

"斯拉登变得太依赖人。"

"柯克伍德不这样吗？"

"目前还没有。"

"桑迪，你觉得丽玛愿意见我吗？"

亚历山大不太确定地望着峡谷，然后指着另一端说：“你愿意陪我走到那座小山的山顶吗？”

“我愿意。”

他们转身上山，朝远处绿色的山顶走去。来到第一段山坡的顶部时，亚历山大倒下歇了一会儿，爬到下一段山坡中间时，他又歇了一阵。很快，他便每隔一两分钟，就休息两分钟。拉纳克气恼地说：“你不需要休息这么久。”

“我知道我需要休息多久。”

“太阳不会始终挂在天上，桑迪。老是坐着不动，也让我觉得厌烦。”

“一直走路让我觉得厌烦。”

“好吧，我慢慢往前走，你可以随时赶上我。”拉纳克说着，站了起来。

“哈！”亚历山大发出强烈的哀鸣，“你必须始终正确，不是吗？你不肯让任何人得到安宁，不是吗？你必须毁掉所有一切，不是吗？”

拉纳克发火了，冲亚历山大伸过脸去，嘶声说道：“你不喜欢游历这个国家，不是吗？”

“一直以来，我可曾这样号叫和抱怨过吗？要是我憎恨这个国家，不早就这么做了吗？”

“站起来。”

“不。你会打我。”

“我肯定不会。站起来！”

亚历山大站了起来，看起来有些担忧。拉纳克来到他身后，把他的身子夹在腋下，猛地一扛，让他坐在了自己的肩膀上。拉纳克的身子微微一晃，便动身穿过一片小小的杉树林。一分钟后，亚历山大说："你可以把我放下来了。"

拉纳克步履沉重地登上山坡。

"我说了，你可以把我放下来了。我现在能走了。"

"等我们……离开……这些树。"

亚历山大的分量起初很重，拉纳克觉得自己只能走出十步远，但之后他又走出十步，又走出十步，这时他开心地想："我每次走十步，可以扛着他永远走下去。"但他在杉树林的另一侧把亚历山大放了下来，在石楠花丛上休息着，亚历山大匆匆往前走去。终于，拉纳克跟了上去，在山脊上追上了亚历山大，那里的石楠和粗糙的褐色草地变成了地毯般的草皮。这片地面先是凹陷下去，形成一个山谷，然后陡然升起，形成锥形的山峰。亚历山大说："你看到山顶那个白色的东西了吗？"

"看到了。"

"那是一个三角点。"

"一个三角测量点。"

"对，一个三角测点。快走。"

亚历山大直勾勾地盯着山顶。拉纳克说："停下，桑迪，那条路不好走。我们走这条路，往右边走。"

"走直线最短，我看得出来。"

“但路也最陡。这条路全程都很好走，能省很多力气。”

“那你走那条路吧。”

“我会的，我会在你前面到达山顶。这条路是理智的人开辟出来的，他们知道怎么走最快。”

“那你走那条路吧。”亚历山大说完，径直俯冲进了那个山谷。

拉纳克步履轻快地走上小径。空气清新，阳光和煦。他心想，度假的感觉真好。唯一的声音就是远处有只红松鸡在唳唳地叫，唯一一片云就是山顶上方蓝天上的一团模糊的白痕。他有时能看到，左边的山谷里，亚历山大手脚并用地爬上一道山岭，于是不无容忍地想道：“他真傻，不过吃一堑长一智。”他有些难过地思索着亚历山大在丽玛身边的生活，这时桑迪在那条路越发陡峭的草皮上踩出的脚窝连成了一架梯子。从这里望去，山顶仿佛一个巨大的绿色穹顶，拉纳克向上望去，看到一幅惊人的景象。左边的山坡在天空上留下了剪影，在那道弧线上，一个小人正在快速地攀登。拉纳克发出愉悦的叹息，停下脚步，转头望向蓝天。他说：“谢谢你！”一瞬间，他瞥见了一个男人在铺满纸张的床上奋笔疾书的身影。拉纳克微微一笑，说：“不，老纳斯特勒，我感谢的可不是你，而是养育我们所有人的大地的本原。我从未为你多费心思，本原先生，因为你不配让我付出那样的努力，整体而言，我觉得你的世界只是可堪忍受，并不完善。不过尽管我走的是这条合理的小路，但桑迪正在阳光下，全凭自己的努力，不断接近山顶。他正在上面，从你赋予他的整颗巨大星球中享受着乐趣，所以我现在喜欢你了。我已经非常满意，不在乎这场满意到何时为止了。我不在乎我即将迎来什么样的荒谬、失败、死亡了。哪怕你的世界坍塌为黑色的虚无，它也是有意义的，因为桑迪曾经在阳光下享受到了乐趣。我并不是为全人类代言。如果造物中最穷困的孤儿有理由诅咒你，那你身上一切高贵体面的东西都应该下地狱。对！下地狱，下地狱，下地狱，你的世界里每出现一个受害者，你就应该下一次地狱。但我不是受害者。这是我一生中最美妙的瞬间。仅就我个人而言，我允许你进入天国，这项承认是不可更改的，我也不会将它撤销。”

快到山坡顶部的时候，他开始上气不接下气。山顶的草皮被节瘤般的低矮山岩破坏了。用于三角测量的水泥柱子伫立在一块山岩上，亚历山大背靠山岩坐着。他有点像是在自家舒适的沙发上摊手摊脚地休息，起初他好像没有看到拉纳克，随后他邀请似的拍了拍身边的岩石，拉纳克坐下之后，他靠在了拉纳克身上，两人看了好长时间风景。尽管他们所处的位置够高，大海依然只是天边的一道柔和的灰暗线条。紧挨着大海的陆地是宽阔低矮的小山，专门划作牧场，小山中间的山谷里有条带状的防风林和收割过半的麦田。拉纳克和亚历山大面前是陡峭的山坡，一直通到一个有着红色屋顶、弯曲街道和一座小小古代宫殿的小镇。宫殿里有几座屋顶呈圆锥形的圆塔，还有一个建有围墙、向公众开放的花园。许多人往来于色彩明艳的灌木和花圃之间,外面有个停满车的停车场。亚历山大说：“到那下面去，会很有意思。”

“嗯。”

“但妈妈也许会担心。”

“对，我们必须回去。”

他们又坐了一会儿，太阳从空中走过四分之三的时候，他们站起身，沿着一条小路往山下的荒野走去，小路从一个小湖旁边绕过。两个蓄着大胡子的男人，其中一个拿着一把步枪，沿着小路走了过来，从旁边经过时，他们冲拉纳克点了点头。拿步枪的人说：“我朝代表开枪好吗？”另一个笑着说：“不，不，我们绝不能杀害我们的代表。”

不久之后，亚历山大说：“有些玩笑会把我吓得发抖。”

“对不起。”

“难免会遇上这种事。你真是一名代表吗？”

拉纳克为这份认可感到愉悦，但他坚定地说：“现在不是。我现在在度假。”

小湖一侧筑有湖堤，将湖水拦截在此，湖堤的草地上有只死去的海鸥张着翅膀伏在地上。亚历山大很是着迷，拉纳克把它捡了起来。他们看着黄色的鸟喙，尖端下面有着紫红色的斑点，背部是纯灰色，前胸雪白一片，洁净无瑕。亚历山大说：“我们把它埋葬好吗？”

“没有工具，会很难。我们可以在它身上建一个石冢。”

他们从湖畔的砾石滩上捡了些石块，把它们堆放在这具无瑕的尸体富有光泽的羽毛上。亚历山大说：“现在它会怎么样？”

“它会腐烂，被昆虫吃掉。这附近有很多红蚂蚁。很快它们就会把它吃成一副骸骨。骸骨很有意思。”

“我们可以明天回来找它吗？”

“不行，或许要用好几个星期，它才会变成骸骨。”

“那就说一段祷文吧。”

“你跟我说过，你不相信上帝。”

“我不信，但祷文必须说。把你的手这样放好，闭上眼睛。”

他们站在及膝高的石冢两侧，拉纳克闭上了眼睛。

“开头先说‘亲爱的上帝’。”

“亲爱的上帝，”拉纳克说，“我们很遗憾，这只海鸥死掉了，尤其是它看起来既年轻又健康（尽管它已经死去）。但愿还有许多年轻而富有活力的海鸥能享受到这只海鸥享受不到的速度和生机。请赐予我们所有人足够的快乐和勇气，让我们在死去时，不会感到自己遭受了欺骗。此外……”他犹豫了。一个声音小声说：

“说阿门。”

“阿门。”

有什么冰冷的东西刺痛了他的脸颊。他睁开眼睛，看到天空暗了下来，满是疾驰的碎云。他孤身一人，脚边只有散落的石头，石头中间夹杂着陈旧的骨头和羽毛。“桑迪？”他说，环顾着四周。荒地上没有人影。西边的乌云有两三道缝隙，缝隙中透出来的夕阳余晖正在变暗。石楠丛顶端蒙着冻雨，风把更多的冻雨吹到他的脸上。

“桑迪！”他大叫着，奔跑起来，“桑迪！桑迪！**亚历山大！**”

他跳过石楠丛，绊了一跤，掉进了黑暗之中。他跟某种纠缠难解的东西扭斗了一会儿，然后意识到那是毯子，他坐了起来。

他在一个方形的房间里，房间有着水泥地面和瓷砖墙面，像是一个公厕。它看起来挺大，或许是因为唯一的家具就是屋角的马桶，马桶没有座位，也没有冲水的把手。他躺在马桶斜对面的角落里，这边的地面比别处高出一英尺，蒙着红色的油地毡。这里的门有着金属的表面，他知道门是锁住的。他感到头疼，感到肮脏，能确定发生过什么可怕的事情。他把毯子扯到身上，蜷缩成一团，啃咬着拇指指节，试图进行思考。他最大的感受就是污秽、混乱和失落。他弄丢了某个人或某样东西、一份秘密文件、一位家长，或者他的自尊。过去似乎是一团没有顺序、混乱不堪的记忆，就像一堆被弄乱的老照片。为把它们理顺，他试着从头回想自己的一生。

起初，他是一个孩子，后来变成一名学童，后来他母亲去世了。他变成了一个学生，试图做一名画家，然后病得很重。他在咖啡馆那里徒劳地晃了一阵，然后在一家研究所就职。在那里,他跟一个女人搅在一起，丢了工作，然后去了一个统治不力的地方生活，在那里有了儿子。女人和孩子离他而去，同时基于并不是很清楚的理由,他被派去参加某一场大会。起初这很难，后来变得简单了，因为他突然变成了手提箱里装有重要文件的名人。女人对他心怀爱慕。他出乎意料地获准与桑迪共度假期，然后某种冰冷的东西刺痛了他的脸颊——

他的思绪从这一点上退缩回来，就像手指从滚烫的盘子那儿缩回来一样，但他硬逼着思绪返回那里，渐渐地，更为迫近、更令人压抑的回忆向他袭来。

第 42 章　大灾祸

当时，天色昏暗，乌云奔涌。他孤身一人，脚边有散落的石块、陈旧的骨头和羽毛，他环顾四周，叫着“桑迪？”，但荒野上空无一人，西边的乌云有两三道缝隙，缝隙中透出来的夕阳余晖正在变暗。他跑过石楠丛，大喊着亚历山大的名字，脚下绊了一跤，坠入了黑暗之中。他跟某样东西扭打了一会儿，然后意识到那是一床羽绒被，把它甩到一边，坐了起来。

他在一间暗室的床上，感到头痛，还有深重的失落感。他能肯定自己来的时候，是跟一些善待他的人一起，但她们是谁？她们去哪儿了？他用手摸到了床头灯的开关，打开了它。这个房间是一间宿舍，每一面墙边上各有两张床，床中间搁着梳妆台，梳妆台上摆满女性化妆品。墙上贴着男歌星的彩色海报，还有这样的标语“别因为你有被害妄想症，就以为他们并没有在算计你”。他的衣服散落在地上。他呻吟着，揉了揉脑袋，动作迅速地起床穿衣。他觉得前不久发生过很棒的事。也许那并不是爱情，但它让他做好了迎接爱情的准备。愉悦的心情让他敞开了心扉，做好了接纳不在场的某人的准备。不能抱着那个人亲昵地低语，不能享受对方的怀抱和充满爱意的回答，让他苦恼万分。他离开房间，跑过昏暗的走廊，向着一扇门后面的音乐和话语声奔去。他推开门，站在灯光下眨着眼睛。话语声戛然而止，然后有个人喊道："注意！他又来了！"随即爆发出巨大的哄笑声。

走廊比他记忆中更空旷。大多数人躺在最低楼层上的垫子上，他从他们当中匆匆穿过，左顾右盼。他想起自己见过黑发中间的一张薄嘴唇、露出微笑的小嘴巴，就冲着一张在黑发中间笑的嘴巴喊道："是你吗？之前是你跟我在一起吗？"

"什么时候？"

"在卧室里的时候？"

"哦，不是，不是我！不是赫尔加吗？在那边跳舞的那个女人？"

他冲进舞池，喊道："你是赫尔加吗？之前跟我在卧室里的是你吗？"

"先生，"正跟她跳舞的蒂蒙·柯达克说，"这位女士是我太太。"

笑声从四面八方传来，尽管没有什么别的人在跳舞，唯一的奏乐者是一名萨克斯风手。乐队的其他成员跟姑娘们坐在散放在地面上的垫子上，他突然看到了莉比，看得一清二楚。她靠在那个鼓手身上，那是个戴着玳瑁框眼镜的中年人。她用丰满而不失优雅的年轻躯体缠着他，仿佛有细小的波纹从她身体上掠过，她把肩膀塞进他的腋窝里，一只乳房抵在他的身侧。拉纳克跑过去，说："莉比，请问，那——那是你吗，拜托？"

"呸！"她一脸嫌恶地说，"当然不是！"

"全都从我这里溜走了。"拉纳克捂着眼睛哭诉道，"溜进了过去，越来越远。原先的愉悦，如今沦为嘲讽。"

一只手抓住了他的胳膊，一个声音说："控制好自己。"

"别放手。"拉纳克说，睁开了眼睛。他看到一名身材瘦削、长相颇显年轻的小个子男子，他留着平头，穿着黑色的毛衣、休闲裤和沙地帆布鞋。

男子说："你简直让人难堪透顶。我知道你要什么。跟我来。"

拉纳克跟在他身后，来到顶层，这里空无一人。他说："你是谁？"

"想想看。"

声音听起来很熟悉。拉纳克端详着，他从此人眼角和嘴角深邃细小的皱纹看出，这张光洁、苍白、含讥带讽的面孔属于一个相当年长的男人。

他说："你不可能是格鲁皮。"

"为什么不可能？"

"格鲁皮，你变了。有了长进。"

"同样的话没法用在你身上。"

"格鲁皮，我很孤独。又失落又孤独。"

"我来帮你解脱出来。过去坐。"

拉纳克在一张桌子旁边坐下。格鲁皮走到距离最近的吧台，带回一只高脚杯。他说："给。一杯彩虹。"

拉纳克喝了一大口，说："我记得你充当电梯来着，格鲁皮。"

"人不能始终停滞不前。你想要什么？性爱，是吗？"

"不，不，不光是性爱，而是某种更温和、更平凡的东西。"

格鲁皮皱起眉头，用手指敲打着桌面。他说："你得说得更具体一些。仔细想想。你要男的还是女的？多大岁数？想要什么姿势？"

"我想要一个早就认识我、喜欢我，如今依然喜欢我的女人。我想让她轻松随意地将我揽入怀中，就像做一件简单的小事。起初，她会发现我冰冷而迟钝，因为我独自生活的时间太久了，你明白吗，但她绝不应该因此而心生反感。我们冷静地同床共枕一整夜，然后我会不再对她心怀恐惧，早上，我会在勃起中醒来，她会对我施以爱抚，我们会无忧无虑、不紧不慢地做爱。在床上待一整天，吃东西，读书，快乐地相依相偎，高兴了就做爱，不会因为彼此的存在而感到烦扰。"

“我明白了。你想要一个母亲式的女人。”

“不！”拉纳克喊道，“我不想要母亲式、姐妹式或者妻子式的女人，我想要一个迷人的女人，她喜欢我胜过世界上的任何一个男人，却又不会缠着我不放！”

“这样的话，我可以给你安排好，”格鲁皮说，“所以别大呼小叫。我再给你一杯酒，然后我们去你在奥林匹亚的房间。奥林匹亚有各种迷人的妞儿。”

“我的房间？奥林匹亚？”

“奥林匹亚是代表休息村。他们没告诉你吗？”

“你是皮条客吗，格鲁皮？”拉纳克说，他咽下了另一口白色彩虹。

“对。是这一行里最棒的。在如今这样的时代，人们很需要我们这样的人。”

“什么样的时代，格鲁皮？”

“难道你不看高端杂志？不看脱口秀节目？我们的时代是各种社会价值观土崩瓦解的时代。是疏离和孤绝的时代。旧有的道德和风俗正在消失，而新的又尚未到来。结果就是，男人和女人无法说出他们想从彼此那里得到什么。在塔西提岛这样的传统花卉文化中，姑娘在左耳后面别一朵粉色的木槿花，代表她有一个不错的男朋友了，但她想要两个。这样男孩们就能明白她的意思，不是吗？欧洲的贵族过去常用扇子、鼻烟盒和单片眼镜，来组织一种极为复杂的性爱语言。但今时今日，语言的匮乏让人们深陷绝望，他们甚至要在报纸上打广告。你知道那类玩意儿！**四十三岁、**

富有但秃顶、爱好天文学的会计师，欲结识独腿、迷人、未必聪慧、不介意打男方屁股的姑娘，有意共结连理，终生相伴。这根本不够好。出现意外的可能太大了。社会需要的是我，一个敏锐、可靠、交游很广，又有权限接触优质的通克-本质-皮质素-簇-计算机的中间人。”

“其实，格鲁普，”拉纳克腼腆地说，“有时候，我是一……一……一……”

“嗯？”

“一……一……一个假想型虐待狂。”

“嗯？”

“不是那种破坏性的虐待狂。而是那种假想型。所以只要女方没有问题，偶尔任性地享乐一番，也没有什么坏处，还可以列举出另外几点，这些**才是**关键点，别误会，我列举出来的另外几点才是关键点……我说到哪儿了？”

“任性地享乐。”

“不错。我希望她**不**是假想型受虐狂，因为我想给她假想的痛苦，而不是假想的愉悦。”

“对。那样目的就完全落空了。”

“所以我需要的是比我**弱**的假想型虐待狂。”

“嗯，有难度，不过我大概能搞定。跟我来吧。”

格鲁皮领着他穿过那几十名量子-皮质素集团的男保安，这些保安还在走廊外面守着。他们打开那些电梯门旁边的一扇门，走上一条石板铺就的小径，两边是草坪和树木，树上挂着中式的灯笼。拉纳克说："我还以为我们是在很高的地方呢，格鲁普。"

"只有里面高。你瞧，这座体育场建在一座老船坞上。下面是河，纳克小子。"

他们走过一个码头，几艘小小的游船轻轻摇曳着，他们来到一片平整光洁的水面旁边，水里映出远处岸上的灯光。拉纳克停住脚步，像演戏似的指着乌黑的河水中拉长的灯影。

"格鲁普！"他喊道，"听着。一首诗。把这些灯想象成星星，明白吗？诗来了。余晖下的湖泊，光滑得犹如洁净的钢——"

"这是一条河，天也快亮了，纳克小子。"

"别打岔。你又不是评论家，格鲁普，你是一名侍从，像芒罗一样。认识芒罗吗，不认识？不是什么重要人物，他把人从一名侍从那儿转交给别的侍从。听着。余晖下的湖泊，光滑得犹如洁净的钢，每颗星星都是在你的深处闪亮的矛尖。陶器。以前有人取笑我，说我坚硬，格鲁普。说我是沉闷、坚硬、少言寡语的男人。但**陶器**就潜藏在内心深处，格鲁普！"拉纳克捶打着自己的胸膛说。他捶得太用力，不禁咳嗽起来。

"靠在我身上吧，纳克。"格鲁皮说。

拉纳克靠在他身上，他们来到一座跨越河面的人行桥跟前，纤长的白色桥面跨过水面，连接到对岸，对岸有好多闪闪发亮的玻璃立方体和挂着灯笼的树。

“奥林匹亚。”格鲁皮说。

“真不错。”拉纳克说。在桥中间，他又停住脚步，说：“现在没有焰火的火花了，所以我们来点水花好吗？我得赶紧撒泡尿。”

他在两根栏杆之间这样做了，结果失望地看到，他的尿只飙出两英尺远，就垂落了下去。“当我还是个肚腹平平的男孩！”他喊道，“用九柱戏木桩碾过棉花糖雏菊的时候，我撒尿时画出的弧足有十三英尺远。如今我是个胡须斑白的老人，因为滥饮而大腹便便，连自己的倒影都尿不过去了。尿。这个字眼的发音听起来跟它的含义非常像。这样的字眼可不多见。”

“警察。”格鲁皮喃喃地说。

“不，格鲁普，你错了。‘警察’的读音跟它的意思并不像。它太像‘礼貌’、‘请’和‘好’了。[1]”

格鲁皮跑过桥的下坡，往休息村跑去。快要跑到岸边的时候，他扭过头来喊了一嗓子：“好了，警官们！只是任性地享乐一下而已！”拉纳克看到两名警察朝自己走来。他拉上裤子拉链，急忙跟上格鲁皮的脚步。等他靠近岸边，两名男子登上了桥，站在那里拦住了去路。他们穿的是黑西装。其中一个伸出一只手，用平板的声调说：“通行。”

“我做不到，你们挡住了路。”

1 “警察”原文为“police”,“礼貌”“请”“好”原文为“polite”“please”“nice”，读音与“police”相近。

“请出示你的通行证。”[1]

“我没有。或许我有，它在我的公文包里——我把它落在某个地方了。我需要用通行证吗？我是一名代表，我在这里有房间的，请让我过去。”

“表明身份。”

“大昂桑克的拉纳克市长。”

“没有大昂桑克的拉纳克市长。”

拉纳克注意到，男人的双眼和嘴巴紧闭着，声音是从他胸前口袋里折叠整齐的一条白手帕里传出来的。他的同伴目瞪口呆地望着拉纳克，牙齿中间探出一枚中心呈黑色的金属环。拉纳克听到一名普通的人类警察在自己身后问：“这儿出什么事了？”他感到如释重负。

“没有大昂桑克的拉纳克市长。”保安又说。

“有！”拉纳克恼怒地说，“我知道日程表上说，昂桑克的代表是斯拉登，但它写错了，在最后一刻发生了意想不到的变化，**我**才是代表！”

“表明身份。”

“我没有公文包，**怎么**表明？格鲁皮去哪儿了？他会给我做证的，他是个很重要的皮条客，你们刚刚让他过去了。找威尔金斯也行，去找威尔金斯。蒙博多也行！对，联系该死的蒙博多大人，他比任何人都了解我。”

1 “通行证”原文为“pass”，亦有“通行”之意，所以拉纳克搞错了。

在他自己听来，这些话都显得刺耳和不可信。保安口袋里发出的声音听起来就像一张唱片在缓缓停止：“举证责任属于假定的举证人。”

“这他妈是什么意思？”

“意思就是，吉米，你最好悄悄跟我们走。”一名警察说。拉纳克感到两侧各有一只手抓住了自己的肩膀。

他有气无力地说：“我叫拉纳克。”

“别为这事烦心，吉米。”

保安们退开了。警察们推着拉纳克往前走，后来又往侧面走，来到一处浮动码头。拉纳克说：“你们不带我去休息村？”

他们推着他登上一艘摩托艇的甲板，然后下到船舱里。拉纳克说：“那纳斯特勒呢？他是你们的国王，不是吗？**他**认识我。”

他们把他按在一张长凳上，然后在对面的凳子上坐了下来。他感到汽艇驶入了河里，突然，他感到疲惫难当，只有打起精神，才能不让自己歪倒在地。

晚些时候，他看到铺在另一处浮动码头上的厚木板，还有一段绵延许久的人行道，然后是几级石阶，一块搁在门口的地垫，还有一些方形的橡胶地砖，从一侧铺到另一侧。他获准倚靠在一个与地面平齐的表面上。一个声音说：

“名字？”

“拉纳克。”

“是教名还是姓氏？”

“都是。”

“你是说，你叫拉纳克·拉纳克？”

“如果你喜欢的话。我是说对对对对对。”

“年龄？”

“说不准。我是说，不好说。已经过了中年了。”

有人叹了口气，问：“地址？”

“昂桑克大教堂。不对，是奥林匹亚。奥林匹亚。”

有人在嘀嘀咕咕。他听到一些字眼，有“桥”、“安全”和“六点五十”。这让他猛地清醒过来。他越过柜台式长桌，望着对面的一名警官，他有着花白的胡子，正在往账簿上写字。他看到这个房间里摆满办公桌，两名警察正在办公桌那儿打字，挂在墙上的边框里有巨大的黑色数字6.94。随着“咔嗒”一声，数字变成了6.95。他意识到那是一只十进制钟表，每小时有一百分钟，他舔了舔嘴唇，努力让自己语速飞快同时话语清晰。

“警官，有紧急情况！此时此刻，或许有一通重要的电话打到了我在代表休息村的客房。可以转接过来吗？是蒙博多的秘书威尔金斯打来的。之前我喝了酒，做了蠢事，十分抱歉，可要是我不能跟威尔金斯通话，民众或许会遭受灾难！”

那名警官直勾勾地盯着他看。拉纳克哀求地挥舞着双手，这时他发现，双手脏兮兮的。他的马甲没了扣子，他的西装变得皱皱巴巴。屋里有股异味，他在战栗中发现，异味来自他裤腿上的一块褐色的干硬污渍。他说："我知道自己看起来很讨人嫌，但政客并非始终行事英明！拜托了！我不是为自己求情，而是为了我所代表的人民。帮我接通威尔金斯的电话吧！"

警官叹了口气。他从长桌下面拿出一本大会日程表，仔细看着印着小字的一张尾页。他问："威尔金斯是姓氏还是教名？"

"我想，是姓氏吧。这有关系吗？"

警官把日程表从长桌上推过来，说："哪一个？"

带有"理事会职员"头衔的人员名单长达十页。在前四页里，拉纳克找到了威尔金斯·斯塔普尔-斯图尔特，他是内外联络处的代理秘书，还有珀琉斯·威尔金斯，他是环境与空间处尚未就任的行政长官，还有温德尔·Q.威尔金斯，人口能量转移方面的高级顾问。

"听着！"拉纳克说，"我会给名单上的每一个威尔金斯打电话，直到找到——不！不，我打给蒙博多，从他那儿问到威尔金斯的全名。他认得我，尽管他那些该死的机器人不认得我。抱歉，时间这么早，但是……"

他犹豫了，因为他的声音听起来又没有了说服力，警官缓缓地摇了摇头。"让我证明我是谁！"拉纳克激动地说，"我的公文包在纳斯特勒位于体育场的房间里——不对，我把它交给了乔伊，一个红衣姑娘，行政走廊里的一名女服务员。她替我放在吧台后面了，我必须把它拿回来，包里有至关重要的文件，拜托了，这生死攸关——”

在账本上写字的警官说：“好啦，小伙子们。”

拉纳克感到双肩各被一只手给扣住了，他喊道：“我的罪名究竟是什么？我又没伤害任何人，调戏任何人，侮辱任何人。我的罪名是什么？”

“你小便来着。”一个扣住他的警察说。

“所有人都小便！”

“我根据《一般权力（团结）法》，”警官边写边说，“向你提出指控，你需要好好休息一段时间。”

被带走时，拉纳克发现自己打了个大大的哈欠。他肩头的手变得莫名舒适。莫非以前他经常被身强力壮、认为他品行低劣的人押送？这种滋味更像是童年的经历，胜过梦中的体验。

他被带进一间狭窄的小屋，一侧墙面堆放着双层床和毛毯。他马上爬到上铺，躺了下来，但他们笑了，说：“不，不对，吉米！”

他爬了下来，他们给他两床毯子，让他拿着，带他去了隔壁屋。他走进门洞，身后的门被猛地带上、锁住了。他裹上毛毯，躺在角落里的一个平台上，睡了过去。

现在他醒了，心中痛苦不堪。他猛地跳起来，在地上兜着圈子，喊道：“哦！我确实品行低劣、**愚蠢**、邪恶，**愚蠢**，**蠢蠢蠢蠢**，愚蠢、愚蠢！而且刚好发生在我势利的时候！事情是怎么发生的？我本打算找到威尔金斯，跟他好好谈谈，但那些女人让我觉得自己成了名人。她们是想毁掉我吗？不，不，她们像对待非凡人物那样对待我，是因为这样能让**她们**感觉不同寻常，但在此期间，并没有发生任何好事，并没有发生任何有益的事。我喝醉了，的确，是白色彩虹造成的，没错，但主要是因为虚荣——没有谁比自命不凡的人更疯狂。人们试图告诉我一些事，而我对他们置之不理。柯达克暗示了什么来着？有价值的矿产、特别的报告、政府的无知，听起来像是卑劣的奸计，但我应该留心聆听的。还有……催化师……我为什么没有问她叫什么名字？她试图警告我，我还以为她想跟我睡觉。啊！贪婪和愚蠢。**我把报告给忘了**！我弄丢了报告，连看都没看，我被压根儿回想不起来的人给勾引了（不过挺美妙的）。我是怎么跟桑迪一起在小河里玩水的？这点毫无用处的快乐除了把我的失败变得更加可怕，还起到了什么作用呢？（但感觉很妙。）哦，桑迪，摊上这样的父亲，你还真是不幸。我离开你是为了保护你，我变成了一个荒唐可笑、淫荡好色、可耻发臭的色鬼！”

他停住脚步，盯着平台旁边、他方才没有发现的某些东西看：三只塑料杯，杯里盛着凉茶；三个纸盘，盛着面包卷和变凉的炸香肠。他抓起面包卷，泪流满面地狼吞虎咽着，边吃边说：“三个杯子，三个盘子，三顿饭：我在这儿待了一天了，第一天的会议已经结束了……我什么时候才能出去？……我被虚假的爱意给愚弄了，因为我从来就不知道真实的是什么样，就算跟丽玛在一起时也是一样。为什么？我忠于她，并不是因为我爱她，而是因为我**想得到**爱情，她离开我是**对的**，我被锁在这儿也是**对的**，就算遇上更糟的事，也是我活该……但谁来为昂桑克仗义执言呢？……谁来向那个二手的二流创作者大声疾呼？他觉得一场廉价而愚蠢的**灾难**才是人类最好的结局。哦，苍天哪，坠落下来，碾碎我吧！……”

他发现自我谴责正在变成一种乐趣，便跳了起来，用头使劲撞门，然后停了下来，因为头痛得厉害。这时他发觉，还有一个人也在大喊大叫、撞响牢门。门上有一道小信箱上的那种狭缝，跟眼睛一般高。他透过狭缝往外瞧去，只见正对面也有一扇带狭缝的门。那边有个声音说：

“你有烟吗，吉米？”

“我不抽烟。你知道现在几点了吗？”

“他们把我带进来时，是凌晨两点，之后又过了好一阵子了。他们为啥抓你？”

“我在桥上小便。”

“警察，”那个声音苦恼地说，“是一帮杂种。你真没有烟？”

“没有，我不抽烟。他们干吗抓你？”

“我把一个人打倒在一条巷子里，还管警察叫一帮杂种。听着，他们不能这样对待我们。我们一边砸门一边大叫，直到他们给我们一些烟抽为止。”

“可我不抽烟。”拉纳克说完，转身走开了。

现在他最强烈的感受就是身上太脏。马桶突然冲起水来，他端详了一番。看起来，闻起来，水挺清洁的。他脱下衣服，浸湿毛毯的一角，用力擦遍全身。他披上一床干燥的毯子，就像披着一件托加袍，他在马桶里洗了几次内衣，把它们挂在马桶边上晾干。他用指甲从裤腿上抠掉干硬的呕吐物，用浸湿的毛毯擦拭着污痕所在的位置。皱皱巴巴的衣服令他感到不快。尽管口渴，但他只能喝掉一杯凉茶。他把裤子铺在平台上，用杯底有规律地画着圈，摩擦着裤子，用力往下压。他这样弄了半天，也看不出有丝毫进展，但每当他停下来，又没有别的事情可做。门开了，一名警察端着一只杯子和一个盛面包卷的盘子走了进来。他说：“你在做什么？”

“压我的裤子。”

警察收走其他杯子和盘子。拉纳克说：“请问我什么时候才能出去？”

“那得由治安官决定。”

“我什么时候能见见治安官？”

警察出了门，把门猛地带上。拉纳克吃了东西，喝了热茶，心想：“大会第二天的日程已经开始了。”他又压了起来。每次停下，他都觉得自己糟糕又没用，糟糕又无足轻重，他咬着自己的手，直到疼痛难忍才借着疼痛喊出声来，不过他压低了声音，也没有夸张作态。另一名警察带来了午餐，拉纳克说：“我什么时候能见见治安官？”

“法庭明天上午开庭。”

“可不可以拜托你带走我的内衣，挂在某个地方晾干？”

警察走了出去，发自内心地笑出声来。拉纳克吃喝完毕，兜起了圈子，一只手抖动着内裤，另一只手抖动着背心。他心想：“我估计这时候，大会正在讨论世界秩序。”他心里有股愤恨之情渐渐地滋长起来，对大会、警察和没有陪他一起坐牢的每个人的愤恨。他能断定，等他获释的那一刻，他会立马尿在警察局的台阶上，或者砸碎一扇窗户，纵火点燃一辆车。他又咬了一会儿手，然后忙着压裤子，抖干内衣，直到晚上的茶和面包卷送来许久之后。他感到心烦意乱，不想躺下，内衣变得只有一点潮湿的时候，他把它穿上，用毛毯擦净了鞋子，坐在那儿等待早餐和治安法庭开庭。他闷闷不乐地想：“也许我还赶得上污染问题的辩论。”

后来，他在头痛中醒来，又觉得身上脏兮兮的。三杯凉茶、三盘面包卷搁在平台旁边。他心想：“我的人生在反复地循环。我会始终回到这个时间节点吗？”他不再感到自己品行不佳，只觉得自己无足轻重、一无是处。另一名警察打开牢门，说：“出来。快点。出来。”

拉纳克有气无力说：“我还想再多待一小会儿。”

“出去，快走。我们可不是开旅馆的。”

他被带到办公室。另一名警官站在长桌后面，一名老妇穿着牛仔裤和毛皮外套站在长桌前面。她的脸庞瘦骨嶙峋、令人不快，她头发稀薄，染成金色，头顶扎了个散乱的圆髻，一绺绺发丝间露出了头皮。她说：“哈啰，拉纳克。”

警官说：“你得感谢这位女士，是她保释了你。”

她说：“他今天上午为什么没在治安法庭露面？”

“事务繁忙。”

“依我看，法庭并不忙。走啦，拉纳克。”

她的声音沙哑而刺耳。他跟着她来到警局门口的台阶，繁忙的公路外侧，蜂蜜色的夕阳余晖照在河面上，波光粼粼，闪得他有点眼花。他停住脚步，说：“对不起。不知道你是哪位。”她摘下一只毛皮手套，用怪异的姿势怯生生地伸出手来，掌心向上。手掌上有一条很深的掌纹，就像一道伤疤。

他满心惋惜地说：“盖伊！”因为上次他见到她的时候，尽管她抱病在身，但依然年轻迷人。他凝视着她消瘦、衰老的面庞，摇了摇头，从她脸上的表情看，她对他也抱有同感。她戴上手套，挽起他的胳膊，低声说：“好了，老家伙。与其站在这儿感叹我们的年纪，不如找点更好的事做。我的车在那边。”

他们朝车子走去时，她突然用激烈的口吻说："整件事教人恶心！每个人都知道，两天前你消失了。有好多风言风语，却没有人采取行动。我每天给普罗文地区的每一所警局打两通电话，他们假装没有听说你的事，直到一小时前才改了口。然后海警局承认，他们有一名犯人，**或许**是你。一小时前才说！这是在各个附属委员会的报告已经审议完毕，投票完毕，所有令人赞许的声明向媒体发布完毕之后。你知道我是记者吗？我给一份那种毒舌的小报撰稿，正派人觉得这种小报应该取缔——那种小报专门刊登名利双收、备受尊敬的公民的丑闻。"

她打开了车门。他在她身边坐了下来，她把车子开了出去。他说："我们去哪儿？"

"去宴会。我们还能赶上末尾的演讲。"

"我不想去参加宴会。我再也不想让其他代表，让任何人看到我，或者想起我来。"

"你正处于意气消沉的阶段。会过去的。我女儿是个愚蠢、一文不值的废物。如果她有心照顾好你，所有这些事都不会发生。你有没有猜到，是谁造成了这一切？"

"除了我自己，我不怪任何人。"

她几乎有些开心地笑了起来，说："这可真是个可以让浑蛋们欺负你的好借口……你真不知道，是谁把你推进那个圈套的吗？"

“格鲁皮？”

“斯拉登。”

他盯着她看。她皱起眉头，说：“或许蒙博多也参与了，但我觉得他没有。大头目宁愿不知道个中的某些细节。威尔金斯和威姆斯更有可能，但如果是这样，斯拉登对他们来说未免就太聪明了。我那该死的前夫没有为理事会把大昂桑克干净利落地肢解成小块，而是把它一股脑地交给了皮质素集团。”

“斯拉登？”

“斯拉登、高，还有所有其他喽啰。除了格兰特。格兰特拒绝了。格兰特或许能做点什么。”

“我不明白你的意思。”拉纳克沮丧地说，“是斯拉登派我来抗议，昂桑克正在遭到破坏的。昂桑克会遭到破坏吗？”

“会，但并不是像他们原先计划的那样。理事会和造物那帮家伙本打算把它用作人类能源的廉价来源，但现在，他们不会这么做了，得等他们榨干你朋友沙茨恩格尔姆太太发现的那些可爱又宝贵的汁液之后才行。”

“污染怎么样了？”

“皮质素集团会处理的。至少目前是这样。”

“这么说，昂桑克安全了？”

“当然没有。它有少部分地盘重新变成了有价值的资产，但只有少数人在短时间内会这么认为。斯拉登把你们的资源出卖给一个势力遍及全世界的组织，运营这个组织的团伙是为了给另一个团伙牟取利润。这并不安全。你觉得你为什么能当上代表，被委派到这里来？”

“斯拉登说，我是能找到的最佳人选。”

“哈！说到政治，你简直连屁股和胳膊肘都分不清。你甚至连‘游说’这个词是什么意思都不知道。你**肯定**会把他妈的一切都搞乱套，所以斯拉登才让**你**当代表。当这里的人为你兴奋，暗中算计着对付你，通过有关世界秩序、能量和污染的重大决议时，斯拉登和皮质素集团就可以对昂桑克为所欲为了。你不算太聪明，拉纳克。”

“我最近也有所察觉。”沉默片刻之后，拉纳克说。

“对不起，老伙计，这不是你的错。不管怎么说，我想让你生气。”

“为什么？”

“我想让你把这场宴会搅个天翻地覆。”

“为什么？我不会那么做的，但为什么？”

“因为这是有史以来最顺利、最和气、最言听计从的一届大会。代表们彼此温柔相待，就像在对待尚未爆炸的炸弹一样。所有肮脏的交易和贪婪的计谋是在那些秘密委员会里达成的，没有人看到，没有人抱怨，没有人报道。我们需要有人用少许的真相，让这帮杂种感到难堪，哪怕一次也好。”

“斯拉登也让我这么做。”

“他的理由跟我的理由不一样。”

“对。他是政客，你是记者，你们两个我都不喜欢。除了我儿子，我不喜欢任何人，恐怕我再也见不到他了。所以我什么都不在乎了。”

汽车驶入一条安静的街道。盖伊突然把它停在一堵巨大的砖墙旁边，抄起胳膊搁在方向盘上。她低声说道：“这可真糟。以前在精英咖啡馆的时候，你是那种以自己有限的方式表现得坚定不移、独立自主的人。那时候，我有点怕你。我羡慕你。那时我是个傻乎乎的胆小鬼，一个鄙视我的人的传声筒。如今我美貌不再，长了见识，有了自信，而你却变得像油灰一样软弱无用。难道丽玛咬掉了你的卵蛋？”

“请别这样说话。”

盖伊叹了口气，说：“我们去哪儿？”

“我不知道。”

“你是我的乘客。你想让我送你去哪儿？”

“哪儿也不去。”

“好吧，”她说，把手伸向后座，“这是你的公文包。我女儿在某个地方找到的。里面空了，只剩一本科学辞典，还有这张通行证，上面有你的名字。”她把一张长长的塑料卡塞进他胸口的衣兜里。

“下车吧。”

他下了车，站在路边条石上，试图从公文包把手那熟悉的柔滑手感中找到些许慰藉。他等着车子开走，结果盖伊也下了车。她挽着他的胳膊，把他带到一扇对开门跟前，这扇门是一大片墙面上的唯一特征物。他说："这是什么地方？"但她自顾自地小声哼着歌，按下了门铃按钮。两扇门忽然向内旋开，拉纳克被两名紧闭着嘴巴的保安吓了一跳。他们声音尖厉，话音同步，从他们的衬衫前胸那儿迸发出来："请出示通行证。"

"在他衣兜里，你们能看到。"盖伊说。

"表明身份。"

"他是昂桑克的代表，来得有点晚，我是新闻记者。"

"代表可以入场。没有红色卡片的新闻记者不能入场。没有红色卡片的新闻记者不能入场。代表可以入场。"

两名保安分开了，在两人之间留出一段狭窄的空隙。盖伊说："好啦，再见了，拉纳克。抱歉，我不能在恰当的时机来临时给你鼓劲了。不过假如你能鼓起勇气说点什么，老伙计，我肯定会听到的。"

她转身离开了。

"代表可以入场。也可以不入场。"保安们说，"代表可以入场。也可以不入场。通过前进或后退表达你的意图。请求表达意图。要求表达意图。命令表达意图！"

拉纳克站在那儿，陷入沉思。

"努力思考！"保安们说，"因为缺少意图的表达，代表降级为障碍物的状态。努力思考！因缺意表代降障态思考，障态思考，障态思考。"

尽管这让拉纳克感到不寒而栗，他还是从保安中间的狭窄空隙钻了过去，因为他想不出还有什么可去的地方。

第 43 章　解释

一片水泥地面，落满灰尘，点缀着鸽子粪，横陈在钢铁大梁支撑的高高屋顶下方。一块蓝色的长地毯从门口铺到暗影幢幢的远处。他沿着地毯向前走去，直到它跟右侧角落里的一块类似的地毯衔接的位置。他在一个汩汩作响的玻璃钵小喷泉那儿转过拐角，听到一阵喧闹声。只见十几名保安站在一顶马戏团帐篷的门前。他走向前去，举起通行证大声说道："昂桑克的代表！"

一名面色不快、穿着红衬衣和牛仔裤的姑娘出现在那些黑衣人中间，说："在这儿看到你，我很惊讶，拉纳克。我是说，一切都结束了。就连食物供应也停止了。"是莉比。他喃喃地说，自己是来听演讲的。

"为什么？演讲无聊得惊人，你看起来就像一个星期没洗澡了似的。你为什么要听演讲呢？"

他直勾勾地盯着她看。她叹了口气，说："进来吧，不过你得快点。"

他跟着她穿过那扇门。她领他行走在帐篷的内侧与一排往外端盘子的侍者之间，喧嚣声变得震耳欲聋。他瞥见人们的背影坐在桌边，桌子呈弧形，向左右两侧延伸开去。莉比指了指一张空椅子，说：“那是你的位子。”

他尽可能悄无声息地溜到座位上。一名邻座盯着他看，说：“天哪，活见鬼！”然后哧哧地笑了起来。是奥丁。“看到你真是太好太好了，”另一边的邻座波伊斯说，“出什么事了？我们很为你担心。”

蒙着白布的桌子组成的圆环，占据了帐篷里的绝大部分空间。每张椅子前面有一只酒杯，还有来宾的铭牌，头衔冲着外侧。红衣姑娘们端着瓶子在圆环内走来走去，斟满酒杯。拉纳克解释了自己的遭遇。

“幸好只是这样。”波伊斯说，“有人悄悄地说，你被人用枪打了，或者被保安绑走了。当然，我们并没信以为真。否则我们就已经发起投诉了。”

“这个谣言给大会帮了大忙。”奥丁快活地说，“在能源大辩论期间，很多卑怯而又多嘴多舌的人吓得一个字也不敢说。这帮该死的白痴！”

“好吧，你要知道，”波伊斯说，“我不介意承认，我也很担心。这些卫兵是些丑八怪，好像没有人知道，他们真正服从的指令是什么。的确，过去几天里的事务异常迅速地敲定了，所以你那泡尿没有白撒。不过你污染他们的河流是有一些鲁莽。他们很喜欢那条河。”

佐尔法伊格沿着桌子走了过来，给人斟酒。他垂下眼帘望着桌布，希望自己不被注意到。只听一声巨大而轻柔的咳嗽声响过，然后一个经过完美扩音的声音说："女士们先生们，我们最喜爱的代表在缺席三天之后，终于回来了，听到这里你们一定很高兴。风趣幽默、德高望重、**并非始终清醒的**大昂桑克的拉纳克市长大人终于就位了。"拉纳克张大了嘴巴。尽管四周陷入了一片沉默，但他似乎听到一阵哄笑声响了起来。众人的目光纷纷落在他身上——他能肯定，其中有嘲弄和傲慢，有轻蔑和发笑——仿佛要将他看穿，要将他压倒在地。有人喊道："给这伙计拿杯酒！"

他啜泣着，把头伏在桌布上。喧闹声再度响起，但其中的议论声多于笑声。他听到奥丁喃喃地说："这没必要。"波伊斯说："是啊，他们用不着这样揭人短。"

又是一声轻柔的咳嗽，那个声音说："诸位大人，女士们先生们，请安静，下面有请金蜗牛爵士特雷弗·威姆斯，他是达尔里阿达[1]的枢密院官员，兼大普罗文盆地和外盖尔联盟的总裁。"

一阵掌声过后，拉纳克又听到了威姆斯的话语声。

"对我来说，这是个奇怪的场合。坐在我左边的是第二十九任蒙博多大人。他这辈子有过许多种身份：乐师、治疗师、驭龙者、十进制钟表的反对者、旧扩

1　达尔里阿达（Dalriada），位于爱尔兰北部和苏格兰西海岸地区的古盖尔人王国。

张工程肆无忌惮的推行者、研究所和理事会辩论会上的惊世奇才。我对他的这些身份全都十分熟悉，对每一样都加以抵制。一个轻率、肆意、疯狂的知识分子，我以前就是这样称呼他的。每个人都记得，他的前任退休时，是怎样一种令人不快的形势。我不愿告诉你们，当我听到新任蒙博多的名字时，心中作何感想。倘若我直言不讳，量子-皮质素集团的优秀保安们或许就不得不按照《特别权力（团结）法》把我带走，关进十分狭小的牢房里，关上很长时间。说真的，我震惊不已。当我们整个普罗文的管理人员意识到，我们出席的大会将由可怕的**奥藏方**把持时，我们陷入了深深的沮丧之中。可结果如何呢？”一阵停顿。威姆斯热情洋溢地说：“女士们先生们，本次大会是理事会召集的最为顺畅、最为明晰、最为协调一致的一场大会！其中有许多原因，但我相信，未来的历史学家们会首先归功于坐在我左边的这个人的老练、宽容和智慧。他用不着摇头！如果他是离经叛道之徒，那我们需要更多这样的人。其实，哪怕要我投票举行革命，我也有可能答应——只要领导者是第二十九任蒙博多大人！”

有些人大笑起来。

拉纳克一点点地坐直了身体。圆环的中心处空无一人。在往右很多的位置，威姆斯站在蒙博多大人和夫人身边。若干麦克风从摆在他面前桌布上的一排低矮玫瑰花中探了出来。在圆环那一边的所有宾客，肤色都是粉色的。另一侧的宾客肤色是灰黄或棕色的，一行五人的那帮黑人在蒙博多的正对面。几名黑人代表在自顾自地低声交谈，对演讲未加留意。威姆斯说："……对我来说恐怕太过深奥，而我能够理解的几乎都是我肯定会反对的内容。但过去三天里，他已经听我们说了那么多，为了公平起见，是时候让他来还以颜色了。因此，蒙博多大人，我请您来总结理事会的工作：《过去、现在和未来》。"

威姆斯在掌声中坐了下来。蒙博多之前一直半闭着眼睛，耷拉着脑袋，脸冲着桌子，面带笑容。这时他站起身，把一只手搁在桌子上，另一只手插在裤兜里，微笑的脑袋略微偏向一侧。他一直等到掌声、隐约的交谈声、咳嗽声和骚动声归于沉寂。在沉寂得以延续之际，他那姿态随意却岿然不动的身形渐渐赢得了权威，最后全场的宾客变得像一群雕像般安静。拉纳克感到惊讶，这么多人凑在一起，居然也能如此安静。这份寂静沉甸甸地压在他身上，仿佛一个透明的泡泡，充满了整个帐篷的顶部，按在了他的头顶：他可以随时喊出一句脏话，将它击破，但他紧咬住嘴唇，不让这事发生。蒙博多开了口。

有人生来谦逊。有人学会谦逊。还有些人迫于情势，不得不谦逊示人。恐怕特雷弗爵士把我牢牢按在最后一类人里。

一阵笑声响起，威姆斯笑得尤为响亮。

当年，我是个雄心勃勃的年轻部门主管。我发布方针政策，迸发的创意——相信我，我的朋友们——近乎天才一般！好吧，雄心也会遭到报应。如今我站在我们宏伟的金字塔顶端，什么也创造不出来。如今我只能接收更年轻、更锐意进取的同事提出的真知灼见，设法将它们协调一致，将它们发扬光大。我不带任何感情色彩地审核和摈弃那些不符合我们这个体制的观点。这样的工作只需要动用很少的一点人类才智。

“哦，瞎说！”威姆斯快活地喊道。

不，不是瞎说，我的朋友。我向你们保证，三年之内，理事会最高领导人那全套有限的技艺，将会尽数体现在量子-皮质素集团的仿生人回路里，正如已得到体现的秘书和特别警察的技艺。身为蒙博多大人中最后一名彻头彻尾的人类，或许是我的荣幸。若非在这一改变发生之际，人们即将看到，政府事务将会出现长足的进步，那么方才那个想法或许会满足我极大的虚荣心。一切都将陡然加速。是的，今时今日的人类政府正处在一个十分微妙的平衡点上。不过在开辟前进的道路之前，我必须简要描述将我们带到这里的那些足迹，回顾两万五千年的纷繁世相，对历史的政治进步和未来呈现，做一番全景式的观察。

所以请和我一起，站在大约七千年前的太阳上，用比鹰隼更犀利的目光，审视第三行星这颗潮湿的蓝绿色球体。那时的沙漠面积比如今更小，林莽更为广阔，因为在土层深厚的地方，灌丛会令江河壅塞，使它们扩散开来，形成沼泽。那时还没有圈好围栏的大片田地，也没有能让我们称为城镇的东西，不过请看西面。在白昼照亮的星球变成黑夜阴影的地方，星星之火在南极洲以外的每片大陆上微微闪亮。这些火光甚至出现在北方的冰盖上，在那里，陆地上体型最大的哺乳动物通过长出更厚的皮毛来抵御严寒。而我们通过捕猎猛犸象和巨型树懒来维持我们原有的形态，同时利用它们的尸体充当食物和衣物。城里人发明了文字，他们以为宇宙是几百年前诞生的。在很长一段时间里，历史学家们也是这样认为的，他们无法相信，是那些目不识丁的小部落最先发现了我们最有用的技艺。如今我们知道，大脑尺寸与我们相当的人类，早在近五十万年前就离开了非洲。他们有充足的时间，用碎火石或尖木棒打出的火花生火，同时照顾我们的病人；他们发展烹饪、绘画、陶艺；通过分享肉食把狼变成狗；驯化山羊、绵羊、家禽；种植第一批谷物作物。与这些相比，我们自己最聪明的现代成就（用空心的子弹送人往返月球），不过是人类历史新近的一页上，一枚奢侈的花饰而已。同样，这个由猎场看守人和农夫工匠组成的小资产阶级世界，让我感到厌烦。没错，它让我感到厌烦。我渴求的是亚述古庙塔和津巴布韦古城、长城和大教堂那种足以傲世的大手笔。这座史前的自然公园究竟缺少了什么，使得智人生存了那么久，却依然所获甚微呢？缺少的是过剩：食物、时间和精力的过剩，我们称之为财富的人的过剩。

所以我们越过几百年，再看这个星球。最广袤的大陆被形状复杂的中央海域划分为三个大洲。在它的东边，一条宽阔的大河不再蜿蜒流过沼泽，而是沿着边界分明的水道，流过农田与沟渠组成的繁复阵列。

在波光粼粼的河面上，小舟和驳船沿河上下，在第一座城市的立方体、锥体和圆柱体旁卸下货物。市中心伫立着一座带有塔楼的大屋。在最高处，远远高于河上薄雾的地方，天空的文书们把天堂旋转的穹顶当作光之钟来使用：让日月星河透露翻土、收割和贮藏的时令。在城邦的财富高塔下面，神圣的谷物有了盈余，被储存起来：谷物之所以神圣，是因为一袋谷物，就能养活一家人一个月。谷物就是储存起来的生命。拥有谷物的人就可以号令他人。那座大屋属于像我们这样的现代人，他们不善于种植和制造，只善于管理那些善于劳作的人。大屋旁边有一个市场，从集市那里辐射出条条小路，穿过远方的平原和森林。这些小路是被部落民踏平的，他们带来了羊毛、兽皮，还有能够换取谷物、维持生存的一切。在饥荒的年月，为了活命，他们愿意鬻儿卖女。在战争的年月，他们可以出售在战斗中俘获的敌人。城市的富足让战争变得有利可图，因为城市的管理者们知道该如何使用廉价的劳动力。更多的树木被砍倒，新的灌溉水渠拓宽了耕地。城市在茁壮成长。

它在茁壮成长，是因为它就像一个生

命体，河流和水渠如同它的血脉，贸易路线如同它的肢体，这些肢体把货物和人塞进它的肚子——集市。我们——我们的国家由各地的城市衔接组合而成——无从得知，第一批城市看上去是何等神圣的所在。幸好巴比伦的图书馆员记录下了，它们在来访的部落民眼中是什么样子：

他看到了某种从未见过，或未曾见过的事物……它竟然如此富庶。他看到了白昼、柏树和大理石。他看到了一个复杂却秩序井然的整体，他看到了一座城市，一个由雕像、庙宇、花园、房舍、台阶、瓮、柱头，由规整而开阔的场地组成的有机体。所有这些人工造就的事物，（我知道）没有一样让他觉得美观。它们对他的打动，或许就像今天的我们被一台复杂的机械设备所打动，尽管我们并不知道这台设备的用途，但我们能凭借直觉，从它的设计上感受到一种永恒的智慧。

永恒的智慧，是的。这种不朽的智慧寓于伟大的馆舍之中，它是城市的大脑，是组织化的知识和现代化的政府的第一个家园。几百年之后，它会分化出法庭、大学、殿堂、国库、证券交易所和兵工厂。

“说得好！”威姆斯出人意料地喊道，响起了稀稀拉拉的掌声。

“狗屁，”奥丁咕哝道，“他讲了十分钟，刚说到正题。”

“我感觉这些大而无当的话让人感到十分舒心，”波伊斯说，“就像重返校园一样。”

但并非所有的部落民都对富有者卑躬屈膝、满怀景仰[蒙博多说道]。许多人有他们自己的本领和贪欲。第一批城市的贵族们或许倒在了游牧民们驾驶的第一批双轮战车前面。没关系！谷物的新主人或许也只能在那些聪明人的帮助下守住它们，那些聪明人会用测量杆和历法掌握土地和时令，还会对别人制作的东西进行清点和收税。大河文化（很快它们就有了五种）吸收了一拨又一拨的征服者，这些征服者给管理者们带来了骑兵这一助力，从而壮大了管理者们的势力。城市的发展就此加快了速度。它们的贸易路线彼此交错纠缠，它们彼此竞争不休。铁剑和犁铧得以铸就，金属掌控了谷物的财富。海滨城市凭借商人和海盗船队而崛起。

“他加快了速度，”波伊斯小声说，“他用六句话囊括了十二个文明。”

> 人口增加了。财富增加了。战争增加了。如今，只要各个强国的政府一致同意，**绝不能再发生**一场世界大战，我们就依然可以为古老的战役和侵略喝彩，其中融合着征服者与被征服者的文治武功。历史中没有反派角色。悲观者指证阿提拉和帖木儿，但这些精力充沛的人消灭了无利可图的国家，它们**需要**一名毁灭者，来释放出它们的资产。不论在什么地方，只要财富仅仅被用来自我维持，它总会激发那些精力旺盛的人去攫取它，将它投入对汹涌奔腾的历史的服务，这正是现代国家的要求。像我这样的浅粉色人种最没有理由轻蔑地指指点点。诗人们告诉我们，两千年里，欧洲一直拥有狂暴的活力，这些活力正是从对亚洲的特洛伊的清算中释放出来的。我来引用一下兰开斯特王朝的这首著名史诗[1]：
>
> 特洛伊围城战平息之后，

1 指英国史诗《高文爵士和绿衣骑士》。

城镇被毁，焚为炭灰。
富有才能的埃涅阿斯和其他贵族
随后征服了各个行省，
成为西岛几乎所有富翁的庇护者；
高贵的罗慕路斯一到罗马，
就怀着极大的骄傲缔造了这座城市，
赋予了它沿用至今的名字；
蒂修斯在托斯卡纳设立镇区，
朗贝尔德在伦巴第兴建宅屋，
菲利克斯·布鲁特斯渡过法兰西的
　洪波，
用战利品在诸多宽阔的濒水坡地上
　建起了不列颠，
战争、灾难和奇迹
在那里轮番上演，
福佑与差错
往往一起出现。

福佑与差错。财富在全球的流动，跟这两者都大有关系，但财富本身一直在增长，因为它总能得到赢家的帮助。

“浅粉色人种，”奥丁若有所思地咕哝着，“浅粉色人种。”

“我觉得，黑人和棕色人种都不如这个好笑。”波伊斯说，“你还好吗，拉纳克？”

蒙博多那富有感染力的平静嗓音继续诉说着，就像一阵令人恍惚睡去的风。

……于是北非变成了一片沙漠，由此带来几个有益的后果……

经历了蒸汽浴室里纯洁的同志情谊之后，新人们发觉他们的父母身上有异味……

……但技工们只有在有希望的氛围中才能富有成效地工作，于是奴隶制被债务所取代，政府印制的钞票变成了对未来的承诺……

……到二十世纪，财富占据了整个星球，贸易和科学编织出的思维与运输之网越勒越紧，将这个旋转的星球囊括在内。整个世界被圈禁在一个单独的城市里，但它的大脑中枢——各国政府——并未察觉。三十年间，发生了两场世界大战，战争变得越发令人痛苦，因为它们发生在同一套体系内的不同局部之间。倘若说这两场大战没有任何好处，未免是对被屠杀的数百万人的亵渎。陈旧的机器、陈旧的思想观念，以不同寻常的高速被取代。科学界、商界和政府很快就变得比以往任何时候都要富有。为此，我们必须感谢那些逝者。

蒙博多瞥了威姆斯一眼，后者站起身，庄严肃穆地说：“这无疑是纪念逝者的一个良机。在这个世纪，很少有哪一片土地上的人，不是为他们心目中最美好的事物而战死。恳请所有代表起立两分钟，与我一起纪念那些亲友和同胞，是他们受苦受难造就了今天的我们。”

“真他妈胡闹。”奥丁咕哝道，抓着拉纳克的胳膊肘下面，扶着他站了起来。

“很快就结束了。”波伊斯扶着另一侧小声说。一大圈人慢腾腾地全都站了起来，唯有那伙黑人固执地坐着不动。一段时间的静默之后，帐篷外面远远响起一声喇叭声，所有人都低声抱怨着坐了下来。

“这场演说的重点是什么？”奥丁说，“对财团那些人来说，它的马克思主义色彩太浓，太令马克思主义者赞同了。”

“他在努力取悦所有人。”波伊斯说。

“要做到这一点，只能用含糊其词的陈词滥调。他像所有德国佬一样——太自作聪明了。”

“我还以为他是朗格多克那儿的人呢。”波伊斯说。

在说到我们当前这个危险的时代时［蒙博多叹息道］，恐怕我已经用或许过于玩世不恭的历史观，激怒了在座的几乎每

> 一位。我把历史描述成了财富的增长和传播。有两种类型的政府统治着当今世界。一种努力将雇用其人民的不同企业协调一致，另一种直接雇用人民。第一类政府的捍卫者认为，巨额财富是施与对人类贡献良多者的奖励和必不可少的工具；对另一些人来说，财富是强者欺凌弱者的方法。我能否给财富下一个定义，让双方都赞同我的看法呢？这好办。
>
> 我从一开始就讲到，过剩的人是种财富。现在我要说的是，富有的国家是那种将过剩的人投入伟大事业中的国家。从前，富余人口被用来侵略邻国、建立殖民地、摧毁竞争对手。但通过战争去了结那些无利可图的国家，如今已经行不通了。这一点我们都知道，所以此次大会才能取得成功：并**不**是因为我是个特别出色的大会主席，而是因为你们，大大小小的国家的代表们，同意用通过公开和坦诚的辩论达成的多数意见，去规制汹涌奔流的历史、汹涌奔流的财富、汹涌奔流的**人们**。

威姆斯又开始鼓掌，但蒙博多慷慨陈词，盖过了他的掌声。

相信我，这项杰出的合理安排实现得恰逢其时！公元1900年以来出生的人口超过历史上和史前的所有时代。我们的人口过剩从未如此严重。倘若对这一人类财富不善加管理，它就会陷入崩溃——在某些地区，它已经在崩溃了——由此导致了贫困、混乱、灾难。我可以这样说：我并不怕今天有代表参会的任何国家之间发生战争，我也不怕革命。伟大的革命英雄——仙那度人民共和国的傅主席——表明，革命完全可以创造出强大的政府。我们必须团结在一起，阻止那些草率的叛乱，它们有可能会让那些亡命徒接触到毁灭性的设备和瓶装的瘟疫，稳定的国家制造这些并不是为了使用，而是为了不让自己遭受其他国家的欺凌。如今没有哪片国土缺少亡命徒，已经没法把这些贪婪成性、有勇无谋的人送到世界上不那么繁忙的区域去干活了，同时他们又野心太大，不肯加入正规的警队。没有哪个现代国家缺少不负责任的知识分子，不论在哪里，他们都是强大的政府的敌人。这两类人似乎都急于把这个世界打碎，使之变成史前的那种小共和国，在那些小国里，愚钝者和乖戾者发出的声音听起来就跟有智慧、有本领的人发出的声音一样响。但重返原始状态并不能帮助我们。这个世界只能由一项伟大的事业来拯救：在这项事业里，各个稳定的国家在集体财富的全力资助下，将公共机构的知识技能付诸应用。世界各地的理事会、研究所和造物必须通力协作。

当前星球上的燃料供应几近枯竭。食物供应已然短缺。我们的沙漠蔓延得太广，我们的海洋捕捞过度。我们需要新的能源供给，因为能源就是食物，就是燃料。目前，死物转化为营养，依靠的是农业，以及智者对愚人的消耗。这一安排是失败的，因为它满足不了需求，还将智者置于依赖性的境地。幸运的是，我们的专家们很快就能在我们的工业实验室里，将死物直接转化为食品——**只要我们能让他们获得充裕的能量**。

这种能量可以在哪里找到呢？女士们先生们，它就在我们四周，它从太阳发射出来，从群星闪耀出来，在每一处空间里和谐地歌唱。没错，柯达克先生！我是时候承认，派遣飞船进入太空不只是冒险，更是一种必要了。如今我们知道，宏伟的外太空并非一片可怕的真空，而是一座宝库，可供我们无期限、不限量地劫掠——

> 只要我们携手合作。天空的文书们将再次成为我们的领导者。我们必须给他们建造一座崭新的高台，一座悬浮在太空中的城市，每片土地上的智勇双全之士都可以在清新洁净、近乎零重力的大气层里工作，它会把热量和阳光向下反射到世界上的各个能源站里。
>
> 有人提议，将我们这项事业命名为“新边疆”或“动力星”。我建议命名为“拉普塔计划”……

蒙博多的演讲令拉纳克沉迷其中。他张大嘴巴听着，在话音中断时连连点头。每次他听懂一句话，都会觉得它好像在说：一切都难免如此，因此并没有错。但他的身体变得越来越不舒服，他的脑袋嗡嗡作响，当蒙博多说到“一座崭新的高台，一座悬浮在太空中的城市”的时候，他仿佛听到另一个声音，一个刺耳的声音在质疑：“这人是个疯子。”

尽管如此，当他发现自己站起来，用最大的嗓门高喊“**对对对对对对**”的时候，还是惊骇不已。波伊斯和奥丁抓住了他的双腕，但他挣脱开来，喊道：“**对不起**！**对不起**，但蒙博多大人说所有的代表同意通过公开和坦诚的辩论去安排事务时，他说了谎！要不然就是他受了别人的蒙骗。”

一片沉默。拉纳克望着蒙博多，后者木然地望着他。威姆斯站起来平静地说："作为本次集会的东道主，我要为……为拉纳克市长歇斯底里的爆发，向蒙博多大人和其他代表致歉。他在文明场合缺乏自制力，可谓恶名昭彰。同时我还要求拉纳克市长收回这些话。"

"抱歉我说了这样的话，"拉纳克说，"但蒙博多大人有意无意地告诉了我们一个谎言。我在一座桥上往桥下小便过，但在我为昂桑克发言之前，并不该把我关起来！昂桑克正在遭受毁灭，完全没有经过众人的一致同意，人们的工作和住所正在遭到破坏，人们已经开始彼此仇视，梅罗维克尼克不连续面受到了威胁——"

嘈杂的谈笑声响了起来，让他感到震耳欲聋。一排黑衣人站到了威姆斯身后，拉纳克看到，其中两人绕着帐篷向自己走来。他的腿哆嗦得厉害，一屁股坐了下来。在他左边，有些人大喊着让人们安静。众人安静下来。他看到津巴布韦的穆尔坦站了起来，笑眯眯地望着蒙博多，后者简短地说："当然，请讲。"

穆尔坦环顾着桌子四周，然后说："昂桑克的代表说，这次大会没有举行自由而公开的辩论。这对黑人团队来说，并不是什么新鲜事。这对任何人来说是新鲜事吗？"他哧哧地笑了起来，耸了耸肩，"所有人都知道，有那么三四个大人物主导了整台戏。我们这些人并无怨言，何必抱怨呢？言辞本身毫无用处。等我们发展壮大之后，我们再抱怨，到时你们会听的。你们非听不可。所以这位拉纳克这样直言不讳，真够傻的。但他说的是实情。所以我们在桌子这一侧，关注着事态的进程。我们之所以笑，是因为不管你们怎么撕扯，都跟我们没关系。但我们还是要密切关注事态的进程。”

他坐下了。蒙博多叹了口气,挠了挠头。最后他说:“我先回应津巴布韦的代表。他以令人称道的谦虚姿态告诉我们，他的朋友们目前还不能分担理事会的工作，但等他们有这个能力时，他们就会这么做。这是很好的消息，希望这一天早日来到。昂桑克的代表所讲的情况就没这么清楚了。据我推测，警方是在他的尊贵身份并非显而易见的情况下，逮捕了他。他错过了我们的辩论，但我能怎么办？再过一个十进制小时，我就离开普罗文了。我可以给他一个进行短暂面谈的机会。我可以保证，他所说的一切都会被记录在大会备忘录里，所有人都能读到。这就是我能提供的一切。这样够不够？”

拉纳克感到所有人都在看着自己，又想把自己的面孔掩藏起来。他扭头看了一眼，看到两名黑衣人，不由打了个寒战。其中一个点了点头，挤了挤眼睛。是威尔金斯。蒙博多大声说:“如果你愿意接受这次面谈，我的秘书们会护送你到一个方便的地方。如果你不愿意，此事就此作罢。请回答吧，时间不多了。”

拉纳克点了点头。他站起身，由秘书们夹在中间，往帐篷外面走去，感到自己老朽而又挫败。

第 44 章　结局

他们走过宽敞、昏暗的地面时，威尔金斯兴高采烈地说:“刚才太有意思了,你简直把老蒙吓出屎来了。”

另一个人说:“这些知识分子没有定力。”

“拉纳克有的是经验。”威尔金斯说，“我觉得，他配得上三个音节的名字，你不这么认为吗？”

“哦，他当然配得上。”另一个人说，“两个音节的名字也没有什么不妥，我叫阿克斯布里奇，但拉纳克赢得了更动听的名字。就像布莱尔达蒂。”

“拉瑟格伦、加斯凯登。”威尔金斯说。

“加贡诺克、卡蒙诺克、奥亨舒格尔。”另一个人说。

“奥亨舒格尔有四个音节。”威尔金斯说。[1]

他们穿过一道窄门，登上一段黑咕隆咚的楼梯，穿过一个小办公室，来到一间稍微大点的办公室里。

1　两人所说均为苏格兰地名。

提供照明的是一根日光灯管，四壁被文件柜挡在后面，有些文件柜前后叠放着。角落里有一张金属质地的办公桌。拉纳克并不怎么惊讶地看到，蒙博多坐在办公桌后面,双手富有耐心地交扣在马甲的腹部。“分身术，”蒙博多说，“要不是分身有术，我会一事无成。坐吧。”

威尔金斯把一张朴素的木头椅子摆在办公桌前，拉纳克坐了下来。

“威尔金斯，阿克斯布里奇，你们去吧。物件小姐会把我们的话录制下来。”蒙博多说。拉纳克看到一个姑娘，外表跟玛欣小姐一模一样，坐在两个文件柜中间。威尔金斯和阿克斯布里奇离开了。蒙博多把自己的椅背斜支着，仰望着天花板，叹了口气。他说:“终于，普通人见到了这个世界大权在握的统治者。只不过,你并不算多么普通,我也没有多大的权力。你和我，我们什么也改变不了。不过还是跟我说说吧。跟我说说吧。”

“我是来为昂桑克人民说话的。”

“对。你想告诉我，他们的工作、住宅太少，社会公益服务机构太愚蠢、太残忍，疾病和犯罪与日俱增。我知道。世界上有很多这样的地方，很快还会有更多。各国政府帮不上多大忙。”

“但各国政府能将巨大的建筑发射到太空里去！”

“对。这有利可图。”

“对谁有利？为什么不用财富来帮助此时此地的人？”

“是在帮啊，但我们只能通过拿多给少来帮助人们。我们通过扩大沙漠来增加绿洲。这就是把握时机和持家的科学。有些人称之为经济学。”

“你是说，人们缺少行为准则和技巧，无法善待彼此吗？”

“完全不是！人们一直有这样的行为准则和技巧。在孤立的小型社会里，人们就已经在践行它了。只不过在人的天性里，有这样一个可悲的事实：人数一多，我们就只能组织起来对抗彼此。”

“你撒谎！”拉纳克喊道，“我们没有什么天性。我们的国家可不像蜂巢那样，靠我们的肉体凭借本能建造而成。它们是艺术品，就像轮船、地毯和花园那样。它们可以有无穷无尽的形态面貌。是恶劣的习惯，而非恶劣的天性，让我们一再重复贫困和战争这些枯燥乏味的古老形态。只有从这些事里获得利益的贪婪之辈，才相信它们是**自然发生的**。”

“你滔滔不绝的言辞很有趣，”奥藏方说着，打了个小小的哈欠，“而且对人类的行为不会产生任何影响。顺便说一句，你让穆尔坦替你说话，这样并不聪明。他并不是理事会的敌人，他是一个打算变强的弱小成员。如果他能获得成功，那他的目标也会变得像我的目标一样：把各种事尽可能顺利地安排好。他唯一的敌人将会是像你一样的人——婴孩。”

“我不是婴孩。”

“你是。你对合理的论调充耳不闻，你对得体的习俗和个人的尊严毫不在意，你的极度自私已成本能，以至自己都无从察觉，所有这一切把你变成了我见过的最像巨婴的东西。现在你可以回敬我，用各种污言秽语辱骂我了，随你高兴。没有人会知道。物件小姐听不到跟理事会事务不相干的事。”

拉纳克冷冷地说：“你想让我大发脾气。”

“的确如此，”蒙博多点头称是，“不过只是为了缩短一场徒劳无益的争论。你患的是最古老的政治妄想症。你以为只要跟一名领导人交涉一番，就能改变这个世界。领导人是改变的结果，而非起因。我**不能**把繁荣带给我那些富有的支持者无法利用的人。”

拉纳克把胳膊肘撑在膝盖上，用双手撑着脸庞。过了一会儿，他说：“我不在乎大多数人会怎么样。我们这些超过十八岁的人全都被扭曲了，遇上什么事都是自作自受。但如果那套**道理**表明，文明靠毁掉大多数孩子的头脑和心灵，才得以延续，那么……你那套道理和文明就是错的，终将自我毁灭。”

“也许是吧，”蒙博多打着哈欠说，“但我觉得，我们能让它们在我们的时代延续下去。你记下了什么，物件小姐？请告诉我们。”

秘书轻启双唇，发出平板单调的声音：

大昂桑克对大会备忘录的补充：拉纳克市长提到，昂桑克存在严重的就业、住房、医疗和污染问题。蒙博多主席认为，这些是普世性的危机在地方的体现，并透露说，这些问题的解决要等到世界性的能源匮乏这一主要问题得到解决之后。拉纳克市长要求，只要该地的难题影响到0—18频谱，就给予紧急处理。蒙博多主席提出，难题的后果在这一频谱的影响，并不像拉纳克市长担心的那么严重。

物件小姐的嘴巴“咔”的一声闭上了。蒙博多拍了拍自己的额头，说：“氪！我忘了氪矿层的事。把它加上，物件小姐，它会让我们的谈话在愉快的氛围中结束。”物件小姐又张开了嘴巴。

蒙博多主席提出，难题的后果在这一频谱的影响，并不像拉纳克市长担心的那么严重，因为皮质素集团对昂桑克矿产资源的开发，会给所有人带来唾手可得的繁荣。

拉纳克站起身，拧绞着自己的双手。他大声说：“我起不到什么作用。我根本就不应该来，我没有帮到任何人，没有帮到桑迪、丽玛或任何人。我要回家。”

“家？”蒙博多扬起一边眉毛，问道。

“昂桑克。那里或许形势不妙，但都是显而易见的问题，不像这里，用谎言装点门面。”

“你言重了。不过我愿意帮助你。打开地洞，物件小姐。”

办公桌前面铺着一块灰色的羊毛小地毯。物件小姐蹲下，把它往后拖，露出一块陷在油地毡里的钢制圆盘。她把拇指和食指塞进圆盘中间的两个小孔，把它轻松地拎了起来，尽管它有两英尺宽四英寸厚。“回家的路，”蒙博多说，“往里瞧。你会认出一架熟悉的飞行器内部。”

他站起身，双手抄兜，倚在办公桌的一角。拉纳克弯下腰，盯着圆洞里面看了好一阵。下面有个空腔，有着蓝色绸缎材质的衬里。蒙博多说：“你不相信我。但你还是会爬进去，因为你对后果满不在乎，不想再继续逗留了。我说得对吗？”

“你错了，”拉纳克叹息着说，“我会爬进去，因为我太累，不想再继续逗留了。”

他走进空腔，坐下，伸直了腿。空间拉长，变窄，以贴合他的身形。他躺在那儿，望着一圈奶白色的天花板，周围是一片漆黑。他听到蒙博多咕哝了一句“旅途愉快”，一个黑色的圆形滑入那圈天花板，伴着一声低沉的铿锵声，完全遮没了天花板。然后他躺在里面的那片空间开始向下坠落。

这一坠落变成了长时间的俯冲，震颤中，它又被猛然拽停。然后又是一段俯冲。伴着一声向内吸气的尖叫声，他意识到，自己又要穿过那条巨大的咽喉了。对小办公室、大圆桌、普罗文、大昂桑克、亚历山大、大教堂、丽玛、历法间区域、理事会的议事走廊、研究所的回想，都变成了从无止境的可怕坠落中解脱出来的短暂休憩。蒙博多把他骗了回来。他在愤恨中尖叫着，吓得尿了出来。他扭动着身体，他的脸探了出来，伸进了乳白色的湍急薄雾中。他的身体在鸟形飞行器里，正在向下猛冲。原先的惊恐发生了变化。他就是这只鸟的意识，这是一只失修的老鸟。每次振动翅膀，都会有羽毛被撕扯下来，而他需要有这些羽毛才能降落，陆地还在下方很远的位置。他尽可能大胆地保持坠落的势头，然后逆风振翅，平飞一段，翅膀上的羽毛随之变得稀薄，像飞镖一样向后飞去。他裸露的胸口和两侧腰间在坠落中被冻僵了。雾蒙蒙的空气变薄变黑了，下面显露出一座城市的黑色地图，街道上亮起点点灯火。地图上有几块地方正在着火。火焰组成的一朵大红花吸引着他向下飞去。他看到一座燃烧着的玻璃高塔、一座广场，广场上有雕像、消防车和攒动的人头。他听到轰鸣声和警笛声，试图横向飞行，结果斜着撞在了噼啪作响的侧楼上，他从火花、高温和呛人的烟雾中穿过，烟雾中有一根模糊的大柱子向他挥来，没有击中他，柱子挥向一边，又挥了回来，就像一根存心将他击落的狼牙棒。

他醒了过来，浑身酸痛，裹着绷带，躺在床上，一根管子插在他的胳膊上。他躺在那儿，做梦，打瞌睡，几乎无法思考。他估计自己又回到了研究所，但这个病房有窗户，窗外黑洞洞的，病床挨得很紧，彼此之间的空隙几乎放不下一只脚。病人们都衰老不堪。所有的清洁工作和一部分护理工作，是由那些尚能走动的老年患者完成的，因为医务人员为数甚少。照明设备有些特别。挂在纤细长杆上的电灯泡从天花板上垂落下来，这些纤细长杆彼此平行，但都朝病房一角倾斜着。一名护士从他胳膊上拔下管子，更换绷带时，他说："医院正在倾斜吗？"

"你终于能开口说话了。"

"医院正在倾斜吗？"

"如果只是这样，那我们会笑出声来。"

伙食主要是豆子，这让他感到高兴，但他想不起是何缘故。医生是个来去匆匆、面容憔悴、胡子拉碴的男人，穿着脏兮兮的大褂。他说："你有什么朋友吗，老人家？"

"我以前有过。"

"我们在哪儿能联系到他们？"

"他们以前在大教堂那边。"

"你是斯莫利特那伙人中的一员？"

"我认识里奇-斯莫利特，没错。我也认识斯拉登。"

"这话最好别跟人提，现在斯拉登很不招人待见。不过我们会去了解一下，斯莫利特能不能把你接走。我们必须疏散这个地方，还会发生一场地震。你叫什么名字？"

"拉纳克。"

"在这边算是个常见的名字。以前我们有个市长，也叫这个名字。他不怎么样。”

拉纳克睡着了，然后在尖叫和呐喊声中醒来。他浑身是汗，黏糊糊的。病房里很热，除了远处角落里的一张床，几乎空无一人。一个老妇人坐在床上哭道：“他们不该把我们留在这里，这样不对。”一名士兵走了进来，仔细地环顾四周，他避开了老妇人的目光，从空着的病床中间朝拉纳克这边挤了过来。他是个高个子，有一张严肃、英俊、略有几分孩子气的面庞，好像并未携带武器。他唯一的身份标志就是贝雷帽上的一枚帽徽，形状像只手，掌心那儿有只眼睛。他站在那儿，低头望着拉纳克，然后在床沿上坐了下来，过了一会儿，他说：“哈啰，爸爸。”

“桑迪？”拉纳克小声说，然后微笑着，摸了摸他的手。他感到非常快乐。士兵说：“我们得离开这儿。地基开裂了。”

他打开床边的衣物柜，取出裤子、夹克和鞋子，帮拉纳克穿上，说：“我真希望你一直跟我们保持着联系。”

“我不知道该怎么才能做到。”

“你可以写信，或者打电话。”

“我好像一直没有时间。但我什么也没做成，桑迪。我什么也没改变。”

“你当然什么也没有改变。这个世界只能靠做着普通工作、拒绝受人欺凌的人来改善。如果制造者们不肯为他们自己而改变，那么没有人能说服有产者们跟他们分享好处。”

“我一向弄不懂政治。你怎么谋生，桑迪？”

“我给搬运者和维修者做报告。”

“这是什么工作？”

“我们得快点了，爸爸。你能站起来吗？”

拉纳克努力站了起来，尽管他的双膝还在颤抖。角落那张病床上的老妇人哭号道：“孩子，你能不能也帮帮我，孩子？”

“在这儿等着！救援就要来了！”亚历山大吼道。他把拉纳克的右臂搭在自己肩上，抓着他的腰，把他的身子往门口挪去，喘着粗气咒骂着。他们奋力攀登着，因为倾斜的地面是个上坡。尖叫声和叫嚷声变得更响亮了。亚历山大停住动作，说：“听着，你以前在某些方面是个感情用事的人，所以在你从这儿出去时，闭上眼睛。有些事情正在发生，而我们无计可施。”

“都听你的，儿子。”拉纳克说着，闭上了眼睛。搂着他腰的那条手臂给他带来强烈的喜悦和安全感，他哧哧地笑了起来。

在响亮的哭号声中，他被搀扶着走下许多级楼梯，穿过一片空地，那儿有不少手指从他的脚踝上拂过，然后，尽管空气并未变凉爽，但喧嚷声和奔跑的脚步声表明，他们已经出来了。他睁开了眼睛。眼前的景象让他一下子失去了平衡，他在努力恢复平衡时，更是险些跌倒。亚历山大把他扶起来，说：“站稳了，爸爸。”只见稀稀拉拉的一大帮人，其中多数是女人带着孩子，从一道山坡跌跌撞撞地滑进一扇敞开的大门。只不过那道山坡是城市里的一座广场。倾斜的路灯灯柱照亮了这幅场景，两边都有倾斜的楼房，附近的大教堂那倾斜的塔尖表明，整个地方都像甲板似的倾斜了。

“出什么事了？”拉纳克喊道。

“沉降。”亚历山大说，他带着拉纳克跟上人群，“很快还会再发生一次，会更严重。快。”

每次拉纳克的双脚接触到地面，他都能感受到一股震颤，就像一场持续不断的电击。它好像给他的双腿注入了力量。他开始步履轻快地走了起来，他哧哧地笑着说：“我喜欢。”

“天哪。”亚历山大喃喃地说。

“我听起来是不是老糊涂了，桑迪？我没糊涂。这扇门通向墓地，那座公墓，不是吗？”

“我们离楼房远一些，会更安全。”

“我很熟悉这片墓地，桑迪。你母亲也是。我能告诉你好多这座墓地的事。比方说，我们正要走到的这座桥，原先有一条河的支流从下面流过。”

“别说了，一直走，爸爸。”

在昏暗的墓地，人们蜷伏在草地上，或是散布在许多条小径上。在山顶上，有个扩音器在告诫人们不要触碰那些高高的纪念碑。亚历山大说：“丽玛应该在山顶，你还能走吗？”

“能，能！”拉纳克激动地说，“能，我们必须去山顶，会发洪水的，一场浩瀚无边的大洪水。”

“别傻了，爸爸。”

“我没犯傻。有人告诉我，一切都会在一场大洪水中结束，他对此十分肯定。对，我们应该去尽可能高的地方，哪怕只为看看风景也好。”

他们沿着陡峭的小径向上攀登时，拉纳克感到自己越来越有活力，越来越快乐。他尝试着蹦跳了几下。

“你结婚了吗，桑迪？”

“站稳些，爸爸，希望你能叫我的全名。我没有结婚。我有一个女儿，如果这能让你感到安慰的话。”

“能！能！她也在山顶吗？”

“不，她在比这儿更安全的地方，谢天谢地。你有没有听到枪声？”

远处传来噼里啪啦的声音。

“在这种时候，人们怎么还能打起来？”拉纳克说，愤慨让他的声音有些沙哑。

“‘科昆塔尔星系’试图变卖他们在昂桑克的工厂，但制造者、搬运者和维修者，支持防卫司令部帮助背水一战者与之对抗，所以理事会余党派出了科魁格鲁。”

“我一点也听不懂。什么是科魁格鲁？”

“等有时间了，我再给你讲。”

下面的城里，那些楼房着火了。光亮的高楼玻璃幕墙将摇曳的火光反射到纪念碑群与山顶之间的一小撮人那儿。拉纳克看不清他们的模样，因为泪水模糊了他的双眼。他忽然想到，丽玛现在肯定是个老太太了，这个念头带来了意想不到的痛苦。他嘴里念叨着“一定得坐下”，在一块花岗岩石板边上坐了下来。石板透过来的震动震得他腰疼。他辨认出，附近有一伙人戴着袖章，躬身面对着一台老式的无线电发射器。在他们旁边，有个身穿黑裙子的胖女人向亚历山大挥了挥手，然后走了过来，把一只手搭在了拉纳克肩上。他惊愕地抬起头来，望着她那张大鼻大眼小口的脸庞，那张嘴透着稚气的严肃。尽管这副面孔略显憔悴，亮泽的头发点缀着少许花白，但它跟他当年在精英咖啡馆里看到的那副面容一模一样。他说：“你不是丽玛吧？”

她笑了，说：“你总是很难认出我来。你变老了，拉纳克，但我一眼就认出了你。”

拉纳克微笑着说：“你胖了。”

“她怀孕了。”亚历山大闷闷不乐地说，“在她这个岁数。”

“你又不知道我是什么岁数。”丽玛尖声回应道，又说，“抱歉，我不能介绍霍勒斯给你认识，拉纳克，他不肯见你。有时他就是个白痴。”

“霍勒斯是谁？”

亚历山大不快地说：“一个不想见你的人。一个很烂的无线电操作员。”

拉纳克站了起来。地面的摇晃已经变成了强烈的震动，几乎可以听到它发出的声音，丽玛紧张地说:“我害怕，亚历克斯，别对我使脸色。”

震动停息了。在巨大的寂静中，炙热的空气仿佛要把人的皮肤灼伤。拉纳克感到身体沉重，猛地跪倒在地，然后身体又变得十分轻盈，飘浮起来。等他再次落下时，已不在他意料之中的原处。他躺在那儿听着隆隆声和叫喊声，望着被火光照亮的方尖碑尖顶。它在他上方老远的地方倾斜着，他知道它准会断裂或倒塌。他的身体变重了，然后又变轻了，这次只有他的头离开了地面，然后“砰”的一声落回地面，磕得他有点头晕眼花。他再次看到方尖碑的时候，它笔直地指向上方，碑体上的亮光十分强烈。

“请告诉我发生了什么。”丽玛说。她用双手捂着眼睛，蜷缩在地上。所有人都躺在地上，只有亚历山大例外，他蹲在无线电发射器旁边，认真旋转着旋钮。

“大地恢复了平坦，”拉纳克说着，站了起来，“火势正在蔓延。”

“是不是很可怕？”

“很美妙。影响到了整个世界。你应该看看。”

在着火的楼房后面是一大片红光，从一个个垮塌的房顶冒出的烟雾，升腾到红光之中。除此之外，再也没有别的亮光。“先是火灾，然后又是洪水！”拉纳克得意扬扬地喊道，“好么，我这一生可真有意思。”

“你跟以前一样自私！”丽玛尖叫着说。

“安静，我正在努力联系防卫司令部。”亚历山大说。

“现在没有什么好防卫了，我听到大水涌过来了。”拉纳克说。远处传来水流声，夹杂着隐隐约约的尖叫声。他从两座纪念碑之间蹒跚走过，来到一道斜坡的边缘，扶着一棵盘曲多刺的树的树枝，保持着身体的直立，满怀急切地向下望去。

一阵寒风吹来，空气清新了许多。急流变成了巨浪，伴着汩汩水声，将白色的泡沫飞速推入公墓与大教堂之间的低矮路面，后面跟着细浪和翻涌的浪头，海鸥们在上方俯冲、啼叫着。他放声大笑，想象着涌来洪水的那条河流，一条涨满河水、不断变宽、融入大海的宽阔河流。风里有什么东西在动，碰到了他的脸颊，是一根黑色的细枝，上面有着尖尖的粉色和灰绿色的小小嫩芽。万物的色彩似乎在变亮，尽管照在屋顶上的火光已经变淡，变成了带有柔和玫瑰色条纹的银色。一道长长的银色线条标出了地平线的位置。衬托着它的那些阴暗的屋顶，在渐渐增强的光亮中显得坚固结实。破损的楼房比他想象的要少。楼房后面，模糊的烟雾组成的长堤变成了清晰的小山，它们没有将城市围拢起来，而是向后退却，挤到了珍珠灰色的农田和林地的边缘后面，那边的地势和缓地抬升，升向远方的一溜沼泽地带。头顶的黑暗发生了变化，在风中破碎开来，变成了朵朵乌云，乌云之间露出了蓝天。他往两边看去，只见太阳从月桂树丛后面冉冉升起，金灿灿的，空间在变幻的叶丛间舞蹈。因开阔的视野而心醉的他转向四面八方，目瞪口呆地望着光亮创造出色彩、云朵、远方的光景和近前触手可及的坚实事物。在这片光辉的照耀下，燃烧的楼房看上去就像行将熄灭的小火苗。他怀着淡淡的失望，看到洪水从倾斜的公路上消退下去。

丽玛来到他身边，揶揄地说："你又错了，拉纳克。"

他点点头，叹了口气，说："丽玛，你有没有爱过我？"她笑了，抱着他，亲了亲他的脸。她说："我当然爱过，尽管你总是态度那么恶劣地把我赶走。他们又开始开枪了。"

他们站了一会儿，聆听着噼啪声和爆裂声。她说："防卫司令部找亚历克斯过去维修设备。情况十分紧急，不过他说，他会尽快回来找你。你在这儿等着，要是他来晚了，你也别担心。"

"好的。"

"真抱歉，你不能跟我一起走，但霍勒斯有时就是个白痴。像他那样的青年干吗要嫉妒你呢？"

"我不知道。"

她笑了，亲了亲他的脸，就离开了。

过了一会儿，他步履蹒跚地走回纪念碑之间的那块空地，在那块花岗岩石板边上重新坐下。他又累又冷，但对等待感到心满意足。旁边并没有人，但过了一会儿，他听到脚步踩在沙砾上的咯吱声。一个身影走上前来，他穿着黑白两色的衣服，拿着银色圆头的内侍手杖。拉纳克看不清假发下面的那张面孔：它有时像芒罗，有时像格鲁皮。他说："芒罗？格鲁皮？"

"正是，先生。"那人说，满怀敬意地鞠了一躬，"我们被派来授予你一项非凡的特权。"

"是谁派你来的？"拉纳克不满地说，"研究所还是理事会？两者我都不喜欢。"

"知识和政府正在消解。如今我代表尘世部。"

"一切都在反复更换名称。我已经不在乎了。用不着费力解释。"

那人又鞠了一躬，说："你会在明天正午过七分时死去。"

这话几乎淹没于在上空翻飞的一只海鸥嘎嘎的啼鸣声中，但拉纳克全都听懂了。就像母亲摔倒在狭窄的门厅，就像警察的手拍在他的肩头，他这辈子始终都明白这件事，都在等待它的到来。仿佛由恐惧的人群发出的咆哮声充斥着他的耳朵。他小声说："死亡可不是什么特权。"

"特权是知晓它的时辰。"

"可我……我好像记得经历过几次死亡。"

"它们是预演。下次死亡之后，你的一切个人痕迹都会消失。"

"会痛吗？"

“不怎么痛。现在你的左臂失去了知觉，你没法活动它了。再过片刻，它会有所好转，但明天正午过五分的时候，你的全身都会变成这样。有两分钟，你能看东西，能思考，但身不能动，口不能言。那就是最糟的时候。等它停止，你就死了。”

因为自怜和懊恼，拉纳克面色阴沉。内侍尊敬地说：“你有什么不满？”

“我应该在死前得到更多的爱。我得到的还不够。”

“每个人都这么抱怨。如果你有更好的事可做，你可以对死刑判决提起上诉。”

“如果你是想暗示，我应该参加更多的冒险活动，那还是算了，我可没那个心思。可要是我不在了，我儿子——这个**世界**要怎么办才好？”

内侍耸了耸肩，摊了摊手。

“行了，走开吧，走开吧。”拉纳克用更和蔼的语气说，“你可以告诉尘世部，我更喜欢不那么平淡的结局，比如被闪电击中。但我对死亡的来临已经做好了准备。”

内侍消失了。拉纳克忘掉了他，他把下巴支在双手上，坐了许久，望着云彩飘来飘去。他是个略有几分忧愁的平凡老人，不过他乐意看到天空中的亮光。

我自幼便开始绘制地图，
它们展示出空间、资源、敌人
和爱人的所在之处。那时我并不知道，
时间也会给大地带来影响。种种事件的频繁冲刷，
就像下雪一样，会将地标抹去，将水面抬高。

我已经长大成人。我的地图已经过时。
如今大地在我上面。
我动弹不得。是时候走了。

再见

补记:《拉纳克》是怎样写成的

再次问好。卡农盖特出版社于1981年出版《拉纳克》时，我四十五岁，还以为这本书会在我身故后变成名作。一名伦敦出版商告诉我,《拉纳克》或许会在美国风靡一时，在英国则不会那么热门。可是自从1981年起，它在英国一直稳定再版，经常有人问我以下问题。

问：你的背景是怎样的？

答：如果背景指的是环境，那我在二十五岁之前，一直在格拉斯哥东部的里德里生活，那是个旧貌得以完好保存的街区，有着石砌立面的市政廉租公寓和双拼别墅。我们的邻居们是护士、邮递员、印刷工人和烟草商，所以我有点自命不凡。我想当然地以为，拥有并统治英国的，主要是里德里人——像我爸这样，认识格拉斯哥的镇公所副书记官（他也住在里德里）和其他貌似显要人物，但并不比我爸更显要的人。如果背景指的是家庭，那就是辛勤工作、博览群书、滴酒不沾。我姥爷是英格兰人，他是北安普顿的鞋匠工头，因为组织工会运动，遭到南方雇主们的抵制，于是来到了北方。我爷爷是苏格兰人，是工厂里的铁匠、公理会的长老。我爸参加过第一次世界大战，这让他变成了一名持不可知论的社会主义者。他因为腹部受伤，领到了一小笔政府补偿金，他在一家工厂里操作纸箱切割机，这家工厂熬过了20世纪30年代的商业萧条期。1931年，他娶埃米·弗莱明为妻，她是格拉斯哥一家百货商店的售货员。她是一名出色的家庭主妇，也是个能干的母亲，她喜欢音乐，在格拉斯哥俄耳甫斯合唱团唱过歌。我爸有徒步旅行和爬山的爱好，他为大不列颠野营俱乐部和苏格兰青年旅社协会做过志愿性的秘书工作。我妈在结婚之后，享受生活的方式更少一些，如今我意识到，她想从生活中得到更多，但她很少抱怨什么。所以他们是一对典型的夫妻。我有个妹妹，我一直欺负她，跟她打架，直到我们分开生活为止。后来她变成了我最好的朋友之一。

问：你的童年是怎样的？

答：除了哮喘和湿疹发作时，大部分时间并不觉得痛苦，只是经常感到无聊。父母对我最大的期望就是让我读大学。他们想让我找份专业性强的工作，你看，因为专业人士不容易在萧条期失去收入。要进大学，我就得通过拉丁语和数学考试，我痛恨这两门课程。所以，我的一半校园生活都是在一些像锯屑般索然无味的活动中度过的。当然，还有家庭作业。父亲带我去骑自行车和爬山，想帮我缓解学习之苦，但我不喜欢在他的控制下娱乐自己，我更喜欢沉浸在漫画、电影、书籍这些脱离现实的世界——最重要的还是书籍。里德里有一家很不错的图书馆。我本能地喜爱各种脱离现实的垃圾读物，不过等我读遍馆里所有的垃圾读物之后，就只剩下佳作了：神话和传说、游记、传记和历史。我认为，藏书丰富的公共图书馆是民主社会主义的巅峰。像里德里这样十分沉闷无趣的地方有一家这样的图书馆，证明这个世界本质上还是井然有序的。我发现，我讲的都是十一岁之后、二战之后的生活。二战期间，1939 年，我被疏散到奥赫特拉德的一家农场（我把这段经历用在了先知的开场白里）、拉纳克郡的矿业城镇斯通豪斯（我把它写进了我的第二部长篇小说《1982，贾妮娜》里），还有约克郡的韦瑟比。在我父母的全力支持下，我的生活并非处于苏格兰教育系统的全面掌控之下，因此一点也不枯燥。

问：你是什么时候意识到，你是一名画家的？

答：我当初并未意识到。像所有获准用各种材料绘画的小孩一样，我也获得了这样的许可，没有人叫我停手。在学校里，我甚至还受到了鼓励。我的父母（像那时候的许多父母一样）希望他们的孩子能有一项可以示人的本领——会唱歌或念诗，在家庭聚会时可以露上一手。我背的诗是 A. A. 米尔恩[1]的蹩脚作品。我发现我能写出同样好的诗，甚至是更好的诗，因为它们毕竟是我写的。我父亲替我把它们打印了出来，还打印了我写的孩子气的小故事，我把它们投递给了儿童杂志和儿童广播电台举办的比赛。十一岁时，在苏格兰 BBC 电台的《儿童时刻》节目里，有四分钟时间是我朗读自己的作文。不过八九岁时，我就觉得，有朝一日我会写出印在书里的那种故事。这让我感到欣喜若狂。

问：你小时候都画些什么？

答：宇宙飞船、怪兽、幻想星球和国度的地图、浪漫而刺激的冒险故事里的背景环境，我和妹妹一起步行上学时，我把它们讲给妹妹听。在七岁到十一岁之间的那关键的几年里，她是我第一位可以信任的听众。如果你读过《拉纳克》，你会发现，第一卷——索的故事的前一半——里有不少内容是以我的童年为蓝本的。书里看不出我的爸妈、妹妹给了我多少帮助和支持。我把这视为理所当然的平常事，因为他们也是这样。当我把童年的这些素材写进这本长篇小说时，我回忆起的是我们的争吵——它们比我习以为常的支持更有戏剧性。

问：你是何时，由于何种原因，想要把你的生活编成故事的？

---

1 A. A. 米尔恩（A. A. Milne，1882—1956），英国儿童作家，《小熊维尼》的作者。

答：无疑，每个人都想当主角，对吧？我能肯定，所有的孩子都想，也许是在他们不再是小宝宝，发现他们对世界影响甚微，只有他们幻想拥有的力量是例外的时候。书里有我能用白日梦来掌控的世界。我父母卧室里的书橱上，中间那一层有萧伯纳和亨利克·易卜生的全部戏剧作品，旁边是卡莱尔的《法国大革命》、麦考利[1]的散文、汤姆·约翰逊[2]的《苏格兰工人阶级史》和《我们的贵族家庭》、思想家文库中的一本名为《人类从不信教中得到的好处》的著作，一本名为《昂起你的头》的无神论者文选，一本蓝灰色硬皮大书，书脊上印着烫金书名《生命的奇迹》。这本书里有《生命的开端》《进化意味着什么》《消逝的生命》《钟表嘀嗒作响时的进化》《动物王国》《植物王国》《人的族谱》《人类种族》《工作中的人形机器》《历代心理学》《生命隐秘的发现者们》这一类的文章。476页（不计目录）中有一半篇幅是黑白照片和图表。中间的书架上还有萧伯纳的《易卜生主义的精髓》和《黑女求神记》，我相信后者是第一个引起我注意的成人故事，不过我记不清了。我记得十五六岁时，第一次读到它，既开心又激动，但几年后，父亲告诉我，在我很小的时候，他就把它读给我听过——也许是我四岁

---

1 托马斯·巴宾顿·麦考利（Thomas Babington Macaulay，1800—1859），英国历史学家、作家。

2 应为托马斯·约翰斯顿（Thomas Johnston，1881—1965），英国社会主义者、政治家。

的时候。这个故事通过一个黑人姑娘在非洲荒野里的探寻，用进化论的观念展现了人类的信仰。一名英国传教士使她皈依了基督教，她启程出发，去寻找上帝，毫不怀疑自己能在人间找到他，她在不同的地方遇到了摩西、约伯和以赛亚的上帝，然后遇到了《传道书》上的传道士、耶稣、穆罕默德、基督教教派的创始人们、信奉科学的理性主义者组成的远征队、怀疑论者伏尔泰和社会主义者萧伯纳，后者教导她，不应该寻找上帝，而应该为上帝效力，方法就是尽可能明智、无私、尽心尽力地耕种好由我们负责的一小块世界。

这个故事的寓意达到了人类智慧所能企及的最高境界，但我那时还领会不了。父亲告诉我，我老是问："下一个上帝会是**真**上帝吗，爸爸？"毫无疑问，我希望黑人姑娘最终能够遇到像我父亲这样的创世神：当然，他更高大，但同样能体会到我的重要性。我很高兴，父亲没有教我去相信这样的事，因为那样一来，我还得把这种想法从脑海中排除出去。不过我与这本书的初次邂逅，是被我遗忘或压抑了的一段史前史，但我后来又找回了它。它是一本装帧精美的书，有着清新的黑色木刻版画装饰的封面，扉页和正文的字体不免令人想起埃里克·吉尔[1]。就像正文的内容一样，它的装帧将世俗气息与异国情调令人信服地融合在一起。

这就是我们在里德里的卧室书橱中间那层书架上

1　埃里克·吉尔（Eric Gill，1882—1940），英国雕刻家、字体设计师。

的全部书籍。上面那层书架塞满了左翼图书俱乐部的橘红色书脊，其中五分之四是列宁选集的英译本：密密麻麻的文字，完全没有插图或对话。底下那层书架刚好塞满了《哈姆斯沃思百科全书》，因为这个书橱是出版商搭配着这套百科全书出售的，最初刊登这一广告的《每日纪事报》正是这家出版商名下的报纸。这套百科全书里有很多图片，大部分是灰色的黑白照片，但每个按字母顺序排列的区域，前面都画着复杂的线条画，（比如说）人群簇拥着王位上的人物，这一景象代表古代史（Ancient History），它的周围依次排列着建筑（Architecture）、一架天文望远镜（Astronomical telescope）、澳大利亚（Australia）和探险家阿蒙森（Amundsen）身处南极洲（Antarctic）的略图，还有一只犰狳（Armadillo）和一只土豚（Aardvark）在一个废弃的锚（Anchor）周围翻土。我推断出，这些书里有对现在存在和过去存在过的万物，以及每个重要人物生平的解说。“EN–CY–CLO–PAED–I–A”（百科全书）这个词的六个音节，似乎将这些囊括整个宇宙的褐色大部头囊括在内，所以说出这个词会给我一种大权在握的感觉，父母听到之后的欣慰反应，也确认了我的这种感觉。不过各国国旗和纹章的四色彩图，给我带来了美感层面的纯粹愉悦。令我着迷的是那些线条明快的矩形和菱形用蓝、红、黄、绿、黑、白这些色彩，组成了各种既鲜艳又难得一见的图案，只有圣诞节装饰品才能与之相比。

健康的儿童通过一起做游戏锻炼他们的想象力。我不算健康。我的想象力主要靠独自幻想来锻炼，这些幻想是由电影、图画和书本滋养出来的。有时，我从中感受到人生可以煊赫不凡，激起这一感受的通常是书中的性爱情节，并且往往并非最精彩的部分。我从《一九八四》的这段情节里体会到了这种感受：温斯顿在真理部的一条走廊里扶住了令他反感的一个姑娘，没有让她跌倒，事后发现，她塞给他一张字条，上面写着“我爱你”；还有大卫·科波菲尔鼓起勇气向阿格尼丝求婚那段，后者告诉他，她一直爱着他。还有《培尔·金特》里，培尔·金特的母亲奥丝和未婚妻索尔薇格敲响教堂的钟，从伟大的勃格那儿救出了他，那股像雾一样巨大的包裹之力消融开来，说：“对我们来说，他太强大了——他有女人撑腰。”我也在《青年艺术家的肖像》的高潮部分体会到了这种感受：斯蒂芬·代达勒斯看到赤着腿的年轻姑娘在沙滩上漫步时，她接受了他崇拜的目光，他由衷地说了句“神圣的上帝啊！”，然后转身向着夕阳走去，知道自己会成为一名艺术家，那是最伟大的一类司祭。还有在乔伊斯·凯里的《马嘴》里，格利·吉姆森在他的壁画被毁时身负重伤，笑着死在了救护车里，因为他知道，他直到最后都在绘制他最好的作品。乔伊斯·凯里的小说把我引向了威廉·布莱克，因为格利·吉姆森老是引用他的话。格拉斯哥的米切尔图书馆有摹本和原作——布莱克的诗、画、散文，从前和现在都让我感到真实、美丽、美好。他的裸体人像透着轻快的自由，给人的感觉就像得到了解放一般。奥布里·比亚兹莱笔下那些服饰精美、略微反常的人物形象也是如此。如果说，这些听起来太高端，那么色彩鲜艳的美国漫画也让我兴奋不已，它们最早是在 20 世纪 40 年代末传入英国的，那时我才十三四岁。它们描绘出的神奇女侠、丛林女孩希娜和其他女性，身材和脸蛋就像当时充满魅力的电影明星，只是穿的衣服更少，因为美国的道德规范禁止它们表现正常的性行为，于是她们的冒险经历往往会让她们遭到俘虏和捆绑。这样的幻想补偿了我本人在性爱方面的胆怯。

问：关于你喜爱的虚构作品的一连串信息表明，你对周围的生活严重缺乏兴趣。

答：不是缺乏兴趣，而是缺乏期待。倘若我暗示出，我没有朋友，那么是我误导了你。我有几个朋友，尤其是其中的一位，我把他写成了这部小说里的库尔特。我们常常漫无目的地散步，有时一起骑自行车。但我不能参加他喜欢的体育运动（跑步、看球赛），也不能夜里去丹尼斯顿舞厅。他讲述的社交奇遇就像我从书里看到的故事一样令我着迷。除了私下交谈、在学校文学与辩论社团长篇大论地演说——阿道夫·希特勒的那种本领——我没有什么社交技巧。我想要参与其中，想要在别人的生活里做一个振奋人心、受人欢迎的人——尤其是在那些吸引我的姑娘们的生活里。这样的事似乎毫无可能，直到 1952 年，我去格拉斯哥美术学校就读为止，那时，我母亲在几个月前去世了。我把我记得的当时的情况写进了《拉纳克》。记忆是一个编辑的过程，难免会对某些情节予以夸大，对另一些情节予以限制，以更规整的顺序安排事件，但没有人会觉得，那就是他们记忆的原貌。我也不会。

问：《拉纳克》的自传成分有多大？

答：第一卷，索那部分的前一半内容，跟我在十七岁半之前的生活很相似，只不过要悲惨得多，就像我刚才解释过的那样。还有，大约在1941到1944年间，我爸经营的那家供兵工厂工人住宿的安置所，是在约克郡的韦瑟比。我把它挪到苏格兰的西部高地，以保留几分民族一致性，同时约略提及苏格兰加尔文主义的往昔，不过那位独立教会的牧师纯属杜撰。我从未遇到过那样的人。索那部分的后一半内容，真实记录了我在美术学校结交的朋友们，还有我跟教员们的一些交往，因为我在学校时，记录下了好几个笔记本的生活细节，准备写进我的《格拉斯哥青年艺术家的肖像》里。不过与詹姆斯·乔伊斯笔下的肖像不同，我打算让我笔下的艺术家落得一个悲惨的结局——

问：为什么？

答：在20世纪50年代的苏格兰，年轻艺术家无法靠绘制画布作品或壁画谋生。几乎所有的美术生都成了教师，除了少数进入工业、广告业或做了家庭主妇的人。我想，我只能靠某种诸如此类的妥协才能活下去，但我不想让索这样做。所以我把他塑造得比我更顽强、更坚定。他没法吸引女性，还有他在性爱上遭遇的挫折，都促使他走向疯狂。顺便说一句，召妓那段情节纯属虚构。我觉得，如果我去召妓的话，很可能也会遇上这种事。所以我从不那么做。1954年，我对索的故事满怀信心，所以没有像大多数学美术的学生那样去做暑期工，而是征得我爸的同意，待在家里把它写了出来。我很快就用构思和描写填满了好几个笔记本，我觉得我能用十个星期写完一部长篇小说。十个星期之后，我写出了如今的第12章“战争开始了”，还有第29章“出路”末尾那段迷离恍惚的情节。我发现，我并不想像写日记那样，用饱含深情的笔调来书写，应该用能让读者信任的冷静而平淡的口吻来写。这并不是我正常阅读时采用的那种口吻。为了形成正常写作的口吻，我不得不一直修改。

问：《拉纳克》究竟从何而来？

答：来自弗朗茨·卡夫卡。那时候我已经读过《审判》、《城堡》和《美国》，还有埃德温·缪尔写的序言，他解释说，这几本书就好比当代的《天路历程》。书里的城市很像20世纪50年代的格拉斯哥，一座古老的工业城市，有着烟雾弥漫的灰色天空，别人总觉得它就像一只盖子，扣在南北两侧的山峦上，挡住了夜空的星光。我想象着一名陌生人来到这里，打听情况，慢慢发现自己身处地狱。我为这本书做了一些笔记。我做了一段描写：一个陌生人来到一座阴暗的城市，他乘坐的是火车，车上只有他这一名乘客。但必须得把《索》这部长篇写完才行，我心想。

后来有一天，在丹尼斯顿公共图书馆，我找到了蒂利亚德的《英国史诗及其背景》一书，我不打算详细讲述它的内容，但我从中学到了这样一课：史诗这一体裁既可以是散文，也可以是诗歌，还可以将所有其他体裁兼收并蓄——它们是令人信服的记录，记录下了男人和女人在平凡或不平凡的家庭、政治、传奇和寓言的环境中如何行事。我认定，只有像史诗一样重要的东西才值得去写。回忆起那些融合了不同体裁的作品给我带来了多少欢乐，对我做出这一决定也大有帮助：儿童哑剧、《绿野仙踪》的电影、汉斯·安徒生的故事、阿莫斯·图图奥拉的《棕榈酒鬼》、霍格的《清白罪人忏悔录》、易卜生的《培尔·金特》、金斯利的《水孩子》、歌德的《浮士德》、《白鲸》、萧伯纳的《黑女寻神记》、经典神话，还有一些写《圣经》的书。所有这些作品都把日常琐事与超自然的东西糅合在一起。

当时，我打算把地狱之旅放进我的《饱受挫折的格拉斯哥青年艺术家的肖像》里。在索发疯之前的某一章里，他会参加一个纵酒派对，遇见一位跟他自己很像，但要比他年长三四十岁的老绅士，后者给他讲了一个奇怪的幻想故事，故事本身很让人享受。只不过读者读到《索》的结尾时，他们会发现，内心的独白是那个故事的延续。这时，这本书的创意悬在我的脑海里，就像为修筑一座大城堡而搭建的脚手架，这座城堡只有几座塔楼（也就是章节）已经建成或部分建成。我在写完小说之前的大部分人生经历，给我提供了建筑素材，我把它们储存在笔记本里，直到我能构筑其他塔楼和连接墙时，才拿出来。

比如说，第 7 到 11 章要描写研究所，它是地狱的一部分，当代的专业中产阶级人士是那里的魔鬼。这一设定既源于另外两位作家，也源于我自身的经历。那儿的建筑风格部分源于 H. G. 威尔斯《月球上的第一批来客》中的塞利奈特人王国和《沉睡者苏醒》中二十一世纪的伦敦，但主要源自温德姆·刘易斯的《致命的节日》中人死之后的地狱。它是三部曲《人的时代》中的一部，后来以长篇小说的形式出版，但三部曲中的后两本书最初是给 BBC 三台撰写的广播剧，在 1955 年前后播放过几次。当年我在斯托布希尔医院住院时听过一遍，这一经历也为我写第 26 章“混乱”增添了素材，这一章从患者的视角描写了住院的经历。我是因为我们的家庭医生称之为“郁积性气喘”的病症被送去的，我把它归咎于我跟一个很不错的女孩之间的争吵，她只拿我当朋友，而我想让她做我的（A）恋人和（B——当然是晚些时候）妻子。在研究所那几章里，我从一名很不称职的医生的角度描写了这件事，还从温德姆·刘易斯笔下的地狱、斯托布希尔医院、伦敦地铁系统和伦敦 BBC 电视中心中融入了一些气氛和细节。20 世纪 60 年代中后期，我有剧作要在 BBC 电视中心监制或委托制作时，对那里的氛围有所体会。不过第 7 到 11 章是在 1969 和 1970 年写就的，那时，拉纳克的故事已经变得比索的故事还要庞大，我也已经决定，要把后者放入前者内部。

之所以会出现这一巨大变化，是因为1961年我结了婚，在1963年9月做了父亲。我人生中最重要的部分不再是我那莫名饱受挫折的青年时代了。后来我与许多其他人一起度过的艰难岁月，如今看起来同样重要。

问：你是不是说，第三卷和第四卷里那些奇妙而怪诞的事件，也是自传式的？怎么会呢？拉纳克变成了昂桑克的市长大人。你从未跻身格拉斯哥本地的政坛。

答：我知道，但经验允许我举一反三。被选中上电视的剧本作者，很像被选中担任要职的政客，因为他们都做了一番打动人心的演说。然后他发现，他得依靠导演、制片、编剧、技师这一大帮人，对他们来说，他是个临时的存在，用来协助他们工作，只要他别随便影响**他们**对剧本的认识就行。如果电视作品最终博得好评，原先的剧本作者或许就会感觉良好，否则肯定会遭到责怪，但他或许会觉得，他在整件事里所做的工作，换成另一个没有多少主意或者看法截然不同的人来做，也能做得一样好，甚至更好。电视节目制作让我了解到政治的一切。

问：这本书的各个部分是以什么顺序完成的？

答：第一卷现在的样子是在我儿子出生前写就的。当时妻子和我靠社会福利金过活，于是我将写完的这部分寄给了斯潘塞·柯蒂斯·布朗的文学代理公司，因为我觉得这本书写得足够好，能立得住，不过我更愿意把它写成心目中的鸿篇巨制。但柯蒂斯·布朗先生拒绝了它，于是我就按照计划写完了它。到1975年前后，我写完了第三卷，用先知的开场白将它与第一卷衔接在一起。那时，有个不错的代理人喜欢我的作品，她叫弗朗西丝·黑德，是位伦敦的女士。她把它拿给三家伦敦出版商看过，他们试图说服我，把《索》和《拉纳克》的故事一分为二，单独成书。他们说，冒险出版无名小说家这样大部头的处女作，对他们来说可能会付出危险的高昂代价。结果我的第一场婚姻和平收场，我不怎么需要钱，更贪图出名，于是我拒绝了他们。

第二卷和第四卷是齐头并进写成的——我写完一章又一章，越来越有往山下奔跑的感觉。在1975和1976年，我带着手稿到处走，在各种各样的地方写个不停。我记得自己在朋友安杰拉·马兰家的客厅地板上醒来，之前有过一场派对，我因为对于苏格兰人很常见的原因睡着了，醒来之后，我在那儿又写了起来，因为那是个宁静的早晨，地板上的其他人都还沉睡不醒。这种事我如今已经做不到了。那时候我还是个四十岁左右的年轻人。

1976年7月底，整本书写完、打印完，寄给了四重奏有限公司（Quartet Ltd），弗朗西丝·黑德能找到的唯一一家感兴趣的伦敦出版商。唉，那时她已经因为肺癌去世了。四重奏出版社因为特殊原因拒绝了它——书太长，他们要冒险出版的话，费用太高。我生了半年的闷气，然后把它寄给了卡农盖特出版社，我知道的唯一一家苏格兰出版公司。五六个月之后，我收到一封热情洋溢的来信，写信人是查尔斯·怀尔德，卡农盖特出版社的审读人，他说苏格兰艺术委员会或许会资助印刷费用。有几章内容刊登在《苏格兰国际》上，那是八九年前的一份短命但广为阅读的文学杂志，所以英国北方对它的面世要比南方更有准备。1978 年 3 月 20 日，我终于跟卡农盖特出版社签订了合同。

问：《拉纳克》是三年之后出版的。怎么用了这么久？

答：卡农盖特出版社打算与利平科特出版社联合出版，后者是美国的一家老牌出版社；但在付印之前，利平科特被美国的另一家老牌出版社哈珀-罗给吞并了。由此造成了延误。美国编辑们读了校样，认定我的标点符号使用得前后不一。我告诉他们，我用标点符号来调整读者们的阅读节奏——有些段落要读得比另一些段落快一些，于是就少用了一些逗号。我把文字恢复原样，又耽搁了一段时间。不过，耽搁的这些时间让我得以完成了配图的扉页和封面设计。

问：《拉纳克》最终定稿的那一刻，你是不是感到如释重负？

答：是啊。在我拿到成品书之前的那一小会儿，我想象着，它就像一块六百页纸做成的大砖头，装帧精美，这一千本书即将传遍不列颠。我感觉，每一本书都是我真实的肉体，里面装有我的灵魂，我的朋友们称作阿拉斯代尔·格雷的那头动物，已经不再是生命必要的形式了。我很享受那种感觉。那是一种安全的感觉。

问：所以这些年来你在《拉纳克》上花费的时间终归很值?

答：也不尽然。用半辈子的时间把你的灵魂变成印刷墨水，是一种奇怪的活法。我惊讶地回想起我做学生时写的日记，经常使用第三人称写某些词句，这种做法就像是把它们变成虚构性散文的中间阶段。我能肯定，健康的美洲豹和鸭子活得更好，而如果我是银行家、股票经纪人、广告代理商、武器制造商或毒品贩子，我会造成更多的危害。世人总是好坏不一，所以我不憎恶我自己。

明室
Lucida

照亮阅读的人

主　　编　陈希颖
副 主 编　赵　磊
策划编辑　赵　磊
特约编辑　李佳晟
营销编辑　崔晓敏　张晓恒　刘鼎钰
设计总监　山　川
装帧设计　山川制本 workshop
责任印制　耿云龙
内文制作　丝　工

版权咨询、商务合作：contact@lucidabooks.com

上海光之室文化传播有限公司　Shanghai Lucidabooks Co., Ltd.